Wolfgang Schüler

# Edgar Wallace

Ein Leben wie im Film

Wolfgang Schüler

# Edgar Wallace

## Ein Leben wie im Film

Militzke

Das Foto auf der Umschlagseite ist eine Porträtaufnahme
von Edgar Wallace, um 1930

Die Deutsche Bibliothek – CIP-Einheitsaufnahme
**Schüler, Wolfgang:**
Edgar Wallace : Ein Leben wie im Film / Wolfgang Schüler.
Leipzig : Militzke, 1999
ISBN 3-86189-144-1

1. Auflage


Umschlaggestaltung: Dietmar Senf
Satz und Repro: satzzeichen, Leipzig
Lektorat: Ulrike Fritzsching, Monika Werner
Druck und buchbinderische Verarbeitung: Steidl Verlag Göttingen

# Inhaltsverzeichnis

# Einführung

»Von Kopf bis Fuß war der Mann in ein enganliegendes dunkles Gewand gehüllt. Er hatte eine schwarze Kapuze über den Kopf gezogen, in Augenhöhe waren zwei schwarze Schlitze hineingeschnitten. Der Unheimliche stand drohend in der Tür ...« (Edgar Wallace in »Die gefiederte Schlange«) Wer liest da nicht weiter?

In den Buchläden stapeln sich Kriminalromane aller Art und Länder meterhoch, wöchentlich liefern die Verlage Nachschub an mörderischen Verkaufsschlagern. Keine Frage, der Krimi boomt. Die wachsende Zahl der Krimileser kann Raymond Chandler nur beipflichten, wenn er sagt: »Man zeige mir den Mann oder die Frau, die Kriminalromane nicht ausstehen kann, dann will ich Ihnen einen Narren zeigen; einen klugen Narren vielleicht – aber nichtsdestoweniger einen Narren.«

Doch vorbei sind die Zeiten, in denen der Kriminalroman in Bausch und Bogen in die Nähe der Kolportage gerückt wurde. Die Ursache dieser strikten Einordnung, wenigstens eine der Ursachen lag darin begründet, daß sich etliche gebildete Leute nicht dazu bekennen wollten, voller Spannung dieselben Bücher wie ihre »ungebildeten« Nachbarn zu verschlingen. Die traditionelle Unterscheidung zwischen ernsthafter Literatur und Unterhaltungslektüre verbannt den Kriminalroman aber auch heute noch oft genug in die Schublade der Groschenhefte.

Zugegeben, es gibt ungeheuer viele schlechte Kriminalromane. Doch die Zahl mittelmäßiger anderer Bücher ist auch nicht gerade klein. Trotzdem käme niemand auf den Gedanken, alle Romane eines bestimmten Genres zur Trivialliteratur zu zählen.

Nun spricht, wie gesagt, vieles dafür, daß im Hinblick auf die Kriminalliteratur ein ganz allgemeines Umdenken stattgefunden hat. Selbst der vor allem im realsozialistischen deutschen Leseland lange Zeit gehegte und gepflegte absurde Gedanke, jeder Kriminalroman

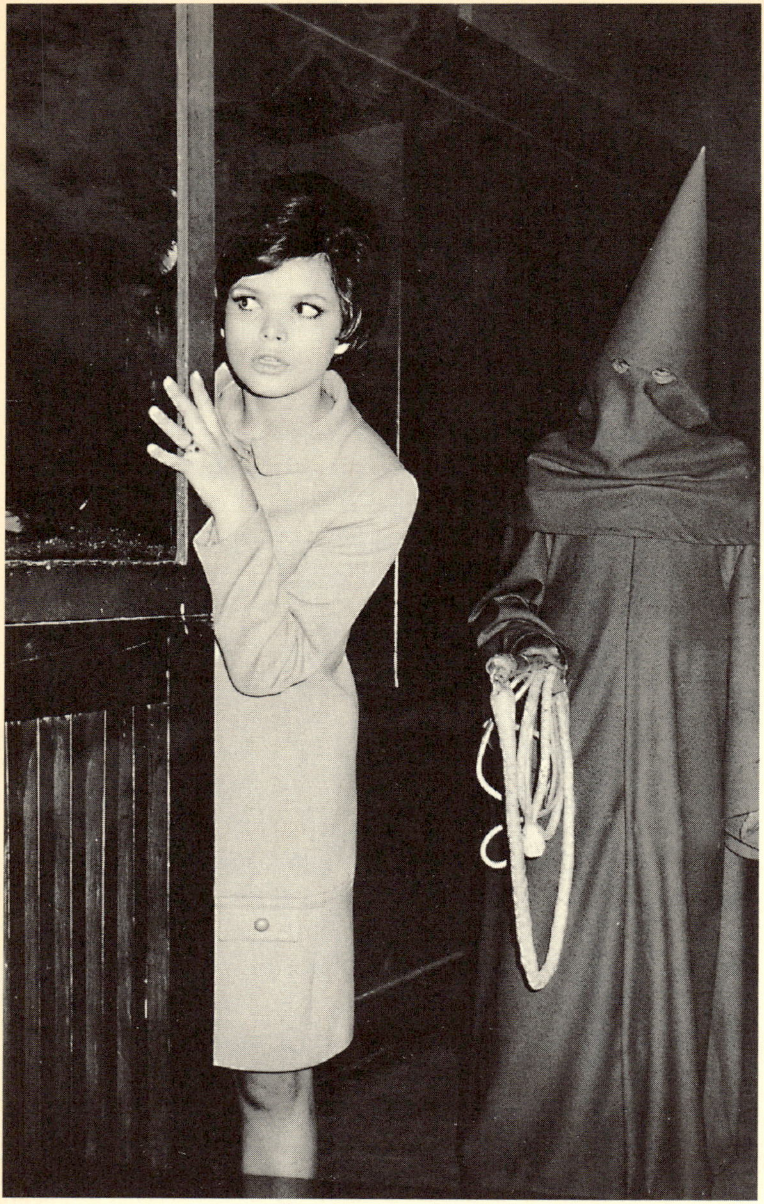

*Uschi Glas im Film »Der Mönch mit der Peitsche«, 1967*

müsse vorrangig erzieherisch wirken, um alle Verbrecher nachhaltig zu läutern, wurde zugunsten des unterhaltenden Moments verdrängt.

Für seine nahezu 1 000 Kurzgeschichten und 173 Kriminal- und Sensationsromane gibt es wohl keine treffendere Charakterisierung wie den seinerzeit obligatorischen Werbeslogan: »Es ist unmöglich, von Edgar Wallace nicht gefesselt zu sein.« Allerdings nur unter einer Voraussetzung: Der Leser muß bereit sein, sich in eine irreale Märchenwelt entführen zu lassen, die von schaurigen Schlössern, quietschenden Falltüren und vermummten Unholden nur so wimmelt.

Auf dem Höhepunkt seines Erfolges soll Wallace (1875-1932) monatlich einen Kriminalroman und etliche Geschichten diktiert haben. (Noch zu seinen Lebzeiten kursierte folgende Anekdote: Der Butler erklärte einem Anrufer, Mr. Wallace sei momentan leider nicht zu sprechen. Er arbeite gerade an einem neuen Buch. »In Ordnung«, erwiderte der Anrufer, »ich warte solange am Apparat.«)

Die Handlungen der Krimis folgen stets dem gleichen Schema: verwirrende Ereignisse, schier unlösbare Rätsel, Schüsse in der Nacht, Verfolgungsjagden im Nebel, Eskalation und Maßlosigkeit des Verbrechens ... Schließlich ist der Schurke immer derjenige, auf den der geringste Verdacht fällt. Das schöne, aber hilflose und naive Mädchen, welches mit Vorliebe in finsteren Nebelnächten sturmgepeitschte Alleen entlangtappt, fällt am Schluß dem seine Identität enthüllenden Mann vom Yard oder dem edelmütigen Privatdetektiv in die Arme. Sex bleibt konsequent ausgespart, die holde Weiblichkeit allein verlangt den höchsten Einsatz. Sehr häufig ließ Wallace aufgegriffene Motive einfach wieder fallen, Fragen blieben unbeantwortet, und so manch eingeführte Gestalt hat er dann ganz offensichtlich im Laufe der Handlung vergessen. Das merkten die Kritiker natürlich an, den weniger kritischen Leser störte es kaum. »Nicht die logische und spannende Komposition – Action zeichnet die Wallace-Romane aus«, bemerkt schließlich die Wissenschaft (Waltraud Woeller, »Illustrierte Geschichte der Kriminalliteratur«). Edgar Wallace bekannte sich in seinem Hollywood-Tagebuch selbst dazu. So gestand er mehrfach ein, er habe eine bestimmte Figur nur deshalb zum Leben erweckt, um sie sogleich ermorden zu lassen.

*Eva Anthes und Joachim Fuchsberger im Film »Der Frosch mit der Maske«, 1959*

Wallace-Kriminalromane haben etwas von der Zeitlosigkeit der Märchen und erfreuen sich wohl deshalb nach wie vor größter Beliebtheit. Bei allem Für und Wider in Fragen der Qualität gehört Edgar Wallace zu den produktivsten Schriftstellern aller Zeiten und steht in einer Reihe neben Balzac und Karl May. Mehr noch: Wie Balzac war er völlig unfähig, mit Geld umzugehen, und hinterließ einen riesigen Schuldenberg. Gleich Karl May mußte er sich den Weg zum Ruhm hart erkämpfen und erlitt unzählige Rückschläge. Ihm gelang der Sprung aus der tiefsten Gosse zum Millionär. Mit all seinen Höhen und Tiefen durchlebte er ein äußerst interessantes und spannendes Leben: ein Leben wie im Film.

Seine Bücher wurden in knapp dreißig Sprachen übersetzt und erschienen weltweit in etwa 100 000 000 Exemplaren. Zwischen 1915 und 1975 kamen 168 deutsche, österreichische, englische und amerikanische Filme nach seinen Romanen, Theaterstücken oder Geschichten in die Kinos; die Zahl der Fernsehspiele und Serien läßt sich wahrscheinlich nicht ermitteln. Auch heute noch finden sich im Krimiregal eines jeden Buchladens mehrere Wallace-Titel; vor nicht allzulanger Zeit kam ein Dutzend Kaufkassetten von Wallace-Filmklassikern in die Videotheken, und jüngst wurden weitere Wallace-Klassiker mit großem Aufwand für das deutsche Privatfernsehen verfilmt.

Abschließend sei noch Graham Greene, einer der vielen Verehrer von Edgar Wallace, zitiert: »Zweifellos konnte dieser Mann am Anfang seiner Laufbahn schreiben. Wenn ihm doch mehr daran gelegen hätte! Aber das uneheliche Kind, das einer Familie in Billingsgate überlassen wurde, der Junge hinter dem Milchkarren, hatte nicht davon geträumt, Schriftsteller zu werden. Er hatte von einem Vermögen geträumt, einer Suite erster Klasse auf einem Ozeandampfer, einem Rennstall; er hatte von Flucht geträumt. Und die Höhe seiner Schulden, als er starb, bezeichnet deutlich genug die Ausmaße seiner Flucht, denn der Filialleiter der Bank in Tanner's Hill hätte noch nicht einmal Wallaces Arbeitgeber mit dem Milchkarren erlaubt, sein Konto um mehr als zehn Pfund zu überziehen.«

# 1875–1886

## Die Herkunft

### Die Geschichte der Eltern

*Grundsätzlich gesagt: An einer Geburt ist nichts Geheimnisvolles, selbst wenn sie sich unter wenig ehrbaren Umständen vollzieht. Die rätselvollste Sache, welche einem Mann passieren kann, ist die, erst gar nicht geboren zu werden.*

Edgar Wallace, »People«

Niemand kann sich seine Eltern aussuchen: Kein Lokomotivführer, kein Schmetterlingsforscher und kein Schriftsteller kann das. Die meisten Menschen mögen sich dazu berufen fühlen, als Kinder von Multimillionären auf die Welt zu kommen, aber die wenigsten tun es. Als Trost mag gelten, daß sich auch die Eltern bei allen guten Absichten nicht sicher sein können, was sie da in die Welt setzen: einen zukünftigen Präsidenten, einen Bagno-Sträfling (oder einen Präsidenten, der als Bagno-Sträfling endet).

An einem heißen Juliabend des Jahres 1874 (das britische Kolonialreich expandierte und bereitete die Besitzergreifung der Fidschi-Inseln vor, die dann im September 1874 erfolgte) saß ein gewisser Richard Horatio Edgar Marriott, ein fünfundzwanzigjähriger Schmierenkomödiant, in Unterhosen auf seinem Bett in einer billigen Greenwicher Pension und puhlte zwischen seinen Zehen. Er hatte Fußpilz im fortgeschrittenen Stadium. Die weißlich verfärbte Haut löste sich in dicken Brocken und ließ scharf brennende schrundige Wunden zurück. Doch das kribbelnde Jucken verschmolz mit einem stechenden Schmerz und bereitete höchste Lustgefühle, die durch den intensiven leichenhaft käsigen Geruch der Hautfetzen noch gesteigert wurden.

*Die Mutter von Edgar Wallace, Schauspielerin Polly Richards, um 1890*

Wenige Minuten später traf ihn der Fluch der »bösen« Tat. Richard Horatio Edgar wollte sich ankleiden, um ein nahegelegenes Freudenhaus aufzusuchen. Er sollte in einigen Tagen auf den Wunsch seiner Mutter Alice Marriott, der Prinzipalin der reisenden Theatertruppe, eine bildhübsche, aber strohdumme Kollegin namens Jenny Taylor heiraten, was er dann auch tat, und beabsichtigte die letzten Mikromillimeter seiner Junggesellenhörner abzustoßen. Er sprang auf, knickte ein und fiel schreiend auf den nachlässig gescheuerten Buchenholzboden. Der Schmerz zwischen den Zehen war unerträglich. Vorsichtig stützte sich Richard auf die Hände, ging in die Hocke und richtete sich auf. Scharfe Messer ritzten tiefe Schnitte in seine Zehen. Stöhnend humpelte der Schauspieler durch den Raum. Was nun? So konnte er unmöglich auf die Straße gehen. Richard fluchte und blickte in den grünstichigen Spiegel über der Kommode. Ein feistes Gesicht von intensiv roter Färbung blickte ihn an.

Zwei Dinge brauchte der Mann. Die Flasche Gin stand im Spind, die Frau wartete im Nachbarzimmer. Sie hieß Mary Jane Richards, war häßlich wie die Nacht und alt wie Steinkohle: 31 Jahre. Außerdem gehörte sie zum Ensemble. Sie hatte Pferdezähne, Schwabbeltitten und schlaffe Schenkel. Richard hatte sich geschworen, niemals etwas mit einer Kollegin anzufangen. Er tat recht damit. Viel Ärger blieb ihm erspart. Diesmal machte er die erste und einzige Ausnahme. Er nahm einen gehörigen Hieb aus der Flasche, wartete ab, bis sich die feurige Kugel im Magen ballte, hüllte sich in seinen purpurnen Morgenmantel mit verspielten Paspeln und humpelte mühsam über den Flur. Mit seinen Fingerknöcheln pochte er verhalten unter der kupfernen Nummer Sieben.

*Edgars Vater,*
*Richard Horatio Edgar Marriott*

Die Tür sprang sofort auf. Mary Jane hatte gewartet – so wie jeden Abend. Allerdings nicht auf Richard Horatio Edgar Marriott. Dieser Gedanke wäre ihr nie in den Sinn gekommen. Für charakterlose Alkoholiker mit Wolfsatem hatte sie nichts übrig, sie kaprizierte sich statt dessen auf Luke Dabble, den Darsteller jugendlicher Helden, der ihr neulich die Geschichte seiner freudlosen Jugend erzählt hatte.

Der Gesichtsausdruck von Mary Jane veränderte sich. Das verspielte Lächeln einer optimistischen Jungfrau (in Wirklichkeit war Mary bereits Mutter einer munteren Tochter, die die Kinderrollen auf der Bühne spielte) machte Platz für tiefe Falten, die sich von der Nasenwurzel bis zu den Mundwinkeln zogen. Für aktiven Widerstand gebrach es ihr an Entschlossenheit, aber sie machte sich steif wie ein Brett. Doch Richard hatte sich nicht umsonst Mut angetrunken. Ihn konnte nichts mehr erschüttern. Er hatte ein Ziel vor Augen. Wenig später befand sich das Ziel vor seinem ... Aber lassen wir das.

Einige Tage danach trank Richard einen gehörigen Schluck Brandy in der Kutsche, bevor er Jenny über die Schwelle trug – und Mary Jane verspürte Appetit auf Fisch und saure Gurken. Sie begann sogleich, sich berechtigte Sorgen zu machen. Der Kindesvater stand als Ehemann nicht mehr zur Verfügung, sie hätte ihn ohnehin nicht gewollt.

Mary Jane kletterte auf den Kleiderschrank im Zimmer und sprang sooft herunter, bis die Gäste in den umliegenden Räumen empört an die Wände pochten. Sie kaufte sich zwei Liter Rotwein, schüttete ein Pfund Nelken hinein, würzte mit Laudanum nach und trank den Absud in der kochendheißen Badewanne. Es half nichts. Die Monatsregel wollte sich nicht wieder einstellen.

Da war guter Rat teuer. Mary Jane dachte realistisch genug, um sich über ihr schauspielerisches Talent und ihre beruflichen Möglichkeiten im klaren zu sein. Sie war auf das Wohlwollen der Prinzipalin angewiesen, ein Skandal hätte ihrer Karriere ein abruptes Ende bereitet.

Mrs. Marriott verfügte über einen scharfen Verstand. Und sie hatte einen leichten Schlaf. So fiel es ihr nicht schwer, den Grund für Mary Janes Trauermiene zu erraten. Alice Marriott gab sich keinen Illusionen über ihren Sohn hin. Sie wollte für ihn sorgen, solange sie konnte. Danach würde er unweigerlich in der Gosse enden. Das war so sicher wie das Amen in der Kirche.

Mrs. Marriott rief Mary Jane Richards zu sich. »Du hast Schwierigkeiten, mein Kind«, stellte sie fest. Als Mary Jane etwas entgegnen wollte, winkte sie ab. »Ich will den Namen des Vaters gar nicht wissen. Das soll dein Geheimnis bleiben. Aber ich möchte dir helfen, so gut ich kann. Du bist für mich wie eine Tochter, du nimmst den gleichen Platz ein wie mein Sohn, das weißt du. Und so soll es auch in Zukunft bleiben. Ich habe mit meinem alten Freund Bruce Weller vom hiesigen Theater gesprochen. Du kannst bei ihm unterschlüpfen, bis alles überstanden ist. Das Kind gibst du zu Adoptiveltern für zwanzig Shilling im Monat. Ich komme für den Unterhalt auf. Hast du dir schon einen Namen überlegt?«

Mary Jane nickte: »Wenn es ein Mädchen wird, soll es Alice heißen, und einen Jungen will ich Richard Horatio Edgar nennen.«

Mrs. Marriott verzog keine Miene. »Was hältst du davon, als Vatersnamen ›Wallace‹ zu wählen, nach William Wallace, dem schottischen Freiheitshelden?« fragte sie. Die stillschweigende Übereinkunft, ein Geheimnis zu wahren, das keines mehr war, blieb bestehen.

Am 1. April 1875 wurde Richard Horatio Edgar Wallace in Greenwich geboren. Kaum hatte sich seine Mutter aus dem Wochenbett erhoben, suchte sie schon nach geeigneten Adoptiveltern. Sie glaubte sie in der Familie eines Fischmarktarbeiters gefunden zu haben. Ein Handschlag zwischen Mary Jane Richards und Clara Freeman besiegelte das Abkommen. Am 10. April 1875 wurde der Säugling in ein paar Decken gepackt und in ein kleines Häuschen am Deptford Creek gebracht. Das Leben eines Genies nahm seinen Lauf.

## Mr. Freeman

> *Greenwich hatte viel von einer Hafenstadt in jenen Tagen. Es war eine Stadt voller Männer in blauen Seemannspullovern, und in jedem Haus in unserer Nachbarschaft stand das Modell eines vollaufgetakelten Schiffes.*
>
> Edgar Wallace, »People«

Es regnete in Strömen, seit Tagen schon. Innerhalb von 24 Stunden fielen 22 Gallonen auf einen Square Yard, das war mehr als das Doppelte der zu dieser Jahreszeit üblichen Niederschlagsmenge. Die schrägen Straßen hatten sich in lehmige, schmierige Bäche verwandelt, auf deren schaumigen Kronen Unrat und tote Ratten trieben. In den trübsinnigen Katen am Deptford Creek tropfte es von den Decken, und das modernde Stroh in den schimmligen Wänden verbreitete einen fauligen Geruch. Alles war klamm, feucht und ungemütlich.

Kein Wunder also, daß George Freeman nicht die geringste Lust verspürte, seinem Broterwerb auf dem Fischmarkt als Lastenträger nachzugehen. George, Vater von zehn ehelichen Kindern und etlichen Fehltritten, die man allesamt an ihren ausgeprägten Hakennasen erkennen konnte, war von kleiner und schmächtiger Statur. Doch die harten Jahre hatten ihn zäh gemacht. Seine schwieligen Hände konnten wie Stahlklammern zupacken, und sein Schädel verfügte über stählerne Härte. Tagtäglich schleppte er darauf die schweren Fischkisten, deren unbarmherziges Gewicht nur ein Lederhut notdürftig abmilderte. Sein Eisenschädel war George Freemans Geheimwaffe, die er bei Kneipenschlägereien im entscheidenden Moment einzusetzen pflegte. Er rammte ihn in Magengruben, spaltete damit Kinnladen und zermatschte Nasen. Bislang hatte er damit noch jeden Gegner außer Gefecht gesetzt, so groß und stark der auch gewesen sein mochte.

Freeman klopfte seiner Ehefrau auf die Schulter. »Sieh es doch ein, Alte«, meinte er begütigend. »Auf dem Fischmarkt ist sowieso nichts los. Und besser ist es schon, ich bringe es jetzt hinter mich, als daß es mich in vierzehn Tagen unvermutet packt.«

Clara Freeman nickte zustimmend. Sie wußte nur zu gut, daß ihr Mann recht hatte. Drei- bis viermal im Jahr ging der Quartalssäufer auf Kneipentour und kam erst zurück, wenn das Geld restlos alle war. Die Kleider hingen ihm dann zerfetzt vom Leib, die wundgeschlagenen Knöchel begannen unter dickem Schorf zu heilen. Er stank nach Pisse, Kotze und ausgedünstetem Alkohol. Danach mußte er mindestens drei Tage lang im Bett liegen, um sich von den Strapazen zu erholen.

Doch zuvor benötigte George einen Moment der inneren Sammlung. Er setzte sich in die gute Stube und griff nach der großen, in gelbes Leder gebundenen Bibel. Mr. Freeman konnte zwar kaum mehr als seinen Namen schreiben, aber mit dem Lesen klappte es ganz leidlich. Allerdings rührte er nichts außer der Heiligen Schrift an. In ihr versuchte er den Sinn seines Lebens zu finden, das hauptsächlich aus harter Arbeit und Not bestand. Hatte es Momente des Glücks gegeben? Selten, sehr selten. Damals, beim Spaziergang mit Clara über das Weizenfeld, als sie noch schlank war und ihr rehbraunes Haar glänzte. Der Wind wiegte sich in den Ähren, und Tausende blauer Kornblumen und roter Mohnblüten tanzten wie bunte Tupfen auf flimmerndem Gold. Oder später, als das erste Kind zur Welt kam und der rothaarige Fitzpatrick mit ihm auf den Stufen vor dem Haus saß, eine Pinte Gin spendierte und die ganze Nacht von seinen aufregenden Abenteuern an fremden Küsten erzählte, bis George endlich seinen puppengleichen Sohn in die großen harten Hände nehmen durfte. Little John sah wie ein verschrumpelter, fleckiger Apfel aus und mauzte wie ein Kätzchen. Seine Ärmchen ruderten in der Luft, aus der Nase kam eine winzige

*Clara Freeman, um 1890*

*Der Adoptivvater von Edgar Wallace, George Freeman, um 1890*

Blase und zerplatzte. George hielt das zerbrechliche Bündel so behutsam wie möglich, um es nicht zu zerdrücken. Ganz leise vernahm er das Klingeling eines Silberglöckchens, und sein Herz strahlte eine solche Hitze aus, daß es ihm fast den Atem nahm. Ein Blitz schoß durch seinen Kopf und gewährte ihm diesen kostbaren Blick in die Zukunft, die wie ein freundliches Tal zu schattigen Wiesen führte. Doch dann war alles ganz anders gekommen. An irgendeiner Stelle hatte er versagt, er fühlte es. Und so war nichts geblieben als Mühsal und Elend.

Mr. Freeman schlug die Bibel wahllos auf und begann zu lesen: »Ein Stück trockenes Brot in Ruhe und Eintracht ist besser als ein großes Festmahl mit Zank und Streit.« Sein Blick fiel auf seine schwieligen Hände mit den tiefen Schründen und den verwachsenen Nägeln. Und er ahnte einen Hauch jener Wahrheit, die sein frischgeborener Adoptivsohn später für sich erkennen sollte: Jedem ist seine Rolle zugedacht; die tatsächlichen Abenteuer aber spielen sich im Kopf ab.

Mr. Freeman wirkte schlicht und einfach strukturiert, in ihm steckte jedoch wesentlich mehr, als es äußerlich den Anschein hatte. In ihm erfüllte sich das Vermächtnis vieler Generationen: Er sollte auf seine Art und Weise dazu beitragen, daß ein Stern geboren wurde, sich ein großes Talent entfalten konnte. Von dieser wichtigen Aufgabe erfuhr oder ahnte Mr. Freeman zeitlebens nicht das Geringste. Nur durch Reibung entsteht Wärme. Und Mr. Freemans Charakter bot genügend Angriffspunkte für sehr intensive Reibungen. Es war ihm nicht vergönnt, einen besseren Beruf, der ihm ein angenehmeres Leben ermöglicht hätte, zu ergreifen. Gerade deshalb hatte er ab und zu auch über einen möglichen Selbstmord nachgedacht. Und er war zu einem ähnlichen Ergebnis wie die meisten Menschen gelangt, daß nämlich der Ausgang viel zu ungewiß sei, als daß sich der größtmögliche Einsatz – das eigene Ich – lohnen würde. So blieb ihm nichts weiter übrig, als sich dem täglichen Kampf ums Überleben zu stellen und von Zeit zu Zeit dem grauen Alltag mit Hilfe von einigen Gläsern bei Harry zu entfliehen.

Die Familie wuchs von Jahr zu Jahr: Es kamen John, Victor, Elisabeth, Lionel und all die anderen. Zum Schluß konnte er sich kaum noch die Namen merken. Fehlgeburten sah er als Betriebsunfälle und Bestandteile der natürlichen Ausschußrate an. Trotzdem war und blieb er ein liebevoller Vater, auch wenn es ihm nur selten möglich war, diese Liebe zu zeigen.

George Freeman stand auf, klappte die Bibel zu und steckte eine Hand in die Tasche, um das Geld zu zählen. Es würde für eine Woche reichen, falls nichts dazwischen kam. Es kam etwas dazwischen. Nach zwei durchzechten Tagen und Nächten fingen zwei deutsche Seeleute Händel mit ihm an. Es entfachte sich ein obskurer Streit, an dessen Grund sich niemand mehr erinnern konnte, weil die Sprachschwierigkeiten von Anfang an kaum eine Verständigung zugelassen hatten. Die Deutschen drängten ihn aus der Kneipe in eine finstere Gasse hinaus und zückten ihre Springmesser, noch bevor der Lastenträger an Abwehr denken konnte. Scharfe Stahlklingen zischten durch die Nacht. George ruderte verzweifelt mit den Armen und sprang ein um das andere Mal rückwärts. An einem Abhang endete der ungleiche

Kampf. Ein weiterer Sprung hätte seiner Gesundheit ernsthaften Schaden zugefügt, eine Kapitulation wahrscheinlich ebenfalls. Also ging er zum Angriff über. Er schrie wie ein weidwunder Eber, senkte den Kopf und stürmte los.

Der eine Deutsche zögerte eine Zehntelsekunde zu lang. Freemans stahlharter Schädel traf ihn direkt in die Magengrube. Beide kamen zu Fall, der Seemann krümmte sich in Krämpfen und übergab sich geräuschvoll. Die Woge aus Gin, Bier und Speiseresten traf Mr. Freeman mitten ins Gesicht und machte ihn blind. Geistesgegenwärtig führte er blitzschnell einen Fußtritt in die Richtung des anderen Deutschen aus. Er traf, und das rettete ihm das Leben: Seine genagelten Stiefel rammten mit voller Wucht das Schienbein, der Matrose schrie auf, torkelte nach hinten, verlor das Gleichgewicht und polterte sich überschlagend den Hang hinunter. Unten klatschte er gegen einen stabilen Bretterzaun und blieb besinnungslos liegen.

Mr. Freeman erhob sich und tastete nach seinem Schnupftuch. Er wischte sich angeekelt das Gesicht, mühsam unterdrückte er den Brechreiz. Der Deutsche wälzte sich gurgelnd im Schlamm und erbrach schwarzen Schleim. Für alle Fälle, und um möglichen weiteren Ärger zu vermeiden, trat ihm George von hinten kräftig gegen die rechte Wade. Das würde seine Bewegungsfreiheit in den nächsten Tagen erheblich einschränken.

Zu Hause wartete eine sehr schlechte Nachricht auf ihn. John, sein ältester Sohn, war von einer Droschke überfahren worden und lag nun mit mehreren Rippenbrüchen im Krankenhaus. George jagte alle aus der Küche heraus und betastete vor dem Spiegel sein zerschundenes Gesicht. Die Augen füllten sich mit Tränen. Er weinte still und lange. Dann warf er trotzig den Kopf in den Nacken und schneuzte sich. Der Kampf ums Dasein war noch lange nicht entschieden. Dachte er.

## Besuch am Abend

*George Freeman war ein vorsichtiger Mann. In seiner Westentasche steckte stets ein Drahthaken, den er aus der Strebe eines Regenschirms gebogen hatte. Mit ihm wollte er seine falschen Zähne wieder herausziehen, falls er sie einmal verschlucken sollte.*

Edgar Wallace, »People«

Mitunter gibt es im Leben eines begabten Menschen ein oder zwei kurze, aber äußerst wichtige Momente, in denen er an einen Scheideweg gelangt. Sie sind flüchtig wie Nebelfetzen und doch alles verändernd. Ein glühendes Zeichen leuchtet hinter seinem Rücken. Wenn er sich umdrehte, würde er die Straße erkennen, die zum Ruhme führt. Doch meist schlendert der Mensch ahnungslos weiter. Manchmal, wenn es schon zu spät ist, stellt sich die schicksalhafte Bedeutung einer völlig harmlos scheinenden Situation heraus. Er hätte in das Boot steigen, den Schritt ins Dunkle wagen, die Blume brechen müssen, hätte dieses tun, jenes unterlassen sollen. Weil es unterblieb, bleibt es bei den Träumen, werden die großen Taten nicht vollbracht.

Niemand kann seinem Schicksal entfliehen, behauptet das Sprichwort – und es lügt. Es lügt zum Trost der Armen und der Schwachen, die keine Chance hatten oder sie verpaßten. Auch den tatsächlich Talentierten ist der Erfolg nicht garantiert, denn sie benötigen – vor allem, wenn sie nicht zu den privilegierten Schützlingen wohlhabender Familien zählen – als zweite Gabe unbedingte Durchsetzungskraft.

Für Edgar Wallace stand am 12. Juni 1877 äußerst viel auf dem Spiel, selbst wenn er davon nicht das mindeste ahnen konnte. Wie in einem Uhrwerk griffen fein verzahnte Rädchen ineinander. Hätte es gestockt, wer weiß, was dann aus ihm geworden wäre.

Es begann damit, daß der zweijährige Edgar etwas tat, was ihm streng verboten worden war: Er huschte in einem günstigen Moment in die dunkle, kühle Speisekammer seiner Zieheltern und schloß geschwind die hellblau getünchte Brettertür hinter sich. Er wußte, was er wollte, und fürchtete nicht zu Unrecht eine Störung. Sofort öffnete er das nachlässig verschlossene Fäßchen mit Dörrpflaumen, wie es damals auf Segelschiffen zum Proviant gehörte, und begann hastig, aber genüßlich, dessen Inhalt zu verspeisen. Edgar hätte sich Zeit lassen können. Erst etliche Minuten später wurde er von Clara Freeman entdeckt, die ihn schon überall gesucht hatte. Das Fäßchen war bereits zu einem Viertel geleert. In seinem kleinen Magen versuchte der blaugraue, zuckerverkrustete Klumpen zu hastig verschlungener Früchte vergeblich, sich mit dem spärlichen Rinnsal an Magensaft zu vermischen. Die Wirkung stellte sich recht bald ein. Edgar bekam heftiges Bauchweh, das Leibgrimmen verwandelte sich schnell in einen ordentlichen Durchfall. Das anfänglich luftige Zischen wich dumpferen Tönen, eine gelbbraune Schmiere kroch die Innenseite seiner Schenkel hinunter.

Clara Freeman roch das Malheur sofort und tat als lebenserfahrene Mutter das einzige, was in diesem Fall angeraten war: Sie steckte ihm einen Finger in den Hals, ließ ihn erbrechen, zog ihm die schmutzigen sackleinenen Hosen aus und setzte ihn draußen vor dem Haus in den Rinnstein. Edgar watete im Spüllicht, griff nach vorbeitreibenden Federn, Eierschalen oder leeren Flaschen. Von Zeit zu Zeit kleckste ihm die dünnflüssige Kacke hinten herunter und färbte das dunkle Wasser bräunlich. Seine durch die Leibschmerzen bedingte schlechte Laune verbesserte sich von Minute zu Minute. Nach einer guten halben Stunde krähte er bereits wieder vor Vergnügen. Clara Freeman beobachtete die Wirkung ihrer Kur, griff sich den winzigen Nackedei und rieb ihn mit einem alten Lumpen trocken. Dann steckte sie ihn ins Wohnzimmer, drückte ihm sein geschnitztes Pferdchen aus grob bemaltem Lindenholz samt einem knochenharten Schiffszwieback in die Hände und ließ ihn auf einem ausgebreiteten Segeltuch herumkrabbeln. Ihr Mann sollte aufpassen, daß Edgar keinen weiteren Unsinn ausheckte.

George saß mit der aufgeschlagenen Bibel am Tisch. Er blickte auf den rosigen Halbmond am Boden und fühlte in sich eine unbekannte Wärme aufsteigen. »Mein Sohn«, flüsterte er voll innerer Rührung. Natürlich wußte Mr. Freeman ganz genau, daß Edgar nicht sein eigen Fleisch und Blut war, aber er spürte, daß ihn ein weiterer Sohn innerlich reicher gemacht hatte. Ein markantes Geräusch drang an sein Ohr, und ein strenger Geruch wehte an seine Nase. »Du alte Furzkruke«, meinte er begeistert. »Kaum drei Käse hoch und will schon stinken.«

Akute Gefahr für die Einrichtung bestand nicht. In Edgars Bäuchlein gluckste und rumorte es zwar unentwegt, doch seinen Därmen entfuhren nur heftige Winde.

In diesem Augenblick klopfte es an die Tür. Sie öffnete sich, Polly Richards trat ein. Sie trug ein durchaus respektables, hinten gerafftes, zweigeteiltes Kleid aus dunklem Tuch, verziert mit einer goldenen Brosche an einem kurzen Band, doch ein aufmerksamer Beobachter konnte auf den ersten Blick erkennen, daß sie sich in einer verzweifelten finanziellen Lage befinden mußte. Die Stulpenärmel glänzten speckig und waren an einzelnen Stellen unverkennbar mit Tinte nachgefärbt worden. Ihre hochgesteckten Haare begannen sich aus der Fasson zu lösen und hingen in einzelnen Strähnen wirr herunter. Hektische rote Flecke auf den sonst kreidebleichen Wangen von Miss Richards wiesen auf eine schlechte seelische Verfassung hin.

George Freeman erfaßte die Situation eher intuitiv als bewußt. Frauen gegenüber war er nüchtern sowieso sehr gehemmt. Also bot er der Besucherin zunächst einen Stuhl an und wartete ab, was sie zu berichten hatte.

Polly Richards, die Mr. Freeman erst ein- oder zweimal in ihrem Leben begegnet war, faßte das Schweigen als wenig gutes Zeichen auf. Außerdem plagte sie das schlechte Gewissen. Sie war bereits mit zwei Wochen Kostgeld für ihren Sohn im Rückstand, und sie wußte beim besten Willen nicht, wo sie es hernehmen sollte. »Mr. Freeman«, begann sie mit zitternder Stimme, »Mr. Freeman, ich weiß nicht, wie ich es sagen soll, es ist mir so unendlich peinlich. Glauben Sie mir bitte, ich habe alles in meinen Kräften Stehende versucht, aber es ist mir einfach nicht gelungen, die vereinbarte Summe aufzutreiben.«

George fühlte sich äußerst unwohl. Er hatte nicht die geringste Ahnung, wovon seine Besucherin sprach, da die Führung der Haushaltskasse ganz allein seiner Gattin oblag. Was sollte er antworten? Mr. Freeman entschied sich für den schwersten, jedoch sichersten Weg. Er rief nach seiner Frau.

Als Clara Freeman das Zimmer betrat, wußte sie sofort, worum es ging: Die Familie würde Geld verlieren. Nicht viel, aber wer jeden einzelnen Penny doppelt und dreifach umdrehen muß, für den sind zwei Shilling schon ein kleines Vermögen. Die Gesichtszüge von Mrs. Freeman verfinsterten sich.

George fühlte sich nun sicherer. »Kommen Sie bitte zur Sache«, meinte er.

Polly Richards schluchzte. »In letzter Zeit war ich öfter krank, und da habe ich weniger verdient. Ich bekomme die Summe für das Kostgeld nicht zusammen. Ich schlage deshalb vor, ich nehme Edgar wieder mit und gebe ihn zu Leuten, die etwas weniger verlangen. Ich verspreche hoch und heilig, sobald wie möglich meine Schulden zu begleichen.«

George Freemann sah zu seiner Frau, dann zu Polly Richards. Er faltete die schwieligen, harten Hände und legte den Kopf in den Nacken. Er dachte nach. Zwei, drei Minuten. Niemand wagte, ihn zu unterbrechen. George war wohl ein langsamer Denker, aber nicht auf den Kopf gefallen. Er schätzte die Situation recht realistisch ein, als er fragte: »Wer soll das sein, der noch weniger nimmt als wir?«

Polly verlor die Beherrschung und begann hysterisch zu kreischen. »Ich weiß es nicht, ich weiß es nicht! Ein Pfund pro Monat kann ich nicht länger aufbringen!«

»Dies ist ganz etwas anderes«, entgegnete Mr. Freeman bedächtig. Er kratzte sich am Hinterkopf. Unter dem Tisch polterte und knatterte es wie aus einer Gewehrsalve. Und das gab den Ausschlag: »Sie wollen Ihren Sohn in ein Waisenhaus stecken? Sind Sie noch bei Trost! Das kommt überhaupt nicht in Frage. Edgar gehört zur Familie. Hier ist sein Zuhause, und das bleibt es auch. Entweder zahlen Sie den vereinbarten Betrag, oder Sie geben Ihr Kind zur Adoption frei, damit es ein vollwertiger Freeman werden kann.« Einen von seiner Frau beabsichtigten Einwand fegte er mit einer Handbewegung beiseite und knallte dann mit der Faust auf den Tisch, daß die schwere Bibel in die Luft sprang.

Polly Richards brach schluchzend zusammen. Clara Freeman beugte sich tröstend über sie, obwohl sie im Hinblick auf die düstere finanzielle Zukunft selbst Trost gebraucht hätte. Edgar kam unter dem Tisch hervorgekrochen und lächelte verschmitzt. Das drohende Unheil war gebannt. George Freeman hatte das glühende Zeichen hinter seinem Rücken erkannt und intuitiv danach gehandelt. Richard Horatio Edgar blieb das schwere Los der englischen Waisenhäuser erspart. Nur die allerrobustesten Naturen überlebten dort Diphtherie, Ruhr, Läuse, Krätze, die klammen Strohsäcke, die bitteren Brotsuppen und täglichen Stockschläge.

Das Wissen um diese elenden Zustände bewog Polly letztendlich dazu, der Adoption zuzustimmen. Sie stellte nur eine Bedingung, die auch akzeptiert wurde: Sie wollte Edgar, sooft es ging, als »Tante Polly« besuchen dürfen.

## Tom & Harry

> *»Mein kleiner Dick«, meinte Harry in vollem Ernst zu mir, »wenn du deinen Pudding nicht aufißt, wie willst du dann jemals einen Polizisten verdreschen können?«*
>
> Edgar Wallace, »People«

Der sechzehnjährige Tom Freeman war blond und hübsch, sein ein Jahr jüngerer Bruder Harry dünn und dunkel. Die beiden jüngsten Söhne von George Freeman wirkten bereits wie Männer, breitschultrig und hochgewachsen; sie tranken und fluchten wie Erwachsene. Seit ihrem zehnten Lebensjahr arbeiteten sie hart. Man hätte sie in Samt und Seide hüllen können – ihr harter Cockney-Akzent und ihre raue Art verrieten jedem, woher sie stammten und wohin sie gehörten.

Tom und Harry waren keine schlechten Kerle im landläufigen Sinn. Natürlich schummelten sie beim Kartenspiel und waren scharf auf fremde Taschenuhren, aber sie folgten einem ihrer »Kaste« eigenen Gerechtigkeitssinn. Einen Kumpel hätten sie nie im Stich gelassen, die Familie ging über alles, und das Elternhaus war ein heiliger Ort. Sie logen und betrogen nicht mehr und nicht weniger als all die anderen

Geschundenen, die gleich ihnen aus der Gosse kamen. 1880 lebten 30 Prozent der Menschen in und um London an der Elendsgrenze. Großbritannien hatte in der Mitte der viktorianischen Epoche seinen Gipfelpunkt als weltwirtschaftliches Zentrum erreicht, ab 1875 begann der rasante Abstieg. Die industrielle Revolution war bereits in den vierziger Jahren des 19. Jahrhunderts ins Stocken geraten; nun wirkte sich zusätzlich die lähmende Last vergangener Leistungen aus: Kleine Familienbetriebe verkamen unter der Leitung uninteressierter oder unfähiger Enkel, Großindustrielle waren satt geworden, und selbst Königin Viktoria (1837–1901) beschäftigte sich nach dem Tod ihres Gatten Prinz Albert am 14. Dezember 1861 nur noch widerstrebend und lustlos mit ihren Amtsgeschäften. 1880 verlor Großbritannien den ersten Platz unter den Industrienationen. Deutschland und die Vereinigten Staaten von Amerika befanden sich auf dem Vormarsch. Die Veränderungen in der britischen Gesellschaft nahmen krasse Züge an. Die Arbeitslosigkeit stieg, Streiks und Unruhen erschütterten die Insel.

Tom und Harry Freeman hatten keine Zukunft. Ihr Lebensweg war vorbestimmt. Die idealistische Auffassung von Robert Owen, derzufolge der Weg zum Volkswohlstand nicht über Konkurrenz, sondern über Kooperation führt, hatte für die beiden Arbeiterjungen keine Bedeutung. Tom und Harry waren zwei schwer schuftende, früh ergreisende Kinder, die nach Feierabend auf ein Glas ins »Rose and Crown« gingen und dort ihre durch harte Arbeit und schlechte Ernährung angeschlagene Gesundheit restlos ruinierten.

An einem eisigen Novemberabend hockten die Brüder in ihrer Stammkneipe bibbernd auf einer Holzbank dicht am Ofen. Der fischige Geruch trocknender Lumpen schwängerte die Luft. Betrunkene Underdogs mit ungewaschenen schwarzen Visagen brüllten sich unverständliche Wortfetzen zu. Gleichmütig zwängte sich der Wirt (ein ehemaliger Matrose, der nachts stundenlang vor alten zerknitterten Seekarten von Schatzinseln träumte) zwischen ihnen durch, sammelte leere Flaschen und Gläser ein und teilte volle aus.

Tom und Harry waren völlig durchnäßt, die feuchten Haare hingen ihnen wirr in die schmutzverkrusteten Gesichter. Ein harter Zwölfstundentag lag hinter ihnen, der nächste würde nicht weniger anstrengend werden. Apathisch tranken sie scharfen Schnaps aus verbeulten Bechern und warteten auf seine lindernde Wirkung: auf die Wärme im Bauch, die bis in die Glieder ausstrahlte, auf das Nachlassen des Schmerzes in den schorfbedeckten, zerschundenen Händen. Tom rieb sein rechtes Knie, das er sich an einem Eisenpfosten geprellt hatte und nun die Farbe von reifen Pflaumen annahm. »Wir müssen gehen«, sagte er zu seinem Bruder. »Die Eltern werden sich sorgen.«

Harry nickte kraftlos. »Sicher hat Mutter noch eine warme Suppe. Die wird uns jetzt guttun.«

Draußen vor der Tür nahm ihnen der naßkalte Nebel fast den Atem. Ein gelbes Licht schwamm an ihnen vorbei, wie durch dicke Watte hörten sie Wagenräder metallisch über Kieselsteine knirschen. Daß sie kaum etwas erkennen konnten, störte sie nicht. Sie hätten den Weg nach Hause auch mit geschlossenen Augen gefunden: zwanzig Schritte nach rechts bis zum Holzzaun, das lockere Brett beiseite geschoben, den Trampelpfad entlang quer über den mit Unrat übersäten Platz, durch das Schlupfloch an der Mauer hinaus auf die Gasse, und dann wären sie auch schon da.

Doch da wuchs plötzlich eine drohende Gestalt vor ihnen aus der milchigen Dunkelheit. Ein Polizist! Ein gutgenährter Mann, Mitte Dreißig, mit bulligem Nacken und hochgezwirbeltem Schnurrbart hielt einen kurzen lederbezogenen Knüppel in der rechten Hand und ließ ihn immer wieder in die linke Hand klatschen. »Na, meine Süßen«, meinte er mit falscher Freundlichkeit. »Wo soll es denn hingehen?«

»Wir wollen heim, Sir, unsere Mutter wartet mit dem Abendessen auf uns. Wir sind die Freeman-Brüder und kommen von der Arbeit.«

»Eine lustige Arbeit nenne ich das«, entgegnete der Polizist leutselig und schnüffelte dabei geräuschvoll, »bei der man Schnaps trinken muß.« Plötzlich verlor seine Stimme die Sanftheit und wurde aggressiv und feindselig. »Was ist in dem Bündel dort in deiner Hand, Junge?« fragte er und tippte Harry zweimal hart mit dem Knüppel an die Brust.

»Nichts von Bedeutung, Sir. Nur meine Arbeitsjacke.«

»Zeig sie mir, Junge, zeig sie mir.« Wieder stieß der Knüppel zweimal zu, traf schmerzhaft den Rippenbogen.

Für Harry war das Maß des Erträglichen weit überschritten. Er wußte, daß er in den Augen des Polizisten nicht viel mehr wert war als ein Hund, aber niemand hatte das Recht, ihn dies grundlos spüren zu lassen. Er ballte die Faust, und mit all seiner Kraft – und er besaß sehr viel Kraft – hieb er sie ins wohlgenährte Gesicht des großen Mannes. Sein Mittelknöchel traf genau die Kerbe im Kinn. Es klatschte, als hätte ein Fleischklopfer ein Stück fettes Kotelett bearbeitet. Der Kopf des Polizisten flog nach hinten und wippte zurück. Harry hielt den Arm angewinkelt, bereit zu einem zweiten Schlag. Er war nicht nötig. Die Augen des Polizisten verdrehten sich, bis nur noch der weiße Augapfel hervorquoll, dann begann er zu schwanken, knickte in den Knien ein und plumpste dumpf zu Boden.

»Nun haben sie uns am Arsch«, stellte Tom sachlich fest und trat dem am Boden Liegenden in den Unterleib. »Wir wollen es der Sau noch richtig besorgen, damit wir alle drei etwas davon haben.«

Als die beiden nach Hause kamen, sah Clara Freeman auf den ersten Blick, daß etwas nicht in Ordnung war. Sie brauchte nicht lange zu fragen, die Sache war schnell erzählt. »Sie werden euch bald holen, dann kommt ihr vors Polizeigericht. Wieviel wird es geben? Schätzungsweise drei Monate? Ihr werdet es überstehen, laßt es euch eine Lehre sein. Nun geht zum Vater und erzählt ihm alles.«

George Freeman trug die schlechte Nachricht mit Gleichmut. Er billigte das Handeln seiner Söhne zwar nicht, aber er verurteilte es auch nicht. Mal schlug man, mal wurde man geschlagen. Das war eben Schicksal, dem konnte sich niemand entziehen. So nickte er nur mit dem Kopf und murmelte demütig, mit einem leichten Zittern in der Stimme: »Die Wege des Herrn sind unerforschlich. Es wird euch guttun.« Dann griff er zur Bibel und suchte seinen Trost in der Heiligen Schrift.

Am nächsten Morgen um drei Uhr, als George Freeman wie an jedem Tag um diese Zeit die Haustür öffnete, um zum Billingsgate Markt zu gehen, standen dort drei Polizisten mit Schlagstöcken und Handfesseln und blickten ihn finster an. Schweigend schoben sie ihn beiseite und drängten in den Flur. George Freeman fühlte sich schwach und elend. Er lehnte sich an die kühle Hauswand, Schweiß trat auf seine Stirn, kraftlos hingen die Arme herab. Aus dem Haus tönten jetzt Schreie und lautstarke Schläge. Als es plötzlich wieder still wurde, wandte George sich ab und stolperte die Gasse hinunter.

Einige Wochen später, an einem milden Sonntag, nahm er den fünfjährigen Edgar an die Hand und wanderte mit ihm zum Gefängnis nach Wandsworth, um seinen Söhnen ein Paket mit frischer Wäsche, Brot und etwas Speck zu bringen. Clara hatte recht vermutet, Tom und Harry mußten drei Monate hinter Gittern zubringen. George beeilte sich nicht, der Weg war weit. Das Paket trug er in ein sauberes Leintuch eingeschlagen als Bündel mit zwei Riemen auf den Rücken geschnallt. Hin und wieder blieb er stehen und fuhr sich mit einem rotkarierten Schnupftuch über Gesicht und Nacken.

Vor der hohen Umfassungsmauer des Guy Hospitals verweilte er erneut, nahm seinen Hut ab und sprach ein Gebet für die Kranken, die in den Sälen leiden mußten. Auch Edgar mußte sich bekreuzigen. Die kurze Zwiesprache mit Gott sollte ihn davor schützen, jemals das Gebäude von innen kennenlernen zu müssen.

Die nächste Rast legten sie in einer Kaffeeschenke in Love Lane, gegenüber von Eastship ein, in der es wundervoll nach heißem Kaffee und gebratenem Fisch duftete. Die Getränke wurden in dicken Steingutbechern serviert – Edgar bekam ein Glas Milch –, dazu gab es frisches, weiches Brot und gute Landbutter. Für drei Pence tafelten die beiden königlich.

Und dann standen sie vor dem großen grauen Gebäude mit den vergitterten Fenstern: Wandsworth Prison. Das Tor öffnete sich, ein Gefängniswagen mit schwarzem Kastenaufbau kam herausgerollt, die »Black Maria«. Hinten, auf einem Außensitz, hockte der Aufseher, vorn thronte der Kutscher mit hohem Hut unter dem Lederverdeck und ließ die Peitsche knallen.

Die ganze Szenerie wirkte nicht bedrohlich, ganz im Gegenteil, und doch prägte sie sich dem kleinen Edgar tief ein. Psychologen sprechen davon, daß Erlebnisse in frühester Kindheit bestimmend für den gesamten weiteren Lebensweg seien, und in diesem Moment hatte Edgar ein solches Schlüsselerlebnis. Er fühlte sich gleichsam angezogen und abgestoßen. Ihm wurde bewußt, daß er niemals in seinem Dasein mit einer solchen Kutsche fahren und auf keinen Fall ein Gefängnis als Insasse erleben wollte. Er hatte sich für die andere Seite der Barrikade entschieden.

## In der Schule

> *Meine Schule. Ein große gelbe Baracke, an einer Stelle errichtet, wo sich früher eine Müllgrube befunden hatte, in die das Gebäude nun Stück für Stück versank. Wir pflegten Kreidestriche an der Wand kurz über dem Boden anzubringen, um das Sinken feststellen zu können. Und jeden Morgen, wenn ich um die Ecke der Reddins Road in Peckham bog und die Volksschule noch an ihrem Platz stehen sah, war ich von einem Gefühl hilfloser Enttäuschung erfüllt.*
>
> Edgar Wallace, »People«

Im Juli 1886 übernahm Robert Arthur Talbot Gascoyne-Cecil Marquis von Salisbury als Ministerpräsident die Regierungsgeschäfte in England. Im Gegensatz zu seinem Vorgänger Ewart William Gladstone wollte er die Kolonien stärker an das Mutterland binden und den britischen Einfluß darüber hinaus noch weiter vergrößern. Speziell in Afrika wurden britische Truppen aktiv. In Großbritannien sammelten sich die Arbeiter in der Sozialdemokratischen Föderation sowie in der Sozialistischen Liga und forderten ihre Rechte ein.

In der Familie Freeman spielte die große Politik keine Rolle. Dort hielt man sich an greifbare Sachen. Clara Freeman beispielsweise haßte den Fischmarkt. Sie machte ihn für ihre häusliche Misere verantwortlich, obwohl jener Fischmarkt kaum speziellen Anteil an ihrem Elend haben konnte. Vielmehr spiegelten sich natürlich sämtliche gesellschaftlichen Zustände auch in den Verhältnissen in und um Billingsgate wider. Clara Freeman, deren Söhne und Ehemann sich notgedrungen auf dem Fischmarkt zugrunde richten lassen mußten, erkannte instinktiv, daß es nur eine einzige Möglichkeit gab, diesen Verhältnissen zu entfliehen, und die bestand in einer besseren Bildung. Ein um das andere Mal sagte sie zu Edgar, der sich von einem kleinen schüchternen Buben zu einem aufgeweckten jungen Burschen entwickelt hatte: »Du mußt mir versprechen, niemals in deinem Leben in Billingsgate zu arbeiten. Sonst bist du verloren wie die anderen auch.«

Nun gab es derzeit für Menschen ihres Schlages eigentlich keine Möglichkeit, eine vernünftige Bildung zu erlangen. Den Arbeiterkindern standen lediglich die Volksschulen offen, und dort mühten sich verzweifelte Lehrer ab, die Kinder mit den Grundzügen des Lesens, Schreibens und Rechnens vertraut zu machen. An der Qualität ließ sich kaum etwas ändern, nur an der Dauer. Üblicherweise schlossen die Kinder bereits mit dem zehnten Lebensjahr ihre Schulbildung ab, um endlich Geld für die Familie zu verdienen, doch Clara Freeman hatte beschlossen, in den sauren Apfel zu beißen und Edgar länger zur Schule zu schicken, obwohl sie eine zusätzliche finanzielle Unterstützung bitter nötig gehabt hätte.

Der elfjährige Edgar empfand die Schule als einen Ort der Marter und der Pein. Er hatte gelernt, daß China zwei große Flüsse besaß und Paris an der Seine lag. Er wußte, daß Italien einem Stiefel glich und Indien einer Birne ähnelte. Er erfuhr, daß Wilhelm der Eroberer vor langer, langer Zeit nach England kam, daß Heinrich der Achte sieben (oder waren es acht?) Frauen heiratete, daß ein Stück heißes Eisen in reinem Sauerstoff (oder handelte es sich um Wasserstoff?) rot aufglühte. Er lernte drei Stücke von Shakespeare kennen und bis zu den Dezimalbrüchen rechnen. Zeichnen haßte er aus tiefster Seele, Religion interessierte ihn auch nicht, und Sport wurde leider nicht gegeben. Mit diesem Wissen angereichert, fühlte er sich in allen Lebensumständen gewappnet. Neidvoll blickte er auf seine ehemaligen Schulkameraden, die sich als Botenjungen, Karrenschieber und Markthelfer verdingten und eigenes Geld in den Taschen trugen.

Zudem machte auch noch eine Marotte seines Ziehvaters Edgar das Leben schwer. George Freemann hatte nämlich eine Vorliebe für steife alte Hüte entwickelt, die er äußerst günstig, für Dreipence das Stück, einem chinesischen Krämer abzukaufen pflegte, der sich auf große Hutgrößen spezialisiert hatte. Und so bekam Edgar von Zeit zu

Zeit ein neuerworbenes röhrenförmiges, viel zu weites Ungetüm über den Kopf gestülpt. Trotz mehrerer Zeitungslagen unter dem Schweißband rutschten ihm die Hüte ständig über die Ohren. Alle Proteste halfen nichts, er mußte sie tragen, wenn er zur Schule ging, um »respektabel« auszusehen.

Mr. Newton, Edgars Klassenlehrer, war klein und dick, er hatte eine Glatze und trug dicke Bartkoteletten. Den Rohrstock wußte er nur zu geschickt und flink zu handhaben. In Mr. Newtons Stunden herrschte deshalb zwar nicht mehr Aufmerksamkeit als bei seinen Kollegen, jedoch völlige Ruhe. Und das war schon sehr viel, ein Meisterstück pädagogischer Leistung sozusagen. Kein einziger Schüler wagte es zu stören, das unvermeidliche Schurren und Scharren, Räuspern, Schniefen, Hüsteln und Bänkeknarren blieb auf ein Mindestmaß beschränkt. Das lag aber nicht an den blitzschnellen Hieben, die durch die Luft pfiffen, geschlagen wurde von allen Lehrern, mitunter noch viel kräftiger. Der Respekt der Schüler resultierte aus der Art und Weise seiner Züchtigung. Mr. Newton drosch nicht geistlos und brutal drauflos, nein, er tat es mit Witz und Verstand. Er schuf keine Märtyrer, indem er rebellische Schüler erbarmungslos verprügelte; er war auch kein Sadist, der wahllos zuschlug. Mr. Newton traf stets beides: die Ehre und die Haut. Ein kleiner Spruch am Rande, eine witzige Bemerkung, und der Übeltäter hatte zum Schaden auch noch den Spott zu verschmerzen.

In der letzten Stunde am ersten Sonnabend im Oktober 1886 knallte Mr. Newton ein dickes Buch auf das Lehrerpult. Die Kinder schraken zusammen und fürchteten Unheil. Selbst Timothy Convene, ein verschlagener Straßenkämpfer, dessen Hobby darin bestand, streunende Katzen und Straßenköter zu strangulieren, zuckte zusammen und versteckte die schmutzigen Finger unter seinem Sitz. Mr. Newton lächelte verschmitzt. »Heute, meine lieben Kinder, ihr alten Bastarde, habe ich eine Überraschung für euch. Es gibt noch andere Formen der Dichtkunst als jene erbaulichen Geschichten, die von kleinen Jungs handeln, die Böses tun und zum Guten bekehrt werden. Das Buch, das hier vor mir liegt, erzählt die Märchen aus Tausendundeiner Nacht. Kennt es einer von euch?«

Niemand nickte oder hob den Arm.

Mr. Newton seufzte tief. »Das habe ich mir beinah gedacht. Also fangen wir an. Ich lese vor, und ihr hört zu.«

Nun geschah etwas, was noch nie zuvor passiert war: Alle vierzig Kinder lauschten aufmerksam, mit offenen Mündern, selbst die schlimmsten Raufbolde. Es war, als ob ein Zauberteppich in dem düsteren Klassenraum ausgebreitet würde, auf dem die Jungen Platz nahmen und dann in die Wolken glitten. Sie schwebten über orientalische Basare, trafen auf tapfere Krieger, liebreizende Jungfrauen, böse und gute Geister.

Auf dem Nachhauseweg war Edgar noch ganz und gar von den Geschichten erfüllt. Er wünschte sich nichts sehnlicher, als selbst ein kühner Seefahrer zu sein, um über die Meere zu reisen, unerhörte Gefahren zu bestehen, unbekannte Inseln zu entdecken und die Tochter des Kalifen aus den Fängen des Ungeheuers zu befreien. Eine Stimme riß ihn aus seinen Träumen. Vor ihm stand ein Mann im hellen Anzug, mit einem lässig geknüpften Halstuch über dem sauberen Kragen und einem flachen Strohhut auf dem Kopf. Sein Gesicht war glattrasiert und seine Augen blickten freundlich. »Tu mir einen Gefallen, mein Junge. Hier hast du einen Florin. Geh dort drüben in den Laden, kauf eine Zigarette für einen Penny und bring mir das restliche Geld zurück.«

Edgar nahm das Zwei-Shilling-Stück und tat, wie ihm geheißen. Der Mann bedankte sich und strich ihm über den Kopf. Dann zündete er sich die Zigarette an, steckte das Wechselgeld ein und schlenderte weiter.

Edgar zog sich wieder in seine Traumwelt zurück. Er kämpfte jetzt mit einem Drachen, die schöne Prinzessin hielt er dabei im Arm. Doch irgendwo im Hintergrund seiner Gedankenwelt schlug ein kleines Glöckchen an. Erst ganz leise, dann immer stärker, bis er stehenblieb und nachdachte. Irgend etwas war seltsam gewesen, etwas hatte da nicht gestimmt. Aber was? Edgar grübelte und grübelte. Plötzlich schlug er sich mit der flachen Hand vor die Stirn. Natürlich! Wieso war ihm das nicht gleich aufgefallen? Weshalb hatte sich der Mann die Zigarette nicht selbst gekauft?

Edgar vergaß die Geschichten aus Tausendundeiner Nacht, machte auf dem Absatz kehrt und rannte zurück. Er spähte um die Ecke, und da sah er den Zigarettenraucher auch schon wieder. Der Mann sprach gerade einen anderen Jungen an, dem er sogleich eine Münze übergab. Edgar wartete, bis die Transaktion abgeschlossen war, dann nahm er seinen hohen Hut vom Kopf und schlenderte pfeifend und angestrengt die Hausfassaden musternd in Richtung Reddins Road. Der Trick klappte. Der Mann mit dem Strohhut erkannte ihn nicht, sprach ihn erneut an und händigte ihm wieder ein Zwei-Shilling-Stück aus. Doch diesmal ging Edgar nicht in den Laden auf der anderen Straßenseite, sondern rannte, so schnell er konnte, zu einem Polizisten, der sich ganz in der Nähe auf seinem Patrouillengang befand.

»Sir!« stieß Edgar aufgeregt und atemlos hervor. »Sir, bitte, ist dieses Geld falsch?«

Der Polizist nahm die Münze zwischen Daumen und Zeigefinger, betrachtete sie eine Weile unschlüssig und zerbrach sie dann mühelos. »Ja, mein Sohn, das ist eindeutig Falschgeld. Du bist sehr tüchtig. Woher hast du diesen Florin?«

»Von dem Mann dort hinten, der gerade davonrennt. Wenn Sie sich beeilen, dann holen Sie ihn noch ein.«

Der Polizist blies in seine Signalpfeife und nahm die Verfolgung auf. Er erwies sich als ein durchtrainierter Bow Street Runner (1750 hatte Henry Fielding in London das erste Detektivkorps der Welt, die Bow Street Runners, gegründet. Die Truppe rannte von ihrem Revier in der Bow Street aus den Dieben hinterher – daraus resultierte ihr Name.), der den Falschmünzer bald am Schlafittchen ergriff.

Während der Gerichtsverhandlung nannte der Richter Edgar Wallace »einen pfiffigen kleinen Jungen«, und ebendiese Bemerkung notierte ein Reporter und veröffentlichte sie in der Zeitung »News of the World«. Das war das erste Mal, daß Edgar seinen Namen gedruckt lesen konnte. Den Zeitungsausschnitt bewahrte er so lange auf, bis er vergilbt und in den Knicken völlig brüchig auseinanderfiel.

# Die ersten Arbeitsjahre

## Der Zeitungsjunge

*Wenn ich aus dem Theater nach Hause kam, wurde es spannend. Ich pochte an die Tür, wartete, nach einer Weile trippelten leise Schritte über den Flur. »Dick, bist du das?«*
*Die Tür war immer fest verriegelt und verrammelt – als Schutz gegen einen Einbrecher, der nie erschien. Gott allein weiß, was er hätte stehlen sollen ...*

Edgar Wallace, »People«

»Tante« Polly hatte großen Anteil daran, daß Edgar schon sehr frühzeitig das Theater für sich entdeckte. Sie brachte einige Male Freikarten vorbei; Clara oder eine der älteren Töchter begleiteten Edgar, und nach und nach fand er solch großen Gefallen an den wechselnden Inszenierungen, daß er sich selbst Billets kaufte. Daraus erwuchs ihm ein großes finanzielles Problem. Ein Theaterbesuch erforderte die ganz erhebliche Barschaft von mindestens einem Sixpence-Stück, denn neben dem Eintrittspreis entstanden nur schwer zu umgehende Nebenausgaben. Im Surrey- und im Castle-Theater kostete ein Platz auf der Galerie vier Pence, im Elephanttheater drei Pence. Dazu kam ein Penny für eine Flasche Ginger Ale (was ist das für ein Mann, der sich nicht mal einen Drink leisten kann, wenn er durstig ist!), und die Rückfahrt mit der Straßenbahn verschlang einen weiteren Penny.

Da war guter Rat teuer. Daheim wagte Edgar einmal ganz zaghaft vorzuschlagen, daß er sich doch als Zeitungsjunge verdingen könne. Doch diese Idee wurde von Clara Freeman prompt und rigoros abgelehnt: »Nur zerlumpte Rumtreiber bieten Zeitungen feil! Du kommst aus einem anständigen Haus!« Ungewollt artikulierte sie damit den Hang der meisten an der Armutsgrenze dahinvegetierenden Proletarier in ihrer Nachbarschaft, mehr dünken zu wollen, als sie wirklich waren. Die Gardinen an den blitzblanken Scheiben der windschiefen Hütten strahlten so leuchtend weiß, wie es nur irgend ging, um von dem Elend in den Stuben abzulenken. Ein Fremder durfte niemals die Schwelle überschreiten, schließlich mußte der Schein gewahrt bleiben.

»Ja, Mutter«, antwortete Edgar artig und machte sich schließlich in den Sommerferien des Jahres 1886 heimlich auf den Weg zur Redaktion der »Echo«, einer konservativen Tageszeitung, die über einige hochgebildete Redakteure verfügte, welche mit erstaunlicher Präzision die weitere Entwicklung der politischen Lage vorherzusagen wußten und damit dem Blatt den Absatz sicherten.

Im Geschäftszimmer notierte sich ein kleiner alter Mann mit grünem Augenschirm und Ärmelschonern auf einem Drehstuhl Edgars Angaben in einem stockfleckigen Kontobuch mit marmoriertem Einband. »Du nimmst dir einen Stapel mit und holst laufend Nachschub. Die Zeitungen, die du nicht verkaufen kannst, zählst du mir wieder vor. Abgerechnet wird zum Schluß«, meinte der Expedient mürrisch und stocherte mit dem Federhalter genüßlich im linken Ohr, aus dem ein graues Büschel Haare wuchs.

Edgar bezog seinen Posten im Herzen von London. Mit dem schweren Bündel unter dem Arm stellte er sich vor das Kontor von Cooks am Ludgate Hill. Wenige hundert Schritte vor ihm lag das Old Baily, rechter Hand erhob sich die wuchtige St. Pauls Cathedral, an die sich der hübsche kleine Postman Park anschloß. Nichtsahnend begann Edgar seinen Handel direkt unter den Fenstern des »Press Club«, dessen Präsident er später einmal werden sollte (und wo ihn heute eine Gedenktafel ehrt). Um ihn herum pulsierte das Leben. Müßiggänger flanierten, Fahrzeuge aller Art ratterten und rumpelten vorbei, exotisch anmutende Ausländer schritten in ungewohnten Gewändern würdevoll vorbei, eilige Passanten versuchten vergeblich im Gedränge schneller voranzukommen, und hin und wieder verirrte sich auch ein Prominenter in den Volksmassen. Nach und nach bekam Edgar die wichtigsten Größen der Londoner Gesellschaft zu Gesicht: Mr. Lawson, den Herausgeber des »Telegraph« auf dem Weg in die Fleet Street, den Schauspieler Henry Irvig Arm in Arm mit der Diva Ellen Terry in einer kleinen Kutsche (einer Hansom Cab), und einmal kaufte ihm sogar der Earl of Salisbury eine Zeitung ab.

Im Sommer belief sich der Verdienst auf etwa drei Shilling pro Woche, im Winter 1886/87 ging der Umsatz stark zurück. Hinzu kam die Kälte, die den Zeitungsverkauf nicht gerade zu einem Vergnügen machte. Edgar hüpfte und trampelte, die Nase lief ihm blau an, und Frostschauer krochen ihm den Rücken hinauf und herunter. Da dachte er sich eine recht ungewöhnliche Methode aus, um die Kälte zu vertreiben: Lautstark deklamierte er Szenen aus Shakespeare-Stücken, wobei er von einer Rolle in die andere schlüpfte.

An einem ganz besonders frostigen Tag redete er sich derart in Euphorie, daß er gar nicht bemerkte, wie eine große Gestalt in blauer Uniform auf ihn zusteuerte und schließlich direkt neben ihm stehenblieb. Er schrak erst zusammen, als ihn der Polizist auf die Schulter tippte. »Was ist los mit dir, mein Junge?« fragte der Beamte argwöhnisch.

»Oh, nichts, Sir, es ist alles in Ordnung«, stammelte Edgar entgeistert.

»Du hast einen kleinen Dachschaden, kann das sein?«

»Genau, Sir, so ist es. Bei mir ist nicht alles richtig im Kopf«, entgegnete der Junge, hocherfreut über den Ausweg aus seiner Not.

»Dann solltest du hier besser verschwinden und nach Hause gehen«, ordnete der Polizist an. Edgar gehorchte sofort, schnürte sein Bündel und gab Fersengeld.

Auch im Frühjahr lief der Zeitungsverkauf nicht besser. Der Zeitaufwand lohnte sich nicht mehr, Edgar gab seinen Job schweren Herzens auf. Nun war erneut guter Rat teuer. Doch er stand nicht allein vor schwierigen Problemen, auch die Regierung hatte große Sorgen: In der Mitte der achtziger Jahre wurde die Rezession immer deutlicher spürbar. Das Ministerium setzte eine besondere Kommission ein, die den Niedergang der Volkswirtschaft analysieren sollte. Als Ergebnis ihrer Tätigkeit regte jene Kommission ein Gesetz an, das 1887 als »Merchandise Marks Act« verabschiedet wurde. Diesem zufolge mußten sämtliche in England verkauften Waren den deutlichen Hinweis auf ihr Herkunftsland tragen. Die Gesetzgeber gingen davon aus, daß speziell die Waren »Made in Germany« zwar billiger als die britischen, dafür aber von wesentlich schlechterer Qualität seien. Die Käufer sollten auf diese Weise davor geschützt werden, billigen Ramsch zu erwerben, und vor allem sollten sie britische Produkte einkaufen.

Das Gesetz erwies sich als völliger Fehlschlag. Kaum war es eingeführt worden, stellte sich heraus, daß der größte Teil der in England gekauften Waren aus Deutschland stammte, weil sie nicht nur billiger, sondern auch besser als die vergleichbaren englischen Produkte waren. Der Aufdruck »Made in Germany« regte damit in nahezu aufreizender Weise dazu an, die inländischen Fabrikate zu ignorieren.

Edgars Probleme lösten sich im Gegensatz dazu auf eine sehr elegante, wenn auch etwas zweifelhafte Weise für einen zwölfjährigen Jungen – jedenfalls nach den damals herrschenden und auch heute noch gültigen Moralvorstellungen zu urteilen. Um sich aufzuwärmen, war er an einem regnerischen Frühlingstag in eine Teestube nahe Glengall Arms eingekehrt. Für einen Penny verleibte er sich eine Tasse guten Tees und ein Marmeladenhörnchen ein und saß schmatzend und gedankenverloren in einer Ecke des kleinen Lokals. Plötzlich spürte er, wie ein Blick auf ihm ruhte. Er schaute auf und sah direkt in die blaßgrauen Augen der Schankwirtin namens Mary Anstee, einer schmucken jungen Frau, Mitte Zwanzig, mit braunem Haar und straffen Brüsten. Freundlich lächelte sie ihm entgegen, worauf sich Edgar prompt heftig verschluckte. Der Tee, vermischt mit aufgequollenen Kuchenkrümeln, lief ihm zur Nase heraus und verursachte ein ekelhaftes Brennen, so daß sich seine Augen mit Tränen füllten. Nun mußte Mrs. Anstee laut lachen, sie kam herbeigeeilt und klopfte dem hustenden Edgar auf die Schulter. Die beiden kamen ins Gespräch, und so begann eine intensive, wenn auch kurze Freundschaft.

Die kinderlose Mary Anstee war von der Schauspielkunst ebenso begeistert wie Edgar, was noch dadurch befördert wurde, daß ihr rühriger, aber meist abwesender Ehemann als Bühnenarbeiter am Castle-Theater beschäftigt war und das eine über das andere Mal Freikarten besorgen konnte. Ab und zu schmuggelte er die beiden auch über den Seiteneingang hinein und versteckte sie hinter den Kulissen oder auf dem Schnürboden, wo sie zwar nur wenig sahen und hörten, sich dafür jedoch inmitten eines Abenteuers wähnten.

Mary Anstees zweite Vorliebe galt der Literatur. Sie machte Edgar mit vielen guten Büchern vertraut, die sie dutzendweise aus der Leihbücherei holte oder in billigen Antiquariaten auftrieb. Sehr häufig saßen sie im Hinterzimmer, eine duftende Tasse Darjeeling stand vor ihnen auf dem Tisch, und sie lasen sich gegenseitig Passagen aus ihren Lieblingsbüchern vor.

Mary Anstee hatte noch eine dritte Leidenschaft, und auch hier erwies sie sich als Edgars Lehrmeisterin. Nach einem wunderschön-traurigen Theaterbesuch (ein unglückliches Mädchen war von seinen grausamen Eltern aus dem Haus getrieben worden und mußte im bitterkalten Papierschnitzelschnee elendig zugrunde gehen), der beide zu Tränen gerührt hatte, saßen sie noch zusammen. Zum krönenden Abschluß des Tages nippte jeder an einem Gläschen Portwein. Sie plauderten über dies und jenes und streiften auch beiläufig die weiten Gefilde der Beziehungen zwischen den Geschlechtern. Egar konnte nicht allzuviel Grundwissen beisteuern. Er hatte nur einige äußerst unklare Vorstellungen, die im wesentlichen auf den Begebenheiten zwischen Blumen und Bienen basierten, denn weder im Hause Freeman noch in der Schule wurde vor den Kindern weiter ins Detail gegangen.

Mary sah plötzlich eine angenehme Aufgabe auf sich zukommen. Zartfühlend näherte sich die Teeköchin dem kleinen und unschuldigen Edgar und weihte ihn umfassend und sachkundig in die Freuden der fleischlichen Liebe ein.

Obwohl der Vorfall geheim blieb und keine Menschenseele davon erfuhr, stellte er den Höhepunkt und zugleich das Ende der Beziehung des ungleichen Pärchens dar. Mary Anstees Interesse an dem in vielerlei Hinsicht begabten Knaben erlosch wie ein Strohfeuer. Aber Edgars Phantasiegebilde, die er des Nachts hinter seinen geschlossenen Augen erzeugte, nahmen nun viel konkretere Formen an. Er wußte nun, was unter Frauenröcken knisterte und raschelte und was sich hinter der letzten Hülle verbarg.

## Der Drucker

*Ich lernte zwei wichtige Dinge: Selbstmitleid ist schädlich, und auf gar keinen Fall darf man Leuten bittere Wahrheiten verkünden, wenn man keine Hand frei hat, um zurückzuschlagen.*

Edgar Wallace, »People«

Nach den Sommerferien des Jahres 1887 sollte auch für Edgar der Ernst des Lebens beginnen. Er selbst war da freilich ganz anderer Meinung, die Schule war für ihn stets nur ein Ort der Qual geblieben, an dem man seine kostbare Zeit sinnlos vergeudete. Er mußte sich eine Anstellung suchen und sein eigenes Geld verdienen. In Frage kamen lediglich Handlangerdienste. Zunächst benötigte er dafür die Abschrift seiner Geburtsurkunde, das Gesetz wollte es so. Sie zu bekommen, war nicht weiter schwierig, das Kirchenamt in Greenwich stellte sie problemlos aus. Als er jedoch das Dokument in Händen hielt, entdeckte er zu seiner größten Verblüffung, daß er gar nicht Freeman, sondern Wallace mit Nachnamen hieß. Der Schock traf ihn hart. Er heulte auf wie ein verwundetes Tier, verkroch sich in einer dunklen Ecke und kam erst nach einigen Stunden mit verquollenen, tränenleeren Augen hervor. Clara Freeman machte sich bittere Vorwürfe, ihn nicht früher eingeweiht zu haben. Doch nun war es zu spät.

Von diesem Zeitpunkt an haßte Edgar seine leibliche Mutter aus tiefster Seele. Für ihn gab es keinen triftigen Grund, ein Kind wegzugeben.

Nach einigen Tagen, als das Schlimmste überwunden war, begann er sich der romantischen Seite der Medaille zu nähern. Er malte sich aus, sein leiblicher Vater sei ein reicher Lord, der ihn schon bald auf sein Schloß holen würde. Oder ein berühmter Entdecker kehrte von einer Weltreise zurück und schlösse ihn in die Arme. Es wurde nichts daraus. Er lernte seinen Vater nie kennen.

Statt dessen reiste Edgar, mit seiner Geburtsurkunde in der Tasche, nach Newington Causeway, weil die dortige große Druckerei einen Hilfsarbeiter suchte. Edgar bekam eine dicke Filzschürze ausgehändigt, unterschrieb seine Aufnahme und ging in die Werkhalle. In ihr herrschte ein solcher Lärm, daß man sein eigenes Wort nicht verstehen konnte. Zischende Transmissionsriemen liefen die Wände entlang, Transportkarren mit Eisenrädern polterten über den Fußbodenbelag aus schmierigen Metallplatten, und an den Druckpressen fuhren stählerne Fäuste donnernd nieder.

Edgar mußte sich vor ein ratterndes Ungetüm stellen, welches Papiertüten bedruckte. Seine Aufgabe bestand darin, die frisch bedruckten Tüten aus der Maschine zu ziehen und auf einen Stapel zu legen. Die erste Viertelstunde machte ihm die Arbeit richtig Spaß: Rack-tack-rack-tack, im Rhythmus Zufassen-Aufrichten-Ablegen-Bükken. Die Geschwindigkeit war kein Problem. Es hätte durchaus noch schneller gehen können. Aber dann ... Jede Sekunde eine Tüte. Sechzig Tüten pro Minute. Sechzig mal sechzig Tüten in der Stunde. Sechzig mal sechzig mal neuneinhalb Tüten am Tag, von morgens um acht bis abends halb sechs. Rack-tack, rack-tack, rack-tack, rack-tack, rack-tack, rack-tack, erbarmungslos und monoton, allein von winzigen Pausen unterbrochen. Die Filzschürze hielt nur den gröbsten Schmutz ab. Die frische Druckfarbe färbte die Hände rot, schwarz oder golden und breitete sich gleichmäßig über Hals und Gesicht aus. Mitunter glich Edgar einem Indianer mit voller Kriegsbemalung.

Anfangs war er nach Feierabend so erschöpft, daß er sich nur mit Müh und Not nach Hause schleppen konnte. Dort fiel er halb besinnungslos ins Bett, wollte weder etwas essen noch trinken. Und in seinen Träumen verfolgte ihn die unbarmherzige Foltermaschine weiter. Edgar krümmte und streckte sich im Schlaf, die Zähne knirschten den Takt dazu, rack-tack, rack-tack.

Schon sehr bald mußte sich der frischgebackene Arbeitsmann eingestehen, daß die geschmähte Schule wesentlich mehr Freiräume geboten hatte als die jetzige Plackerei. Der Verdienst aus kleinen Botengängen war damals auch nicht wesentlich geringer gewesen als der Bodensatz an Pennys, der sich derzeit nach sechs knochenbrechenden Tagen in seiner Lohntüte fand.

Laut Vertrag standen ihm wöchentlich fünf Shilling, also sechzig Pence, zu; doch in den ersten drei Wochen behielt die Firma zwanzig

Pence bei jeder Lohnzahlung als sogenannten Sicherheitsbetrag ein. Diese Rücklage sollte verhindern, daß ein Arbeiter kündigte und einfach nicht mehr wiederkam, was die Druckerei unter Umständen in Schwierigkeiten gebracht hätte. Über den Sinn oder Unsinn dieser Maßnahme ließe sich streiten, sie bewirkte auf jeden Fall, daß Edgar in seinen ersten Arbeitstagen äußerst knapp bei Kasse war.

Er klagte den Kollegen sein Leid. Will Privy, ein fuchsgesichtiger Waliser, dem der Druckstock drei Finger der linken Hand abgequetscht hatte, wußte einen Ausweg: Er borgte Edgar am Montag Vierpence und verlangte am Wochenende Sixpence zurück. Schneller als ihm bewußt wurde, geriet Edgar bei diesen Wucherzinsen in einen heftigen Strudel, der ihn fast in den finanziellen Ruin getrieben hätte.

Dabei benötigte er dringend jeden Penny. Mary Rose, die Tochter eines Hufschmieds aus der Nachbarschaft, eine dreizehnjährige junge Dame mit weizenblondem Haar, Sommersprossen und einer unkonventionellen Lebenseinstellung, war nämlich so liebenswürdig, Edgar einen Handel vorzuschlagen, welcher, vereinfacht ausgedrückt, den Austausch materieller gegen ideelle Werte zum Inhalt hatte. Mary Rose wollte gern einmal im Hyde-Park spazieren gehen. Edgar sollte sie dabei begleiten, sich wie ein artiger Kavalier benehmen und Kuchen und Limonade spendieren. Zur Belohnung wollte sie ihm dann ihr Höschen zeigen.

Am Sonntag wäre ein solch gewagter Plan nicht durchführbar gewesen, die Eltern hätten zuviele unangenehme Fragen gestellt. Also blieb nur ein Wochentag. Edgar fühlte sich Manns genug und genehmigte sich einen Tag Urlaub. Ungewöhnliche Ereignisse rechtfertigen ungewöhnliche Maßnahmen. Der Einsatz lohnte sich in doppelter und dreifacher Hinsicht. Im Park war es sehr hübsch, die eisgekühlte, zuckersüße Limonade schmeckte köstlich, und das Törtchen zerging auf der Zunge. In einer verschwiegenen Buschgruppe gewährte Mary Rose dann endlich den versprochenen Blick unter ihre Röcke. Der galante Knabe errötete dabei heftig, weil das kecke Mädchen gar kein Höschen trug.

Der Kater kam am nächsten Morgen. Der Vorarbeiter stieß ihn hart vor die Brust und wies auf die Tür. Wegen seiner Fehlschicht war Edgar gefeuert worden. Er ging ins Kontor, ließ sich den restlichen Lohn auszahlen und verlangte die einbehaltenen fünf Shilling zurück. Doch der Buchhalter strich sich über seinen Backenbart und lächelte nur matt. Er zog das Papier hervor, welches Edgar an seinem ersten Arbeitstag unterschrieben hatte. Darauf stand eindeutig vermerkt, die fünf Shilling Kaution seien nicht rückzahlbar.

Edgars Magen krampfte sich zusammen. Er fühlte sich schlapp und elend bei so viel Ungerechtigkeit. Benommen taumelte er auf die Straße und stieß mit einem Schutzmann zusammen.

»Hoppla, junger Mann, wo brennt es denn«, meinte der Polizist leutselig.

Edgar faßte sich ein Herz und erzählte dem Ordnungshüter von dem vertrackten Vertrag.

Der Polizist überlegte nicht lange, sondern sagte: »Du bist im Recht, mein Junge. Das Geld steht dir zu. Wenn es die Halsabschneider nicht freiwillig herausrücken, geh' zum Gericht und verklage sie.«

Edgar tat, wie ihm geheißen. Er stapfte auf jenes Polizeigericht, welches die Freemans bislang nur von seiner dunklen Seite kennengelernt hatten, schloß sich der Schlange der Antragsteller an, und als er an der Reihe war, trug er seine Sache vor. Der Polizeirichter kratzte sich am Kopf, hüstelte und sprach mit leiser Stimme: »Keine Chance, du bist zu jung.«

»Oh nein, Sir, ich bin bereits zwölf Jahre alt.«

Der Richter mußte lächeln. »Wenn das so ist, dann gibt es auch einen hübschen kleinen Prozeß. Die Gebühren betragen einen Shilling. Hast du soviel?«

Edgar nickte.

Eine Woche später fand das Verfahren statt. Edgar stand im Zeugenstand und verteidigte sich selbst. Nach drei Minuten war alles vorüber. Die Gegenseite verlor und mußte bezahlen, einige Zuhörer klatschten Beifall.

Einer von ihnen, ein großgewachsener Polizist mit buschigem Schnurrbart und plattgequetschter Nase, tippte ihm vor der Tür auf die Schulter. »Sag mal, mein Junge«, fragte der Beamte. »Heißt du nicht eigentlich Freeman?«

Edgar nickte. »Ja, Sir, die Freemans sind meine Pflegeeltern.«

Der Polizist grinste und deutete auf seine Nase. »Eingeschlagen. Vor Jahren schon. Von deinen Brüdern Tom und Harry.«

Edgar wurde blaß. Er überlegte krampfhaft, wie er sich aus der Affäre ziehen könnte. Er wollte keinen Ärger haben.

Dem Polizisten aber stand anderes im Sinn. »Man freut sich immer wieder, wenn man alte Bekannte trifft. Komm, Söhnchen, wir trinken eine gute Tasse Tee zusammen.«

Und das taten sie dann auch. Sie kehrten in der Kaffeestube gegenüber dem Gerichtsgebäude ein, unterhielten sich famos, und zum Schluß beglich der Polizist die Zeche. »War nett, dich zu treffen, Edgar,« sagte er beim Abschied und versetzte ihm einen freundschaftlichen Schlag mit seinem lederbezogenen Knüppel.

## Der Smutje

*Als ich nach Hause kam, trug ich an den Füßen die Schuhe eines wohlhabenden, aber zu leichtsinnigen Gentlemans aus St. Alban. Sein Diener hatte sie geputzt und auf das Fensterbrett gestellt.*

Edgar Wallace, »People«

Die »Snow Florry« stampfte und rollte langgestreckte Wellentäler hinunter, klomm zwischen treibenden Eisschollen grauschwarz schillernde Wasserberge hinauf und stürzte sich in den nächsten Abgrund. Tosende Gischt sprühte, wenn wütende Brecher gegen den stählernen Rumpf klatschten. Ein eisiger Wind peitschte die Nordsee. Die für diese Jahreszeit übliche Schlechtwetterfront hielt nun schon seit Tagen an, eine Besserung war nicht in Sicht. Die »Snow Florry«, ein großer Fischdampfer der Hewitt Fishing Company, war für rauhe Dünung gebaut. Selbst ein mittlerer Orkan hätte ihr nicht viel anhaben können. Sie nahm es mit jedem Heringsfänger auf, was die Seetüchtigkeit anbelangte. In puncto Komfort ließ das Schiff allerdings viel zu wünschen übrig. Aber es war ja auch keine Vergnügungsyacht, die beschwipste Touristen nach Übersee schaffte. Wenn die riesigen Schleppnetze an Bord gehievt wurden, die Mannschaft den Fang sortierte und unter Deck schaufelte, waren die Heringe bereits steif gefroren, ehe sie niederwärts im Laderaum aufschlugen.

Danach stolperten die Fischer blaugefroren und durchnäßt in die Kajüte und wärmten sich am Ofen. Es gab für sie keine andere Möglichkeit, als die klammen Sachen am Körper zu trocknen. Es roch dumpf nach feuchter Wolle, Fisch und Körperschweiß. Die Mannschaftslogis ließen sich schlecht heizen. Die Temperaturen stiegen dort kaum über den Gefrierpunkt, obwohl die Öfen rot glühten. Von den Wänden und Decken tropfte das Wasser.

Edgar hatte noch Glück, daß er als Smutje und Schiffsjunge eingestellt worden war. Außer dem Maschinenraum gab es nämlich nur einen einzigen halbwegs warmen Ort im Schiff, und das war die Kombüse. Er hatte sich zu früh gefreut, denn seitdem er am 10. Dezember 1890 im Hafen von Grimsby angeheuert hatte, quälte ihn die Seekrankheit ohne Unterlaß. Innerhalb von 14 Tagen hatte er zehn Pfund abgenommen, und außer Schiffszwieback mit ungesüßtem Tee behielt er keine Speise länger als fünf Minuten bei sich. Er roch aus dem Hals wie ein kranker Wolf, kalter Schweiß stand ihm auf der Stirn, und seine Hände zitterten in einem fort.

Wie er auf die Schnapsidee kommen konnte, sich als Smutje zu verdingen, war ihm inzwischen völlig schleierhaft. Seine spärlichen Kochkünste beschränkten sich auf das Braten von Spiegeleiern und das Erhitzen von Wasser. Kapitän Mobcap, ein robuster Mann von großer Leibesfülle und mit erstaunlich kleinen Füßen, hatte ihm den Vorratsraum gezeigt und die Essenszeiten genannt: Breakfast um 4 Uhr morgens, Lunch und Dinner um 5 Uhr nachmittags. Fassungslos hatte Edgar in der großen Kammer gestanden, auf die Fässer voller Pökelfleisch, die Säcke, gefüllt mit Mehl und Bohnen, auf die tausend anderen Kisten und Kästchen, Beutel, Gläser und Flaschen gestarrt, die festgezurrt in den Regalen lagen.

Edgar sollte die Mahlzeiten zubereiten, servieren, abräumen, abwaschen und die Kapitänskajüte in Ordnung halten. Wenn er halbwegs über die Runden kommen wollte – und in den ersten Tagen gelang ihm dies nicht im entferntesten –, mußte er morgens um zwei Uhr aufstehen, und vor zehn Uhr abends kam er nie in seine Koje. Die Mannschaft bestand aus zehn Fischern, zwei Maschinisten, dem Bootsmann, einem Offizier und dem Kapitän. Allesamt stürzten sie sich stets mit einem Bärenhunger auf die Mahlzeiten und hielten mit ihrer Meinung niemals hinter dem Berg.

Edgars erster Tee wurde eine gallebittere, pechschwarze Flüssigkeit, der man auch mit viel Wasser und Zucker nicht beikommen konnte. Dazu reichte er eine Reissuppe, die er nach dem vielversprechenden Rezept zubereitet hatte: zwei Handvoll Reis auf einen großen Topf mit Wasser. In den nächsten Tagen überraschte er seine Essensgäste mit fettigem Spülwasser (Nudelsuppe), matschiger Teigpampe (Eierkuchen) und braunverbrannter Glitschmasse (Grießpudding).

Die Reihenfolge beim Servieren war strikt einzuhalten: Zuerst erhielten der Kapitän, der erste Offizier und der Steuermann in der Offiziersmesse ihren Teil, dann wurde die Mannschaft bedient, und zum Schluß bekam der Rudergast auf der Brücke seine Portion. Die übliche Reaktion der Esser ließ nicht auf sich warten. Nach dem ersten Löffel, der in den Mund gewandert war, holte der Betreffende wutentbrannt aus und gab dem Smutje eine Backpfeife, die ihn quer durch die Messe wirbelte.

Mit brennenden Backen, rotverheulten Augen und einem rebellierenden Magen machte sich Edgar dann wieder an seine Arbeit. Mit Hilfe eines zerfledderten Kochbuchs für die »gutbürgerliche Küche«, welches der Kapitän aus seiner Seekiste gekramt hatte, dank der Hinweise einiger Matrosen und natürlich nach unermüdlichem Üben (das Verkosten verursachte ihm, dem Seekranken, eine Höllenqual) gelang es ihm, Gerichte zu kreieren, die mit viel gutem Willen das Prädikat »genießbar« erhalten konnten. Er röstete gefrorene Hammelkeulen, kochte Plumpudding, Suppen und Kakao und war immer auf das Ergebnis gespannt. Zuviel Salz oder zuwenig? Zu wässrig oder angebrannt?

Manche Experimente gingen völlig daneben. Am Weihnachtsabend hatte er sich eine Überraschung ausgedacht. Er weichte Schiffszwieback auf, knetete mit Mehl einen Teig daraus, formte Fladen, die er mit Pflaumenmarmelade bestrich, sodann zusammengerollt in der Eisenpfanne buk und schließlich als »Obstkuchen« kredenzte. Das Aussehen der Süßspeise war abenteuerlich, aber dies nahmen die Kummer gewohnten Seebären noch widerspruchslos hin. Als sie aber feststellen mußten, daß Geschmack und Aussehen eine Einheit bildeten, daß die Pfannkuchen nach Pappe schmeckten und die Zähne zusammenklebten, schnappten sie sich den Urheber und stopften ihm drei seiner Kreationen hintereinander in den Rachen. Edgar wand sich in Krämpfen und mußte sich zwei Stunden lang übergeben, bis ihm nur noch giftgrüner Gallensaft bitter aufstieß.

Am Sylvesterabend 1890/91 brannte an Bord der »Snow Florry« die Luft. Kapitän Mobcap hatte ein Drei-Gallonen-Fäßchen Rum spendiert. Längst lag er schnarchend in seiner Kajüte, sein erster Offizier schlief zusammengerollt in der Ecke, und dem Bootsmann rann ein Speichelfaden aus dem Mund, während er in einer Schnapslache auf dem Tisch verschlungene Muster zeichnete.

Die Mannschaft amüsierte sich bei einem lustigen Spiel. Die Matrosen ließen ihre Hosen herunter, und Edgar mußte mit verbundenen Augen von einem zum anderen gehen, den nackten Hintern küssen und erraten, welche Person er vor sich hatte. Das gab viel Spaß und großes Gelächter. Für jede richtige Antwort gab es zur Belohnung einen Becher voll Rum. Er bewirkte, daß der heftige Ekel, der Edgar anfangs geschüttelt hatte, mit der Zeit nachließ und schließlich ganz verschwand. Am Ende mußte er selbst lachen, er fühlte sich großartig, wie ein toller Kerl, der mit vielen guten Freunden feierte.

Wenig später wurde ihm der Irrtum schmerzlich klar. Nach Ende des tollen Spiels rissen die letzten Überlebenden der Orgie, ein Maschinist und drei Fischer, eine Zote nach der anderen, während ihre Kameraden längst von den Stühlen gefallen waren. Edgar saß in einer dunklen Ecke, bewegte den Kopf ruckartig hin und her, versuchte etwas zu sagen, aber der Widerstand der geschwollenen Zunge war zu groß. Heraus kam nur noch ein unartikuliertes Gestammel.

Brian Chapman, der Maschinist, dessen schwarz verschmiertes Gesicht ölig glänzte und der nur noch eine Reihe von kurzen Zahnstummeln im Mund trug, quetschte lallend hervor: »Wie wäre es, wenn wir unseren kleinen Kameraden in die Freuden der Liebe einweihen würden?«

Die betrunkenen Fischer grinsten anzüglich.

Edgar hatte zwar den Sinn der Rede nicht verstanden, als er aber Brians geilen Blick sah, mit dem dieser auf ihn zustolperte, leuchtete in seinem Gehirn ein grelles Warnlämpchen auf. Er griff nach dem Messer auf dem Tisch, und als ihn der Maschinist an der Schulter packte, um ihn hochzuzerren, ließ er es durch die Luft sausen. Sein Hieb streifte die schwarze Wange und zeichnete eine dünne rote Linie oberhalb des Bartansatzes.

Brian schrak zurück. Der scharfe Schmerz hatte ihn jählings ernüchtert. Er griff sich ins Gesicht, und zwischen seinen Fingern tropfte das Blut auf den Boden. Edgar stemmte sich hoch, das Messer noch immer in der Faust, und torkelte zum Schott. Er schwankte zum Vorratsraum, legte den Riegel vor und verkroch sich unter einem Stapel feuchter Säcke. Bibbernd und frierend wartete er auf den nächsten Morgen, den 1. Januar 1891.

Als er aufstand, ging es ihm wesentlich besser, als zu vermuten gewesen wäre. Er heizte den Herd in der Kombüse an, stellte den Kupferkessel mit Wasser aufs Feuer und klapperte mit den Tellern herum.

Die Tür öffnete sich. Brian Chapman trat herein und grinste. Sein Gesicht war verbunden. Mit einem Anflug von Irrsinn in den Augen wisperte er fast unhörbar: »Edgar, mein kleiner Liebling, nimm dich in acht. Bald wird dich meine Schlange beißen.« Er griff in seine Tasche und riß ein Stilett hervor, das durch die Luft zischte.

Edgar wich zurück und tastete hinter seinem Rücken nach dem Hackmesser. Doch Brian schüttelte den Kopf. »Oh, mein Schätzchen, doch nicht jetzt. Später. Heute Nacht oder morgen. Wer weiß, wann ich Lust dazu habe. Vorfreude ist die schönste Freude.«

Am 7. Februar 1891 ankerte die »Snow Florry« in Grimsby, um den Fang zu löschen. Edgars Abenteuerlust war ganz und gar verflogen. Als er die Kapitänskajüte säuberte und aufräumte, fand er in einer Jacke einen Shilling. Er drehte ihn eine Weile zwischen den Fingern, dann steckte er die Münze in die Tasche. Er nahm ein Paar Seestiefel aus der Seekiste, zog sie an, obwohl sie ihm zwei Nummern zu groß waren, schnürte sein Bündel und schlich sich heimlich von Bord.

Bis London benötigte er etwas länger als drei Wochen. Wo immer er unterwegs Arbeit fand, verrichtete er kleinere Handlangerdienste, um sich ein bescheidenes Nachtquartier und eine warme Mahlzeit leisten zu können. Meistens aber gab es nichts zu tun. Dann bettelte er oder stahl sich Brot von einem Bäckerwagen.

Die zu großen Stiefel tauschte er bei einem Krämer gegen ein Paar Holzpantinen und einige Pennys ein.

## Der Milchmann

*Ich habe vergessen, ob Harry drei oder sechs Monate wegen seiner Unterschlagung sitzen mußte: Es lohnte sich nicht, über eine solche Bagatelle zu reden.*

Edgar Wallace, »People«

Harry Hanford, der Milchmann, war ein kräftiger Bursche aus Wiltshire. Er trug den Hut ins Genick geschoben und pflegte die Daumen hinter der Weste einzuhaken. Sein borstiger Schnauzbart wölbte sich nach oben, und die weißblauen Augen sprühten vor Tatendrang. Nach einer kleinen Zwangspause – einer seiner früheren Arbeitgeber hatte ein spürbares Loch in der Ladenkasse bemerkt – betrieb Harry nun mit dem getreulich ersessenen Kapital sein eigenes Milchgeschäft. Das Herzstück des Unternehmens bildete ein dreirädriger Schiebkarren, auf dem größere und kleinere Milchkannen standen und der von zwei großen Reklametafeln verziert wurde.

Harry absolvierte täglich seinen festen Tourenplan durch die Straßen Brockleys, schenkte Frühstücksmilch aus und verkaufte Eier. Wie jeder kluge Geschäftsmann hatte er längst erkannt, daß die werte Kundschaft irrational und entgegen den Gesetzen der Logik einzukaufen pflegte. Bei den glücklichen Leuten, die nicht jeden Penny dreimal umdrehen mußten, bildeten weder der Preis noch die Qualität der Ware das entscheidende Kriterium für den Erwerb. Sicherlich, es gab eine Toleranzgrenze für Pünktlichkeit, Sauberkeit und natürlich für das Preis-Leistungsverhältnis, die nicht überschritten werden durfte. Ansonsten aber kam es vor allem auf die Verkaufsstrategie an. Harry hatte sich auf die weibliche Dienerschaft spezialisiert. Wenn er den Hut aus dem Nacken nahm und ihn kurz zum Gruß anhob, seinen Bart zwirbelte und den pomadisierten Mittelscheitel glänzen ließ, pflegten die jungen Hausmädchen tiefe Seufzer auszustoßen, und selbst dicken alten Köchinnen huschten noch heiße Schauer den Rücken herunter.

Doch damit nicht genug. In dunklen Dienstboteneingängen griff Harry blitzschnell unter rauschende Röcke. Schrille Aufschreie, Juchzer der Überraschung oder gutturale Laute folgten, ab und zu knallte auch eine deftige Maulschelle. Das Ergebnis war fast ausschließlich ein und dasselbe: Wer einmal bei Harry Kunde war, kaufte immer wieder bei ihm ein.

Harrys Handikap war der große Durst, der ihn von Zeit zu Zeit überkam. Dann verschwand er auf Nimmerwiedersehen in einem Gin-Palast. Rex, ein schwarz-weiß gefleckter Straßenköter, der von seinem Herrchen liebevoll und irreführend als Foxterrier bezeichnet wurde, bewachte unterdessen treu und brav den Schiebkarren, selbst wenn der Umtrunk mehrere Tage dauerte.

Nach einer solchen Eskapade mußte sich Harry regelmäßig ein neues Verkaufsgebiet suchen, weil sich seine Kundschaft einen zwar weniger feschen, dafür aber zuverlässigeren Milchlieferanten gesucht hatte. Das bedeutete viel Lauferei und wenig Verdienst. In einer solchen Phase der Depression sah sich Harry nach einem Gehilfen um, er fand ihn in seiner Verwandtschaft. Seine Frau Clara, eine Wäscherin, deren Zukunft schon mit Ende Zwanzig hinter ihr zu liegen schien, war eine geborene Freeman. Und so kam Edgar zu einem neuen Job. Nach seiner gescheiterten Karriere als Seemann hatte er sich in einem halben Dutzend anderer Berufe ausprobiert und an keinem auf Dauer Gefallen finden können.

Zunächst ergänzten sich die neuen Geschäftspartner vortrefflich. Beide liebten billige Groschenhefte, in denen finstere Banditen von muskulösen Helden in die Schranken gewiesen wurden. Häufig konnten sie sich nur mühsam von ihrer morgendlichen Lektüre losreißen (nach dem gemeinsamen Frühstück pflegten sie sich besonders ergreifende Szenen in verteilten Rollen vorzulesen: »Laß mich am Leben, edler Fremder, ich bitte dich im Namen meiner unschuldigen Kinder!« »Nein, Dirty Harry, deine Zeit ist abgelaufen. Nimm diese Kugel und stirb! Peng!«).

Am bitteren Ende eines besonders ausgedehnten Saufgelages erkannte Harry schließlich im Alkohol die Quelle seiner geschäftlichen Rückschläge. Kurzerhand tauschte der Milchmann die Fronten und wurde Mitglied der 1892 groß in Mode gekommenen Temperenzlerbewegung. Er trat den »Sons of the Phoenix« bei und wurde Mitglied in der Loge »Rose of Kent«. Da sich Harry durch ein großes Redetalent auszeichnete, stieg er innerhalb weniger Wochen zum Logenmeister auf. Edgar erhielt das Ehrenamt des Logensekretärs. An den Wochenenden pflegten sie nun bei gut organisierten Aufmärschen durch die Straßen zu ziehen, riesige Seidenbanner zu schwenken, die den Ruin der Trinker bildlich darstellten, um sich anschließend in den Versammlungen gegenseitig zu versichern, wie sehr sie den Schnaps verabscheuten. Edgar mußte sich dazu noch nicht einmal verstellen. Er konnte geistigen Getränken überhaupt nichts abgewinnen, die ihm nur Kopfschmerzen und Übelkeit verursachten. Außerdem bot ihm die eigene Phantasie genügend Möglichkeiten, dem grauen Alltag zu entfliehen. Als Logensekretär durfte sich Edgar überdies »Offizier« nennen und eine breite Seidenschärpe, in die das goldene Auge Gottes gewirkt war, tragen. Leider war sein Amtsvorgänger ein recht bulliger Kerl gewesen. Nun saß ihm das Auge Gottes statt über dem Herzen, wo es hingehörte, bestenfalls über der Magengrube, wenn nicht noch tiefer.

Edgar begann, auf den Pfaden der Tugend zu wandeln. Er schrieb sich bei der St. John Ambulance Brigade (einem Sanitätskorps auf freiwilliger Basis) ein, das sich bei Volksfesten und an Feiertagen verdient machte, indem es Ohnmächtigen, die den Anblick der Queen nicht ertragen konnten, Riechsalz unter die Nase hielt oder die Blessuren der von den Bäumen gefallenen Schaulustigen versorgte. Edgar machte

*Milchmänner Edgar Wallace und Harry Hanford, 1892*

sich mit den Grundregeln der Ersten Hilfe vertraut, er lernte Verbände zu wickeln und gebrochene Gliedmaßen zu schienen. Dadurch litt eine andere dringliche Aufgabe: Er sollte nämlich abends die gebrauchten Milchkannen ausspülen und, wenn notwendig, gründlich mit heißem Wasser reinigen.

Ein über das andere Mal passierte es, daß frische Milch in noch schmutzige Kannen gegossen wurde und dadurch verdarb. Das führte zu ernsthaften Konflikten zwischen Arbeitgeber und Arbeitnehmer, zwischen Logenmeister und Logensekretär. Edgar, moralisch in die Ecke gedrängt, machte seinem Chef daraufhin Vorhaltungen ob dem Rumgetatsche an knackigen Dienstmädchenpopos in zugigen Hausfluren, was sich für einen verheirateten Mann und guten Christen wohl kaum geziemen würde.

Harry bereute indessen längst, sich diese lästige Laus in den Pelz gesetzt zu haben. Aber wie sollte er den Tugendapostel loswerden, ohne sich mit der Verwandtschaft zu überwerfen? »Wer einen Hund schlagen will, findet auch einen Stock«, sagt das Sprichwort.

Den Stock sollte Edgar höchstpersönlich bereitstellen. Seitdem Harry nicht mehr trinken ging, pflegte er einen Teil seiner Einnahmen im Wohnzimmer in einem kleinen Kästchen aufzubewahren. Er sparte auf einen eigenen Laden, denn wer wollte schon bis an sein Lebensende bei Wind und Wetter durch die Straßen ziehen. Ein stattliches Kapital von acht Pfund in Goldstücken lag dort bereits aufgehäuft, und ab und zu, in stürmischen Nächten, setzte sich der Milchmann an den Tisch und ließ die Münzen mit verklärtem Blick durch seine Hände gleiten.

Als er es wieder einmal tun wollte, war das Behältnis leer. »Einbrecher, Einbrecher! Hilfe! Helft!« schrie Harry Hanford entsetzt. Am nächsten Tag kam ein Polizist und untersuchte den Fall. Bereits nach flüchtigem Augenschein verkündete er: »Der Dieb drang nicht gewaltsam ein, es muß ein Vertrauter des Hauses gewesen sein.«

Der Verdacht fiel logischerweise sofort auf den Partner im Milchgeschäft. Edgar stritt alles hartnäckig ab. Doch das Leugnen half ihm nichts. Unter seiner Matratze fanden sich die acht Pfund in bar. Nun gab er zu, sich das Geld »geliehen« zu haben, um ein eigenes Milchgeschäft zu gründen.

Harry Hanford verzieh ihm diesen doppelten Verrat nicht. Er bestand auf einer Anzeige, und Edgar landete vor dem Polizeigericht. Es war ganz anders als beim ersten Mal. Edgar hatte die Seiten gewechselt, den Zeugenstand mit der Anklagebank vertauscht. Er schämte sich unendlich und wagte es nicht, den Kopf zu heben.

Der Richter war ungehalten. Eine relativ geringe Geldsumme verschwindet erst, taucht dann wieder auf, und er sollte sich damit herumärgern. Ein Streit unter Verwandten, was hatte er damit zu schaffen? Nichts! »Beschlossen und verkündet: Verfahren eingestellt«, sprach er und rief den nächsten Fall auf.

Edgar mußte sich eine neue Arbeitsstelle suchen. Ein »Bruder« im Temperenzlerverein »Sons of the Phoenix«, der Mc Kay hieß und sich als Maurermeister auf größeren Baustellen verdingte, stellte ihn bei sich ein. Zuerst pflasterten sie den Weg zum Viktoria Dock mit Granitplatten. Dann halfen sie beim Bau einer Villenanlage in Clacton. Die Arbeitszeit begann bei Sonnenaufgang und endete mit Sonnenuntergang. Edgar mußte Kalk in großen Bottichen löschen, mit Kies mischen und den fertigen Mörtel in Rückentrögen über lange Leitern nach oben schleppen. Seine Hände wurden rot und rissig, die nässenden Wunden brannten wie Feuer. Wenn er abends die Baustelle mit roten Warnleuchten versah, konnte er sich nicht mehr aufrichten, so sehr schmerzte ihm der Rücken. Wehmütig dachte er an die schöne Zeit des Milchkannenscheuerns zurück.

Er erhielt fünfzehn Shilling pro Woche, das waren drei Pfund Sterling im Monat. Ein höherer Verdienst ließ sich nicht erzielen. Edgar konnte nichts und wußte nichts. Er besaß keine guten Manieren und keine vernünftige Schulbildung. Er würde sein gesamtes Leben lang ein Hilfsarbeiter bleiben, vom Zufall hin- und hergetrieben. Wo lag die Lösung, wo war der Ausweg?

Der Junge dachte lange nach, sprach mit den Arbeitskollegen, holte sich diesen und jenen Rat ein. Dann lag für ihn das Ergebnis klar auf der Hand: Ihm blieb keine andere Wahl, als dem Teufel die Seele zu verkaufen. Und das tat er dann auch. Im Januar 1893 kratzte er sein letztes Geld zusammen, kaufte sich eine Fahrkarte nach Woolwich und schrieb sich als Freiwilliger im »Royal West Kent Regiment« ein. Richard Horatio Edgar Wallace trat seinen Dienst als einfacher Soldat, als »Private«, an. Den Marschallstab trug er im Tornister.

# Beim Militär

## Private Wallace

*Die Fahrt verlief ziemlich trostlos. Ich saß in einem Abteil mit zwei Zuchthäuslern, die ins Gefängnis von Maidstone überführt wurden. Sie hatten jeder fünf Jahre bekommen – und ich mußte sieben Jahre in der Armee abdienen, ohne Aussicht auf Straferlaß für gutes Betragen.*

Edgar Wallace, »People«

Der Posten am Kasernentor, ein junger Kerl mit einem sommersprossenübersäten Gesicht, grinste, als er Edgar Wallace sah. »Was willst du Hänfling hier? Hast du keine bequemere Art gefunden, dich umzubringen? Sie werden dich schleifen, bis dir das Wasser im Arsch kocht, du Sackgesicht!«

Und tatsächlich verhieß der Befund der medizinischen Untersuchung nichts Gutes. Edgar war knapp achtzehn Jahre alt, unterernährt und noch nicht ausgewachsen. Er hatte eine Größe von fünf Fuß, vier und einem dreiviertel Inch, wog 115 englische Pfund und besaß einen Brustumfang von 33 Inch. Doch damit lag er in der Norm. Zu Beginn der 90er Jahre des 19. Jahrhunderts waren elf- bis zwölfjährige Jungen an den Public Schools der Oberschicht durchschnittlich fünf Inch größer als ihre Altersgenossen an den Industrial Schools, in den Altersstufen zwischen zwölf und zwanzig Jahren waren sie noch drei Inch größer als die Kinder von Handwerkern. Bei Untersuchungen für den Militärdienst stellte sich heraus, daß 10 Prozent der jungen Männer völlig wehruntauglich waren, 41,5 Prozent einen schlechten und 22 Prozent lediglich einen befriedigenden Gesundheitszustand aufwiesen.

Der tägliche Dienst begann 7.30 Uhr, er war hart und eintönig. Appelle, Infanterieausbildung, Exerzieren, Putz- und Flickstunden, Waffenreinigen. Der junge Rekrut erhielt eine rote Uniform mit vielen Knöpfen, die stets blitzen mußten, Armeestiefel, ein Gewehr mit Bajonett, weißes Riemenzeug und einen schwarzen Tornister. Die Kasernenanlagen von Maidstone umschlossen als Rechteck den kiesbestreuten, von Bäumen eingefaßten Exerzierplatz. Längs standen hölzerne, zweistöckige Baracken und ein flacher Ziegelbau mit vier großen Schlafsälen. Die restlichen beiden Seiten nahmen strohgedeckte Cottages ein, in denen verheiratete Soldaten wohnten. Dahinter gruppierten sich die Kantine, die Bibliothek (in deren Regalen nicht ein einziges Buch lag, sondern nur Imitate, die sich aufgeklappt als Bretter für Damespiele entpuppten), die Kirche, die Häuser der Offiziere und die verschiedensten Funktionsgebäude.

Edgar bekam ein dreiteiliges Metallbett in einem der großen Säle des Steinhauses zugewiesen. Drei dünne Decken gehörten dazu und zwei ungebleichte Laken, die einmal im Monat gewaschen wurden. Die Mannschaftsdienstgrade verhielten sich zueinander solidarisch. Unterschiede zwischen Kurz- und Längerdienenden wurden nicht gemacht. Als Todsünde galt es allerdings, die Stube mit aufgepflanztem Bajonett zu betreten. Wer das vergaß, wurde blitzschnell geschnappt, ins Waschhaus getragen und dort in einen Wasserbottich geworfen. Edgar wurde dreimal naß, danach konnte er es sich merken.

In den Augen der meisten Soldaten waren die Unteroffiziere sadistische Schweine, die Offiziere aufgeblasene Hohlköpfe und der General ein Obertrottel. Anders konnte es auch gar nicht sein: Eine solche Meinung zu haben, gehörte zum Überlebenstraining und wurde deshalb von den Vorgesetzten unterstützt. Unüberbrückbare Distanz und bedingungsloser Gehorsam waren das Rückgrat der Armee und nur durch zielgerichtete Schikanen zu erreichen. Edgar konnte sich anpassen und kam deshalb meistens davon. Einmal lief er mit zwei gefüllten Wassereimern quer über den Exerzierplatz, als der General auf seinem Rappen vorbeitrabte. Edgar hob den Arm, um zu salutieren, und goß sich das Wasser über die Uniform. Der General verzog keine Miene, aber er donnerte mit lauter Stimme: »Ein Soldat ohne Kopfbedeckung grüßt nicht, sondern nimmt ›Habachtstellung‹ ein, verstanden! Rühren, weggetreten!«

Von seinen Kameraden wurde der Rekrut Wallace vor allem deshalb belächelt, weil er nach wie vor der Temperenzlerbewegung anhing und versuchte, auch die anderen zu bekehren. Als es ihnen eines Tages zu bunt wurde, bekam er auf einem Patrouillengang seine Quittung.

Die Hauptaufgabe der Streife bestand nicht darin, die Kaserne vor irgendwelchen Feinden zu schützen, sondern im Ort für Ruhe und Ordnung zu sorgen und randalierende Soldaten zur Vernunft zu bringen. An diesem Abend gab es Ärger im »Phönix«, einer üblen Kaschemme in der Südvorstadt. Schlägereien zwischen Armisten und Zivilisten waren dort an der Tagesordnung, doch diesmal schien es ernster als bisher zu sein. Die Patrouille bestand aus zwanzig Mann und stand unter dem Kommando von Sergeant Miller, einem Veteranen aus Indien, dem bei einem Gefecht ein Geschoß die Hälfte der Nase weggerissen hatte.

Der Sergeant schaute durch die Fenster des »Phönix«. Drinnen schien tatsächlich die Hölle los zu sein. Ein baumlanger Soldat ließ einen hölzernen Schemel kreisen, überall lagen zerbrochene Flaschen und Gläser herum, der Wirt und die Gäste hockten in den Ecken und hielten schützend die Hände vor ihre Gesichter.

»Fünf Mann bewachen den Hintereingang, fünf postieren sich auf der Straße, der Rest bildet eine Gasse vor dem Ausgang. Sie, Wallace, gehen hinein und holen den Kerl heraus, damit wir ihn hier draußen fertigmachen können.«

Edgar wußte zweierlei: erstens, daß er keine Chance hatte, und zweitens, daß er den Befehl ausführen mußte.

Vorsichtig stieß er die Kneipentür auf. Verräucherte Luft schlug ihm entgegen. Der Soldat ließ den Schemel sinken und grölte: »Heda, Kumpel, komm rein, wir heben einen.«

Edgar winkte ab. »Nichts da, Kamerad. Draußen will der Sergeant mit dir sprechen.«

»Sprechen? Mit mir? Der Scheißkerl?« Die blutunterlaufenen Augen des Betrunkenen verengten sich. »Was bist du für eine Ratte, Kleiner, daß du den Laufburschen für einen gottverdammten Arschaufreißer machst?« Mit diesen Worten knallte er den Schemel auf den Fußboden, brach ein Bein ab und schwenkte es drohend.

»Wenn du dich prügeln willst, bitte. Aber nicht hier, sondern vor der Tür.« Langsam, Schritt für Schritt wich Edgar zurück. Der Trunkenbold folgte ihm grollend. Edgar tastete mit der Hand nach der Klinke hinter ihm. Die Tür sprang auf. Er schob sich vorsichtig nach draußen. Plötzlich erhielt er einen harten Stoß gegen den Rücken, der ihn nach vorne taumeln ließ.

Das abgebrochene Stuhlbein zischte pfeifend durch die Luft und traf ihn quer über dem Mund. Edgars Kopf wurde zur Seite gerissen, er prallte gegen einen Pfeiler und sackte in sich zusammen. Sein Mund war nur noch ein blutiger Brei.

Im Hospital wachte er wieder auf. Ein Soldat in blauer Uniform mit roten Aufschlägen betrachtete ihn interessiert. »Es ist nichts weiter geschehen. Du hast nur einen Zahn verloren. Der Rest heilt in ein paar Tagen ab. Deinen Freund hat es wesentlich härter erwischt«, meinte der Sanitäter und wies auf das Nachbarbett. Dort lag der baumlange Soldat und stöhnte. Seine Augen waren von Faustschlägen zugeschwollen, sein Gesicht wies eine blauschwarze Färbung auf. »Du hast nur einen Volltreffer abbekommen, dann war für dich Schluß. Deinen Kumpel haben sie aber noch ordentlich mit Fäusten und Stiefeln bearbeitet. Der kann froh sein, wenn er wieder wird.«

## In der Syphilis-Station

*Beim Morgenappell hatte sich ein Sanitätssoldat verspätet. Er kam mit der Schuhbürste in der Hand angerannt. Weil er nicht wußte, wo er sie lassen sollte, steckte er sie unter seinen Waffenrock.*
*Der Colonel sah den sich wölbenden Busen und tippte mit seinem Stöckchen darauf. »Mann, was haben Sie denn da?« fragte er.*
*Die Antwort kam wie aus der Pistole geschossen: »Herz, Lunge und Schlagader, Sir!«*

Edgar Wallace, »People«

Edgar lag im Bett, sah aus dem rußbedeckten Fenster des Hospitals auf die Bäume entlang der Straße und überlegte. Aus Erfahrung der Jahre am Deptford Creek wußte er, wie Geschichten wie die seine auszugehen pflegten. Von nun an war er gebrandmarkt. Die Jungs würden nicht eher Ruhe geben, bis sie ihn ganz tief unten im Dreck liegen sahen. Es schien sich dabei um ein Naturgesetz zu handeln: Wer getreten wird, sucht sich einen Schwächeren, den er auch treten kann. Und dem Verlierer hilft niemand, ganz im Gegenteil, auf dem trampeln alle herum. Von nun an würde er für die anderen Soldaten ein Hampelmann sein, der ihnen die Stiefel putzte, die Stube kehrte und den Abort reinigte. Ab und zu würden sie ihre Riemen in die Hand nehmen, ihm eine Decke über den Kopf werfen und so lange auf ihn einschlagen, bis ihnen die Hände wehtaten. Wo gab es da einen Ausweg?

Ein Sanitäter schlurfte in Holzpantinen den Gang zwischen den Betten entlang. Edgar blickte auf die hellblaue Uniform mit ihren roten Aufschlägen und die runde Mütze mit Sturmriemen. Er entsann sich seiner Tätigkeit in der St. John Ambulance Brigade, und plötzlich stand sein Entschluß fest.

Gleich am Tag seiner Entlassung aus dem Hospital ging er zu seinem Kompaniechef und bat um eine Versetzung zum medizinischen Personal. Der Offizier blickte ihn kalt an und sagte keinen Ton. Das

Schicksal des Private Wallace interessierte ihn nicht. Wortlos unterzeichnete er das entsprechende Gesuch und reichte es weiter.

Nur im Schlafsaal ging es hoch her, als die Kameraden von dem Entschluß erfuhren. »Du trockene Sau wirst in einem Monat tot sein, weil du dich mit der Ruhr, der Malaria und der Cholera angesteckt hast. Außerdem ist Süppcheneinflößen und Arschabwischen doch wohl Weiberkram und nicht Männersache!« schrie jemand und lachte. Ein anderer schlußfolgerte sogleich: »Unser süßer Sani ist schwul. Komm, küß meine Nudel.«

Edgar zuckte nur mit den Schultern und packte seine Sachen. Am St. Patricksday des Jahres 1894 meldete er sich im Sanitätsdepot von Aldershot zum Dienst. Ein mürrischer, hagerer Staffsergeant mit Namen Michael Willis empfing ihn: »Unser Sanitätskorps wäre das beste der Krone, wenn wir nicht dauernd Deptforder Dilettanten aufnehmen müßten. Nimm dich in acht, Wallace, ich werde dich nicht aus den Augen lassen.«

Das Feldbett in Aldershot war weicher, das Quartier besser, der Sold höher und der Dienst wesentlich härter. Auf Übelkeit erregende Anatomiestunden an zerteilten Demonstrationsobjekten im Leichensaal folgten Lehrgänge im Zubereiten von Salben und Arzneien, praktische Übungen an Patienten und lange Schichten in den Krankensälen. Trotzdem fühlte sich Edgar wesentlich besser als zuvor. Der stupide Dienst war einer interessanten Aufgabe gewichen. Täglich lernte er etwas Neues, Wichtiges und Nützliches hinzu.

Nach einem halben Jahr wurde er abkommandiert. Das Hospital Nr. 2 des Nordlagers brauchte dringend Leute. Der frischgebackene Sanitätssoldat packte seine Sachen und machte sich auf den Weg. Das Gebäude gefiel ihm. Es war eine große, hell getünchte Holzbaracke, umgeben von Büschen und Bäumen. Edgar Wallace trat nichtsahnend über die Schwelle und wurde aschfahl im Gesicht. Er war in der Syphilisstation gelandet!

Die Lustseuche galt als kaum heilbar. Ihr Erreger, das Treponema pallidum, war derzeit noch nicht bekannt. Die Arzneien auf Quecksilberbasis hatten furchtbare Nebenwirkungen, die Erkrankung ging mit großen Geschwürbildungen einher, führte zur Auszehrung und war durch nächtliche Gliederschmerzen äußerst qualvoll. Hinzu kam die gesellschaftliche Ächtung. Syphiliskranke galten als Schwerstverbrecher, die nichts Besseres verdient hatten, als am lebendigen Leibe zu verfaulen.

Auch das Hospital genoß als »schmutziges Lazarett« keinen guten Ruf. Edgar Wallace ekelte sich anfangs fast zu Tode. Der brandige Gestank aus offenen Wunden nahm ihm den Atem, er traute sich kaum, einen Patienten zu berühren, und beim Wechseln von eiterdurchtränkten Verbänden würgte ihn der Brechreiz. Ständig benetzte er seine Hände mit Karbollösung, tauschte sooft es ging die Uniform und reduzierte die Nahrungsaufnahme auf das absolute Mindestmaß.

Nach einigen Wochen begann er abzustumpfen. Routine stellte sich ein. Und irgendwann karrte er die noch warmen Körper frisch Verstorbener in die Leichenhalle, sezierte sie zum Zwecke der genauen Untersuchung und aß anschließend ein belegtes Brötchen mit Corned Beef.

Auch seine Einstellung zu den Patienten änderte sich allmählich. Er sah in ihnen nicht mehr den Abschaum, die gezeichneten Wüstlinge, sondern die Opfer. Um sie zu erheitern, verfaßte er Stehgreif-Gedichte, die zwar äußerst ungelenk und holprig klangen, aber auf ein begeistertes Publikum trafen. Diese Knittelverse handelten von berühmten Generälen und deren Schlachten, von allen möglichen und unmöglichen Ereignissen im militärischen Bereich. Edgar lernte das Bad in der Menge zu schätzen, den Balsam des tosenden Beifalls, das steigende Selbstwertgefühl nach ernstgemeinten Jubelrufen.

Die Kranken und ihr Pfleger hatten sich gesucht und gefunden. Die Patienten waren über jede Ablenkung von ihrem tragischen Schicksal dankbar, und Edgar Wallace stand zum ersten Mal im Mittelpunkt. Er hatte es aus eigener Kraft geschafft, weil er etwas erweckt hatte, was tief in ihm schlummerte, und so fühlte er sich in seinem Handeln sehr bestätigt.

Allerdings gab es auch einen Störenfried. Staffsergeant Michael Willis platzte eines Tages in einen solchen literarischen Vortrag. Wütend entriß er dem Sanitäter Wallace das Papier, zerriß es in tausend kleine Schnipsel und schrie mit Schaum vor dem Mund: »Wenn ich Sie noch ein einziges Mal bei einem solchen Dienstvergehen erwische, lasse ich Sie vor das Militärgericht stellen!«

Im Saal herrschte tiefes Schweigen, keiner der Patienten wagte sich zu mucksen. In der darauffolgenden Nacht schleuderte jedoch ein Unbekannter einen großen Kohlenbrocken durch das Fenster, hinter dem der Staffsergeant schlief. Der Klumpen traf mitten in Willis' Magengrube und verursachte eine schmerzhafte Prellung. Der Vorfall wurde peinlichst genau untersucht, aber der Missetäter konnte nicht entlarvt werden. Edgar Wallace, auf dem der Hauptverdacht ruhte, besaß ein hieb- und stichfestes Alibi: Er hatte in der Kantine »Ponton«, eine Art »Siebzehn-und-Vier«, gespielt. Von diesem Zeitpunkt an ging der Staffsergeant seinem Widersacher aus dem Weg. Die Gedichtrezitationen gehörten weiter zum Alltag, von nun an völlig ungestört.

Nach einigen Monaten wurde die Station um andere ansteckende Krankheiten erweitert. Zu den Syphilispatienten kamen Krätze- und Pockenkranke. Das gesamte Gebäude stand unter Quarantäne, die Pfleger mußten in den Krankensälen schlafen und durften das Haus nicht verlassen. Sie gewöhnten sich daran und nahmen es gelassen hin. »Schicksal«, pflegten sie zu sagen. »Wenn es Gott gefällt, uns an einer Seuche sterben zu lassen, bekommen wir sie überall auf der Welt. Und falls nicht – nun, so bleiben wir am Leben, selbst in einem Seuchenhaus.«

Hin und wieder gab es auch Außeneinsätze, z. B. wenn die Truppe ins Manöver zog oder ihre Kunst auf dem Schießplatz von Ash zeigte. Dann mußten immer einige Sanitäter mit dabeisein, weil gerade beim Schießen die schlimmsten Unfälle passierten. Hin und wieder vergaß nämlich ein Soldat, daß seine Waffe geladen war, ließ sie versehentlich fallen oder fuchtelte damit herum, legte gar »aus Spaß« auf einen Kameraden an – und schon war das Unglück geschehen.

An einem kühlen, regnerischen Herbsttag des Jahres 1895 hockte Edgar Wallace abends im Biwak und schmauchte genüßlich ein Pfeifchen. Er hatte frei, der Sanitätsoffizier vom Dienst vergnügte sich irgendwo mit der Marketenderinnentochter in einer Scheune, und der Sergeant lag stockbesoffen im Zelt und schnarchte. Edgar saß warm und trocken, er hatte gut gegessen und war mit sich und der Welt zufrieden.

Plötzlich tönte von draußen lautes Geschrei. »Sani, Sani!« war deutlich zu vernehmen. Edgar Wallace sprang auf und stürzte hinaus. Auf dem schlammigen Exerzierplatz stand ein völlig durchnäßter Soldat, der verzweifelt mit der Hand über sein Gesicht fuhr. »Beeil dich, Kamerad, hilf uns, meine Frau bekommt ein Kind!« stieß er keuchend hervor.

Edgar hatte keine Zeit, sich ordentlich anzukleiden. Ohne Uniformrock und Mütze hastete er dem Soldaten hinterher. Der rannte zum »White Swan«, einer kleinen Schenke in der Nähe des Schießplatzes von Ash. Drinnen herrschte gespenstisches Halbdunkel. Nur zwei Personen ließen sich ausmachen: Auf dem Kneipentisch lag die Frau des Soldaten und bäumte sich in den Wehen, in der Ecke lehnte der Kneipier.

»Paß gut auf sie auf, Kamerad, ich hole den Doktor«, stieß der Soldat hervor und war wieder verschwunden.

Edgar Wallace blickte verunsichert auf die sich windende Schwangere. Vom Verlauf einer Geburt hatte er nicht die geringste Ahnung. Er wußte nur, daß man heißes Wasser brauchte. Aber wozu?

Der Swan-Wirt, ein dicker Glatzkopf, dessen unrasiertes Gesicht wie eine Speckschwarte glänzte, sah das Entsetzen in den Augen des Sanitäters und zog daraus die richtigen Schlüsse. »Kopf hoch, Junge. Reiß dich am Riemen und beruhige dich. Ich habe ein Buch über Geburtshilfe, mit hübschen Illustrationen. Das hole ich jetzt her. Du schaust es dir in aller Ruhe an, und wenn es losgeht, weißt du, wie es gemacht wird.

Doch dazu blieb keine Zeit mehr.

Die Frau auf dem Kneipentisch, ein junges, dünnes Ding in schlechten Kleidern, schrie auf. Die Embryonalhaut war geplatzt. Zwischen ihren weit gespreizten Beinen schoß das Fruchtwasser hervor. Ihre Gebärmutter hatte begonnen sich einzuschnüren. Der Körper des Babys wurde gestreckt und gegen den Ausgang des Uterus gepreßt. Der Gebärmutterhals weitete sich.

Edgar löste sich aus seiner Erstarrung. Er warf das medizinische

Buch auf den nächsten Tisch, streifte der Frau die Röcke hoch und riß ihr die Unterkleider vom Leib. »Halten Sie Kopf und Oberkörper und tupfen Sie ihr die Stirn ab«, fauchte er den Wirt an, der sich gerade ins Hinterzimmer verdrücken wollte. An der Decke qualmte ein Öllicht und warf bizarre Schatten an die Wand.

Die Frau schrie ohne Unterlaß. Die Kontraktionen folgten in immer kürzeren Abständen und drückten das Baby so lange gegen den Muttermund, bis die Muskulatur nachgab und der Kopf des Kindes wie aus einer engen Badekappe austrat.

»Gütiger Gott, steh mir bei«, flüsterte Edgar Wallace und biß sich auf die Lippe, bis es blutig schmeckte. »Was soll ich jetzt tun? Wie kommt das Kind ganz heraus?« Er drehte sich um und blätterte fahrig in dem Buch. »Pressen« stand da. »Pressen Sie! Pressen Sie!« brüllte er die Frau an.

Die warf sich kreischend hin und her, der starke Wirt hatte große Mühe, sie festzuhalten. Stück für Stück quetschte sich der Säugling weiter zwischen den Beinen hervor. Erst der Kopf, dann die Schultern, die Arme ...

Edgar Wallace hatte Angst, das Neugeborene zu verletzen, trotzdem umfaßte er den weichen, warmen Leib und begann zu ziehen. Erst langsam, dann immer schneller glitt das Baby aus der Scheide, Schleim tropfte ihm aus Nase und Ohren.

Schweiß brannte Edgar Wallace unerträglich in den Augen. Schnell streifte er sein wollenes Unterhemd über den Kopf, legte es auf den Tisch und bettete den Säugling darauf.

Das Kind mußte den ersten und damit schwersten Atemzug seines Lebens tun, weil kein sauerstoffhaltiges Blut mehr durch die Nabelschnur floß. Dieses Einatmen erforderte fünfmal soviel Kraft wie gewöhnliches Luftholen, weil dadurch die Tausenden von winzigen und unentfalteten Luftbläschen der Lunge geöffnet wurden.

Edgar blickte wieder in das medizinische Werk, zog kurzentschlossen sein Taschenmesser aus der Hose und durchtrennte die Nabelschnur. Dann nahm er das Kind, hielt es kopfüber in die Luft, blickte auf das geschwollene Geschlechtsteil und sagte zu der Mutter: »Sie haben einen Jungen, meinen Glückwunsch.«

In diesem Augenblick flog die Tür auf, der Arzt von Ash hetzte herein, stieß den Geburtshelfer beiseite und beugte sich über die Mutter. Edgar Wallace taumelte zu einem Stuhl und setzte sich. Er fühlte sich müde und zerschlagen wie nach einer langen und schweren Krankheit. Der Wirt stellte ihm schweigend ein großes Glas Schnaps hin. Edgar griff zu, leerte es in einem Zug und taumelte zur Tür hinaus. Als er am nächsten Morgen im Biwak erwachte, war sein Haar grau.

## Knast

*Ich übte Kopfstehen, die Beine an der Wand abgestützt. Nach einiger Zeit erlangte ich eine große Fertigkeit darin.*

Edgar Wallace, »People«

Die Liga der Antialkoholiker versuchte in der Armee Fuß zu fassen, selbst wenn dies ein aussichtsloses Unterfangen zu sein schien. Dem Offizierskorps war es egal, was die Mannschaften in ihrer Freizeit trieben, wenn es der Disziplin nicht abträglich war. So hatten sie nichts dagegen, daß Temperenzlervereine bunte Abende zur moralischen Erbauung organisierten. In der Krankenstation traf die »Army Temperance Association« auf bereitwillige Zuhörer. Die Patienten waren über jede Ablenkung von ihrem traurigen Los glücklich. Die Programme liefen stets ähnlich ab. Zuerst gab es ein wenig Musik, dann sprach ein Laien-Prediger über die Gefahren des Branntweintrinkens. Dieser pflegte seinen Vortrag mit bunten Demonstrationsbildern zu veranschaulichen, die die tiefsten Stufen menschlicher Verkommenheit eindrucksvoll darstellten. An diesen theoretischen Part schloß sich der unterhaltende Teil des Abends an, der für alle Formen sittlicher Unterhaltung offen stand.

Für Edgar Wallace bot sich plötzlich ein reiches Betätigungsfeld. Texte, Lieder, Sketche und Gedichte jeglicher Art wurden bereitwillig angenommen und innerhalb kürzester Frist aufgeführt. Der junge Dichter kaufte sich deshalb einige dickleibige Schreibhefte, vermerkte auf dem Umschlag in Blockbuchstaben »E. W., Poet« und schrieb, was die Feder hergab.

Einige Wochen schwamm er auf einer Woge der Glückseligkeit, dann ebbte seine Euphorie ab. Sicherlich, die Kameraden feierten ihn begeistert, ließen ihn mit Worten hochleben und schleuderten ihn sogar ein um das andere Mal in die Luft, aber eine Steigerung des Erfolgs war nicht mehr möglich. Nichts drang nach außen. Alles blieb auf die kleine Welt des Nordlagers begrenzt. Dort galt er als der große Dichterfürst, doch bereits im Sanitätsdepot von Aldershot nahm niemand auch nur Notiz von ihm. Wie sollte es weitergehen?

In seinem Kopf reifte ein verwegener Plan. Er wollte alle Zwischenstufen überspringen und gleich ganz, ganz oben durchstarten. In London feierte ein Sänger, Schauspieler und Tänzer namens Arthur Roberts wahre Triumphe. Der ansehnliche, wohlgestaltete Mann mit vollem Haar und sinnlich-wülstigen Lippen galt als Liebling der Nation. Seine Konzerte im »Prince of Wales Theatre« waren ständig ausverkauft. Während der Vorstellungen fielen die jungen Damen reihenweise in Ohnmacht. Am Bühneneingang drängten sich Nacht für Nacht Hunderte hysterischer Verehrerinnen, die ihr Idol wenigstens einmal berühren wollten. Jeden Tag brachte die Post so viele Pakete mit bunt bestickten Tabaksbeuteln, umhäkelten Taschentüchern mit Monogrammen und ähnlichen praktischen Geschenken, daß der Meister von seinem Kammerdiener eine Vorauswahl treffen ließ. Nur noch einen geringen Teil der Gaben nahm er selbst in Augenschein. Und diesem göttlichen Wesen, dem Lieblingssohn der Musen und Traumprinzen fast aller Londoner Frauen zwischen Pubertät und Klimakterium, sandte das farblose Nichts von einem Sanitätssoldaten einen Liedtext mit persönlicher Widmung und bat darüber hinaus um dessen Aufführung!

Wir wissen heute leider nicht mehr, ob sich Mister Roberts im klaren darüber war, was er tat, oder ob er sich von der Unterschrift »Edgar Wallace, Poet« beeindrucken ließ. Die erstere Annahme mag als die wahrscheinlichere gelten, denn als erfahrener Künstler erkannte er sicherlich auf den ersten Blick, auf welcher Stufe des Erfolgs sich der Verfasser der Zeilen befand. Zumal die Kenntnisse von Edgar Wallace auf den schwierigen Gebieten von Orthographie und Grammatik nur als äußerst rudimentär zu bezeichnen waren.

Nichtsdestotrotz, der Liedtext »A Sort of a Kind of a« war jedenfalls so interessant, daß es Arthur Roberts für wert erachtete, sich mit ihm zu befassen. Er ließ den Song vertonen und leicht überarbeiten. Dann sandte er dem Verfasser einen Brief mit der Einladung zur Uraufführung des Stückes »Biarritz«, in welches das Lied mit eingeflossen war.

Edgar Wallace schwebte auf einer weichen Wolke. Im Geist sah er seinen Namen schon in riesigen Lettern auf den Titelblättern der Zeitungen stehen. Er zog sich die Ausgehuniform an, bürstete seinen Schnurrbart, entwich durch das Fenster (weil das Nordlager wieder einmal unter Quarantäne stand) und nahm den Fünf-Uhr-Zug von Aldershot nach London.

Im »Prince of Wales Theatre« kämpfte er sich bis zum Direktor Lowenthal durch, einem gelangweilt wirkenden älteren Herrn mit weißem Haar und Kneifer. Der Prinzipal gab ihm seine weiche, schlaffe Hand und murmelte mit einer Rumtrüffel im Mund undeutlich: »Sehr ordentlich, junger Mann, sehr ordentlich. Hier haben Sie ein Honorar von fünf Pfund sowie eine Freikarte für den heutigen Abend. Viel Spaß, und machen Sie weiter so.«

Von der Aufführung bekam Edgar Wallace überhaupt nichts mit. Kein einziges Lied drang in sein Bewußtsein. Er starrte nur immer wieder ergriffen auf den Programmzettel in seiner Hand, auf dem hinter dem Lied »A Sort of a Kind of a« in winzig kleiner Schrift sein Name stand. Und wenn er aufsah, dann wuchs der Name ins Unermeßliche, füllte die gesamte Bühne aus.

Das Stück »Biarritz« wurde an fünf Abenden hintereinander gespielt, fünfmal saß der Sanitätssoldat im Parkett, die Mütze auf dem Schoß, die Hände gefaltet, mit Tränen in den Augen. Und immer wenn DAS Lied kam, stieß er die Nachbarn zu beiden Seiten in ihren roten Plüschsesseln an und flüsterte ihnen zu: »Das habe ich geschrieben!«

Das böse Erwachen kam in Aldershot, als er durch das schmiedeeiserne Tor des Nordlagers gehen wollte. Zwei hochgewachsene Militärpolizisten kamen von links und rechts herbeigesprungen, drehten ihm die Arme auf den Rücken, gaben ihm den Knüppel zu kosten und stießen ihn in die Arrestzelle. Am nächsten Tag wurde Edgar Colonel Cleary vorgeführt, einem alten Offizier mit schmalem Gesicht, dem dichte Haarbüschel aus den Nasenlöchern wuchsen. Colonel Cleary war bei der Fuchsjagd vom Pferd auf einen ausgerodeten Baumstubben gefallen und litt nun an starken Rückenschmerzen. Er konnte weder richtig stehen noch sitzen noch liegen. Zu allem Unglück mußte er sich nun auch noch mit einem Deserteur herumplagen. Er starrte den Delinquenten aus bösen kleinen Augen hinter einer Brille mit dicken Gläsern an. »Sechsundneunzig Stunden verschärfter Arrest mit Zwangsarbeit«, verkündete er, ohne eine Gegenrede abzuwarten.

Edgar Wallace nahm das Urteil zunächst nicht weiter tragisch. »Wer über den Hund kommt, kommt auch über den Schwanz«, dachte er bei sich und sah die ganze Sache als gute Schulung an. Ein Schriftsteller muß sich schließlich in allem auskennen und möglichst viele Eindrücke sammeln.

Und so lernte er das Militärgefängnis, das »Glashaus« genannt wurde, von innen kennen. Die Zellentrakte lagen in Galerien übereinander und bildeten einen rechteckigen Lichthof, über den sich die spitzwinklig zulaufende, verglaste Kuppel erhob. Von außen wirkte der rote Backsteinbau wesentlich freundlicher als von innen. Die gußeisernen Treppen und die Galeriegänge waren mit Metallrosten belegt, auf denen die Schritte der Aufseher weithin hallten. Jedes leise Flüstern ließ sich weithin vernehmen, von irgendwoher drang menschliches Winseln und Stöhnen, krachend laut schlugen Zellentüren zu. Zwischen den einzelnen Ebenen waren Netze gespannt, damit sich lebensmüde Häftlinge nicht zu Tode stürzen konnten.

Edgar Wallace mußte sich entkleiden und breitbeinig an die Wand stellen; mit einem eiskalten Wasserstrahl wurde er von oben bis unten abgespritzt. Ein triefäugiger Häftling, dem überdies die Hände zitterten, schnitt ihm anschließend mit einer klemmenden Schere die Haare und rasierte mit einem stumpfen Messer nach. Die unzähligen kleinen Quetschungen und Schnitte brannten auf der geröteten Kopfhaut, die grobgewirkten Häftlingskleider scheuerten an allen Ecken und Enden, und die zu kleinen Holzpantinen kniffen ihm in die Füße.

In der weißgekalkten Zelle standen nur eine schmale Holzpritsche und ein übel riechender Blechkübel. Sich tagsüber auf die Pritsche zu setzen war strengstens verboten. Ab und zu schaute ein Wärter durch den Türspion und kontrollierte die Einhaltung des Befehls. Der Häftling marschierte auf und ab. Fünf Schritte nach vorn, ein Schritt nach links, fünf Schritte zurück, ein Schritt nach rechts. Dazwischen vertrieb er sich die Zeit mit gymnastischen Übungen.

Zum »Tee« gab es eine lauwarme, bräunlich gefärbte Flüssigkeit nebst zwei halbgaren, stinkenden Kartoffeln und ungesalzener Hafergrütze in einem zerbeulten Blechnapf. Der Häftling kostete von den Speisen und Getränken und mußte sich sogleich in seinen Kübel übergeben. Der Magen war an die Gefängniskost noch nicht gewöhnt.

Durch das vergitterte Milchglas-Fenster fiel nur wenig Tageslicht. Zum Abend wurde ihm für eine Stunde eine Kerze in die Zelle gestellt. Zur Erbauung durfte er in der Heiligen Schrift und im Gesetzbuch für Militärgefängnisse lesen. Dann wurde das Licht gelöscht. In der Nacht warf er sich frierend hin und her, weil er mit einer einzigen Decke auskommen mußte.

Zum Frühstück gab es dieselbe Kost wie zum »Tee«, und so sollte es zu den folgenden Mahlzeiten bleiben. Edgar rührte in der Hafergrütze, hielt sich die Nase zu und schluckte den Brei tapfer hinunter. Dann wartete er eine Weile. Zu seiner größten Überraschung passierte überhaupt nichts. Mutig geworden, wagte er sich an die Kartoffeln heran. Auch sie wollten diesmal bei ihm bleiben. Und als dann der Aufseher kam und ihm ein Stück Tau zum Wergzupfen brachte, hatte er schon fast wieder gute Laune. 96 Stunden sind ja eine überschaubare Frist, und es gibt wesentlich schlimmere Arbeiten als Wergzupfen.

Wie schlimm der Gefängnisalltag wirklich war, sollte er am nächsten Tag erfahren. Edgar Wallace mußte mit zwanzig anderen Leidensgenossen im Gefängnishof in einer Reihe Aufstellung nehmen, eine 80 Pfund schwere Übungsgranate aufnehmen, sie in Brusthöhe stemmen, links um drehen, vier Schritt marschieren, um sie wieder abzulegen. Dann hieß es »Kehrt-Marsch« zur Granate des Nebenmannes. Bereits nach wenigen Minuten zitterten ihm die Knie, der Rücken schmerzte unerträglich, und die Arme fühlten sich wie Gummi an. Doch es gab kein Pardon. Die Sträflinge sollten geschliffen werden, und sie wurden erbarmungslos fertiggemacht. Bis zur Nachtruhe dauerte die Tortur, nur von einer kurzen Pause unterbrochen.

Am folgenden Morgen setzte sich der barbarische Drill fort. Um zwei Uhr nachmittags verlor Edgar Wallace das Bewußtsein und schlug mit dem Hinterkopf auf dem Granitpflaster auf. Ein dünner Blutfaden sickerte ihm aus der Nase. Ein Aufseher trat ihm mürrisch mit dem Stiefel in die Seite, ein anderer kippte einen für solche Fälle bereitgehaltenen Eimer Wasser über den Ohnmächtigen aus.

Wer weiß, wie die Sache ausgegangen wäre, wenn in diesem Augenblick nicht zufällig der Gefängnispfarrer, Reverend V. C. Hordern, aus dem Fenster seiner Amtsstube in den Hof geblickt hätte. Der Reverend besaß, trotz seiner langen Tätigkeit im Zuchthaus, immer noch ein mitfühlendes Herz. Er intervenierte sofort beim Gefängnisdirektor und bereitete so den Leiden des sich am Boden Windenden ein Ende. Edgar Wallace wanderte zurück in seine Zelle zum Wergzupfen.

Er zupfte nicht lange, schon kehrte der alte Lebensmut zurück. Kurzerhand warf er ein Stück Tau in den Lüftungsschacht, um sich die Arbeit zu erleichtern. Leider hatte er nicht mit der vorausschauenden Klugheit der Wärter gerechnet, die stets vorher den Tampen und nachher das Werg zu wiegen pflegten. Dem Betrug kamen sie auf diese Weise sehr schnell auf die Schliche, und der überführte Missetäter wanderte zu Wasser und Brot in die Dunkelzelle.

Edgar fand den Unterschied zwischen Hafergrütze mit Kartoffeln und Wasser und Brot unerheblich. In der Dunkelzelle konnte er sich in aller Ruhe ausschlafen, und außerdem waren die 96 Stunden bald vorüber. Am Ende seiner Arrestzeit, als er bereits wieder seine Armeeuniform trug, warf er noch einen letzten Blick auf das »Glashaus«. Und er fand, daß er zum Berufsverbrecher ganz und gar nicht geeignet sei.

Die Kameraden und Offiziere im Lazarett verhielten sich wie immer, als wäre nie etwas vorgefallen. Selbst der inzwischen fast schmerzfreie Colonel Cleary, der ihm die ganze Suppe eingebrockt hatte, wurde ob des erbarmungswürdigen Zustands, in dem sich Edgar befand, vom schlechten Gewissen geplagt. Bereits zehn Tage später, ohne einen erkennbaren Grund, winkte der Colonel den Soldaten zu sich und teilte ihm mit, er sei zum Krankenpfleger zweiter Klasse befördert worden. Außer der Ehre brachte das eine Erhöhung des Solds um zwei Pence am Tag mit sich.

Sobald sich der Nachwuchspoet wieder etwas besser fühlte, setzte er seine schriftstellerischen Übungen fort und versandte seine Werke an berühmte Adressen in allen Teilen des Königreichs. Doch das Glück hatte ihn verlassen. Meist erfolgte überhaupt keine Reaktion, in selteneren Fällen erhielt er seine Werke kommentarlos zurück.

## Südafrika

*Man hat gesagt, England hätte sein Kolonialreich in einem Anfall von Geistesabwesenheit erworben.*

David Mountfield, Großbritannien

An einem äußerst heißen und trockenen Julitag des Jahres 1896, an dem sich die bedauernswerten Soldaten beim Exerzieren sprichwörtlich die Seele aus dem Leib schwitzten, hatte Edgar Wallace das lange Ende vom Streichholz gezogen. Er durfte seinen Dienst im einzigen wirklich kühlen Raum der Kaserne, in der Totenkammer, versehen. Alle Kameraden beneideten ihn, weil dort große Eisblöcke, die in zerbeulten grauen Zinkwannen ganz langsam schmolzen, für angenehme Temperaturen sorgten. In der Nacht war ein Pechvogel aus Sheffield an einem vereiterten Blinddarm gestorben, und nun galt es, ihn auf seine letzte Reise vorzubereiten.

Edgar mußte den Verblichenen von den ausgetretenen Körperflüssigkeiten säubern – was er kurzerhand mit einem Wasserschlauch erledigte –, die Öffnungen mit diversen Stopfen verschließen und ihn mit einem papierenen Leichenhemd bekleiden.

Aber was nun? Würde der Muschkote in einem offenen oder in einem geschlossenen Sarg begraben oder nur in einer schlichten Holzkiste verscharrt werden? Die letztere Variante war die wahrscheinlichere, denn für einen einfachen Mannschaftsdienstgrad sah die Dienstvorschrift kein pompöses Soldatenbegräbnis mit angetretener Ehrenkompanie und Salutschüssen vor.

Da er jedoch nichts Besseres zu tun hatte, begann Edgar das Aussehen der sterblichen Hülle kunstvoll zu verschönen. Mit reichlich Stiefelwichse striegelte er das Haupthaar, zog einen exakten Scheitel und überdeckte die Geheimratsecken. An der käsigen Gesichtsfarbe konnte er leider nichts ändern, ein Schminkset gehörte nicht zu den vorgeschriebenen Ausrüstungsgegenständen einer Armee-Leichenkammer. Doch dem Amateurvisagisten kam ein viel besserer Einfall. Er bog einen starken Draht halbmondförmig, umwickelte ihn mit Zeitungspapier und stopfte ihn hinter die Unter- und Oberlippe des Verschiedenen. Das Ergebnis war verblüffend: Der tote Soldat zeigte nun ein solch glückliches Lächeln, als sei er voller Freude und nicht unter elenden Schmerzen aus dem Leben gegangen.

Nach getaner Arbeit verspeiste Edgar Wallace genußvoll sein Pausensandwich – ein daumendickes Stück Kommißbrot, belegt mit Corned Beef –, schmökerte ein wenig in einem Abenteuerroman und machte es sich dann zu einem Nickerchen bequem. Da sich im Raum keine zweite Liegestätte befand, schob er den Toten ein Stück zur Seite, legte sich zu ihm auf den Seziertisch und wickelte sich in ein Laken ein.

Edgar erwachte, als ihm ein kalter, spitzer Finger auf die Stirn pochte.

»Wallace, Schluß mit dem Unfug«, befahl der Sanitätsunteroffizier. Dann, als er den Toten betrachtete, stutzte er. »Potzsapperlot, Schrappnellbeschuß und Kanonendonner, da ist Ihnen ein kleines Kunstwerk gelungen. Allerdings vorläufig das letzte. Sie sind zum Auslandseinsatz designiert. Es geht nach Südafrika. Am Sonntag müssen Sie sich im Depot einfinden!« teilte ihm der Korporal mit.

Der Truppentransporter »Scot«, ein modernisiertes Dampfboot mit hohem Aufbau und lediglich einem Buggeschütz, legte in Southampton ab und nahm Kurs auf Kapstadt. Schiffsreisen für Soldaten waren in der damaligen Zeit alles andere als Vergnügungsfahrten. Doch noch hatten die Rekruten Glück. Die Konflikte in Südafrika verschärften sich zwar zusehends, aber bislang herrschte kein eigentlicher Krieg. Deshalb war der Dampfer nur voll belegt, nicht jedoch überbesetzt. Im Mannschaftslogis unterhalb der Wasserlinie, in dem es wie in einem Raubtierkäfig stank und ständig Wasser von der Decke tropfte, gab es für jeden Soldaten immerhin eine eigene Hängematte.

Edgar erinnerte sich an seine Erfahrungen als Smutje und suchte sich einen Platz in strategisch günstiger Position aus: in der Nähe vom Schott, aber so weit vom Niedergang entfernt, daß ihm kein betrunkener Matrose oder Kamerad auf den Kopf treten konnte. In der Lagerstatt neben ihm rekelte sich ein blonder Soldat, der ihm bekannt vorkam. Irgendwo hatte er dieses Gesicht schon einmal gesehen.

»Glotz mich nicht so an, du Pavian, sonst kannst du deine Zähne zum Frühstück fressen«, meinte der Blonde schläfrig und nicht besonders aggressiv.

Als er den singenden Tonfall hörte, erinnerte sich Edgar. »Wenn das mal nicht der alte Timothy Convene ist. Wie geht es dir, Katzenschänder?«

Convene stutzte und überlegte. »Die Sache mit den vierbeinigen Miezen ist seit der Schulzeit vorbei, jetzt halte ich mich an zweibeinige. Bist du Rob Dalton?«

»Nein, aber es wird schon wärmer.«

»Edgar Wallach?«

»Noch wärmer. Edgar ist richtig, mit Nachnamen heiße ich Wallace.«

»Was ist mit deinen Haaren passiert?« wollte Convene wissen. »Wir müßten doch gleichaltrig sein. Wieso siehst du inzwischen zehn Jahre älter aus als ich?«

Edgar erzählte ihm die Geschichte seiner Aktion als Geburtshelfer in der Kneipe und sinnierte im Anschluß: »Eine Seefahrt, die ist lustig, aber hier unten, im Bauch des Schiffes, ganz bestimmt nicht. Wir bräuchten eine eigene Kabine, wo wir auf einer Pritsche liegen, faulenzen und lesen könnten, wo zum Frühstück Suppe, Milch, Weißbrot und gelbe Butter gereicht wird. Nur im Luxus lebt es sich angenehm.«

Convene richtete sich auf. »Willst du mir mit diesem Quatsch die gute Laune verderben, Arschgesicht, oder bist du mit dem Kapitän verwandt?«

Edgar erwiderte: »Weder noch. Allerdings habe ich im Sanitätskorps nicht nur gelernt, wie man versiffte Nachtgeschirre leert, sondern auch Dinge, die in keinen Dienstanweisungen oder medizinischen Nachschlagewerken stehen. Um es ganz konkret zu sagen, ich habe einen todsicheren Plan.«

»Und der wäre?«

»Mein Vorschlag lautet, wir simulieren bei dir eine Typhuserkrankung. Wenn ich den Vorfall melde, kommen wir beide auf die Krankenstation in Quarantäne. Du, weil du krank bist, ich, weil bei mir eine Infektion wahrscheinlich ist.«

»Oder das Schiff dreht um, und wir sind schneller zurück in Southampton, als uns lieb ist.«

»Auf keinen Fall. Bei Verdacht auf Typhus muß das Schiff so lange auf Reede liegen, bis die Epidemie abgeklungen ist. Solange es bei einem einzigen Fall an Bord bleibt, wird der Kapitän den Kurs beibehalten. Bis wir am Kap der guten Hoffnung sind, bist du entweder kuriert oder tot.«

»Schönen Dank auch. Bei diesen Aussichten bleibe ich lieber unter Deck.«

»Du hast nicht zugehört. Du wirst nicht wirklich krank, sondern zeigst nur die Symptome einer Typhusinfektion: hohes Fieber, Erbrechen, Anschwellen und bläuliches Verfärben der Zunge, Leichenblässe.«

Convene schüttelte sich angewidert. »Das ist ja eklig. Pfui Teufel! Ich bin doch nicht verrückt.«

»Es handelt sich nur um ein paar Stunden. Anschließend geht es dir wieder besser. Nach ein, zwei Tagen, wenn die Vergiftungserscheinungen abgeklungen sind, bist du wieder auf dem Damm.«

Timothy Convene war ein harter Bursche. Für einen Underdog wie ihn schien der eigene Körper nur mehr eine unerschöpfliche Quelle ständigen Schmerzes zu sein. All die schweren körperlichen Arbeiten, die er bislang in seinem kurzen Leben verrichten mußte, hatten auf irgendeine Art und Weise etwas mit Schmerzen zu tun gehabt. Und nachts in den Kneipen schlug er andere oder wurde geschlagen. Schmerzfreie Tage wie diese, an denen er seelenruhig in einer Hängematte liegen konnte, waren die Ausnahme von der Regel. Deshalb fragte er: »Was muß ich tun, und wie kannst du dir sicher sein, daß es mich nicht tötet?«

Edgar nickte erfreut: »Du mußt das Pulver aus einer Karabiner-Patrone schlucken. Hier ist eine. Ich habe es selbst schon ausprobiert. Man sieht viel, viel schlimmer aus, als man sich fühlt, glaub es mir. Ich würde es jetzt auch selbst tun, aber das funktioniert nicht. Ich bin der Sanitätssoldat, ich muß dir erste Hilfe leisten, und nur ich kann die Krankheit an dir feststellen.« Dann entfernte er das Geschoß aus der Patrone, und Convene kippte sich mit Todesverachtung den Inhalt in den Mund.

Edgar sollte recht behalten ... Selbst der Schiffsarzt (ein aufgedunsener Fettsack und, wie die meisten Männer seines Standes in der Marine, ein Alkoholiker mit zitternden Händen) verspürte nicht das geringste Interesse, den Gesundheitszustand des oder der Kranken zu überwachen. Edgar war Pfleger und Patient zugleich. Das Essen und die Tabletten wurden durch eine Klappe in der von außen versiegelten Tür zur Sanitätsstation, zwei kleinen Räumen mit eigener Toilette im unteren Decksaufbau, durchgereicht. Davor hielt Tag und Nacht ein bewaffneter Posten Wache, der ohne Anruf auf jeden zu schießen hatte, der sich dem Krankenrevier unerlaubt weiter als zehn Schritt näherte.

Nach zwei Tagen war Timothy Convene wieder im Vollbesitz seiner körperlichen Kräfte; nur die geistigen ließen – seit der Schulzeit hatte sich daran nichts geändert – stark zu wünschen übrig. Die beiden Maladen schliefen täglich zehn bis zwölf Stunden, die restliche Zeit spielten sie Karten, lasen in den kaum berührten Bänden der Bordbibliothek oder unterhielten sich.

»Sag mal«, fragte eines Tages Convene, »was haben wir eigentlich in Südafrika zu suchen? Ist das auch so eine verdammte Kolonie wie Indien, oder was?«

»Wir fahren zur Kolonie am Kap der Guten Hoffnung«, erwiderte Edgar und blätterte in einem Büchlein mit dem spannenden Titel »Exogenese und Endogenese im südlichen Afrika«, das er zufällig vor ein paar Minuten in die Hand genommen hatte. »Dort sind vor über zweihundert Jahren – warte, hier steht es –, am 6. April 1652, 90 niederländische Männer, Frauen und Kinder an Land gegangen und haben die Siedlung Kapstadt gegründet. Im Laufe der Jahre folgten ihnen weitere tausende Aussiedler – vor allem aus Holland – nach, die sich als Viehzüchter betätigten, einen als Afrikaans bezeichneten niederländischen Dialekt sprachen und sich Buren (Bauern) nannten.«

»Und was wurde aus den Indianern?«

»Indianer gab es dort nicht, sondern Kaffer. Mit denen haben die Siedler das Übliche getan: entweder abgemurkst oder vertrieben oder als Sklaven gehalten.«

»Weshalb kümmert sich die Krone um käsefressende Holzschuhmacher?«

»Keine Ahnung«, entgegnete Edgar, »wahrscheinlich, weil Großbritannien die bedeutendste Kolonialmacht der Welt ist und die Konkurrenz ausschalten wollte.« Dann entdeckte er die Begründung und las vor: »Nach der Französischen Revolution eroberte Frankreich 1794/95 die Niederlande und gründete die Batavische Republik. Damit war die niederländische Kolonie am Kap der guten Hoffnung pro forma französisch geworden. Großbritannien fürchtete um seine Schiffahrtswege nach Asien und besetzte deshalb am 16. September 1795 Kapstadt.«

Convene gähnte. »Klingt nicht sehr spannend. Eine Handvoll Weißer hockt auf einer Halbinsel. Ringsum nichts weiter als Wüste, kackende Kamele und Schwarze. Obwohl – die Weiber sollen sehr gut ficken können.«

»Teile der Buren lebten bereits in der zweiten oder dritten Generation in Südafrika und fühlten sich als die eigentlichen Herren des Landes. Konflikte mit der Krone blieben nicht aus, und größere Gruppen von Buren, die Voortrekker, zogen deshalb mit ihren Ochsenkarren weit ins Landesinnere, um sich ein Leben unabhängig von der britischen Herrschaft einrichten zu können. Auf diese Weise entstanden unter anderem der Oranje-Freistaat, die Republik Natalia und die Südafrikanische Republik.«

»Na, prima. Eine Bananen-Republik und eine Orangen-Republik. Was wollen wir von denen?«

Edgar fand im nächsten Kapitel die Antwort darauf: »Diamanten und Gold. 1867 wurden nördlich des Vaal, in der Nähe des Zusammenflusses mit dem Harts, Diamanten gefunden. Die Südafrikanische Republik erhob Anspruch auf das Land, aber das Empire fackelte nicht lange. Seine Majestät annektierte das Griqualand westlich von Kimberley zunächst als Kronkolonie, 1880 wurde es der Kapkolonie zugeschlagen, im gleichen Jahr begann der Burenaufstand. 1886 fanden Schatzsucher am Witwatersrand riesige Goldvorkommen.« Edgar lies das Buch sinken. »Diesmal konnten wir uns die Flächen aber nicht unter den Nagel reißen, weil die Goldminen mitten in der Südafrikanischen Republik liegen.«

Timothy Convene resignierte. »Was geht uns auch das verdammte Burengold an? Den Weg in meine Rocktasche wird es kaum finden.«

»Das bedeutet Krieg. Wir müssen unsere Ärsche dafür hinhalten, daß die Lords und Ladies ihre Schatullen füllen können.«

»Meinst du wirklich: auf, auf, Sprung marsch, mit aufgepflanztem Bajonett?«

»Im Augenblick besteht noch keine Gefahr«, vermutete Edgar. »Dafür sind zuwenig Soldaten an Bord, und von anderen Truppentransporten habe ich nichts gehört. Wir sollen nur die Garnison auffüllen. Aber wer weiß, was die Zukunft bringen wird. Soldaten sind nun mal dazu da, um in den Krieg zu ziehen. Das haben wir gewußt, als wir uns freiwillig meldeten. Und das Klima in Südafrika soll gar nicht so übel sein.«

Als der Ausguck »Land in Sicht« meldete, ließ sich der Schiffsarzt zum ersten und letzten Mal in der Krankenstation sehen. Zum Zwecke der Desinfektion hatte er zuvor einen halben Liter 54 %igen Rum getrunken und seine Hände in Karbollösung getaucht. »Sehr erfreulich, junger Mann«, konstatierte er, als er Timothy Convene begutachtete, »Sie haben eine robuste Natur. Die Krankheit hat keine Spuren bei Ihnen hinterlassen. Die letale Quote ist sonst sehr hoch.«

Und dann, zu Edgar gewandt, sagte er: »Gut gemacht, Sanitäter zweiter Klasse! Vor allem Ihnen ist es zu verdanken, daß es zu keiner Epidemie gekommen ist. Der Kapitän läßt Ihnen seinen Dank ausrichten.«

Beim bloßen symbolischen Händedruck blieb es nicht. Edgars Marschbefehl wurde geändert. Statt in die Krisenregion Natal wurde er in die Sanitätsstation von Simonstown abkommandiert.

## Euchre

*Wir hatten eine wohlversehene Verbandsstation, und ich probierte fast jede vorhandene Arznei an mir selbst aus: Opium, Morphium, Chloroform, Kokain, Äther und indischen Hanf. Kokain machte mich krampfartig lachen, Morphium hätte mich fast getötet, aber von den übrigen Mitteln empfand ich keine Nachteile.*

Edgar Wallace, »People«

Vielen Menschen ist eine rastlose Unruhe zu eigen: Zu Hause fühlen sie sich nicht wohl, sie möchten hinaus in die Fremde. Aber es gefällt ihnen nirgendwo. Überall ist es besser als dort, wo sie gerade sind. Am Ende kehren sie in den grauen Alltag ihrer kargen Heimat zurück und zehren den Rest ihres Lebens von jenen vergangenen Tagen, die erst in der Erinnerung glanzvoll werden.

George Pinder, ein hagerer Mann mit schiefen Zähnen, aschefarbenem Haar und einem melancholischen Schnurrbart war das beste Beispiel dafür. Als Koch der Sanitätsstation in Simonstown ging es ihm besser als jemals zuvor in den 25 Jahren seines Lebens. Es ging ihm sogar besser als den meisten Leuten weit und breit in der Kapkolonie. Trotzdem war er mit seinem Schicksal unzufrieden und träumte von daheim: den schlammigen Straßen, den rußbedeckten Hügeln, den verbrauchten und abgearbeiteten Eltern sowie den zahllosen Geschwistern, die in einer zugigen und windschiefen Kate am Rande einer Kohlengrube in Wales hausten, jeden Tag der Woche zwölf Stunden lang schufteten und doch ärmer als Kirchenmäuse blieben. George Pinders Traum war ganz einfach. An einem Sonntag, wenn sich die Kirchentüren öffneten, würde er aus einer Kutsche steigen,

*Sanitäter Edgar Wallace (rechts) und Sergeant Pinder (Mitte) in Simonstown, um 1897*

mit Lederstiefeln an den Füßen und einem steifen Hut auf dem Kopf, wie der Verwalter einen trug. Drei große Reisetaschen hätte er dabei. Eine voller Geschenke für die Familie, eine mit Eßwaren und Branntwein und eine mit feiner Leibwäsche. Er würde Zuckerstangen an die Kinder und Tabak an die Alten verteilen. Dann flögen die Hüte in die Luft, und alle würden »Hoch, Pinder!« rufen. An dieser Stelle endete der Traum. Weiter ging er nicht. Was hätte sonst noch kommen sollen? Ein, zwei Wochen später würde auch er wieder im Elend versinken, das war so sicher wie das Amen in der Kirche.

Die Frage, weshalb es den Soldaten Pinder aus Wales in den südwestlichsten Zipfel Afrikas verschlagen hatte, mußte offenbleiben. Kein einziger Beamter aus dem Kolonialministerium, kein Stabsoffizier diesseits oder jenseits des großen Teiches hätte eine Antwort darauf gewußt. Der Soldat und Koch George Pinder verfügte weder über Spezialkenntnisse noch über sonstige Eigenschaften, die seine Versetzung in irgendeiner Weise gerechtfertigt hätten. Doch ausgerechnet er wirkte – wie einst George Freeman und zahlreiche andere Menschen nach ihm – wie ein Katalysator, der die Flamme im großen Dichter Edgar Wallace zum Leuchten brachte, ohne daß er dies selbst gewollt, gewußt oder je erfahren hätte.

Simonstown befindet sich zwischen dem Kap der guten Hoffnung und Kapstadt am False Bay. Das Klima ist mediterran und deshalb für Europäer gut verträglich – im Gegensatz zu den tropischen Temperaturen im Küstenland von Natal oder dem subtropischen Klima in den Höhenlagen. Die jahreszeitlichen Temperaturschwankungen sind gering, es regnet viel seltener als in England, und die vielfältigen Seuchen und Krankheiten Afrikas (z. B. die Malaria) fehlen völlig.

Die Sanitätsstation, ein weiß gekalkter Flachbau mit zementiertem Fußboden, lag am Ende einer langen, mit aromatisch duftenden Eukalyptusbäumen umsäumten Allee. Dahinter schloß sich eine schmale Schlucht an, in der wilde Paviane hausten und ein kleiner Wasserfall munter plätscherte. Die schwarze schwere Erde war fruchtbar und die Vegetation üppig. Wie in einem großen Garten blühten Aronlilien, Gladiolen, Fresien, Narzissen, Rosen und Nelken in freier Natur. Auch der Blick auf die Bucht war einzigartig: Im leuchtendblauen Wasser zogen Fischerboote mit weißen Segeln langsam ihre Bahn.

In der Sanitätsstation gab es lediglich vier Krankenbetten. Um die verwundeten Soldaten sollten sich ein Militärarzt, ein Sergeant und ein Pfleger kümmern. Doch es gab keine Patienten. Alle schweren Fälle wurden sofort ins nächste Lazarett gebracht. Aus diesem Grund ließen sich Mr. Greenway, der Offizier, und Sergeant Plummer nur sehr selten sehen, und George Pinder hatte nichts weiter zu tun, als sich um seine und des Pflegers täglichen Mahlzeiten zu kümmern.

George Pinder hatte Kochen gelernt, und er war, was sich bei seinem Äußeren und dem ständig gequälten Gesichtsausdruck kaum vermuten ließ, ein äußerst guter Koch. Aber (denn in den meisten Geschichten gibt es ein Aber) George war geizig bis zum Erbrechen. Das lag einzig und allein an seinem Traum. Von seinem Sold konnte er das Kapital für Lederstiefel und Reisetaschen nicht zusammensparen. Offizier Greenway und Sergeant Plummer bekamen ihr Verpflegungsgeld ausbezahlt, also gab es nur noch eine Person (außer ihm selbst), an deren Rationen gespart werden konnte, und die war der Krankenpfleger.

Kaum hatte Edgar Wallace sein mit Feldbett, Klappstuhl, Schreibpult und Schrank überraschend luxuriös möbliertes Kämmerchen bezogen und den Dienst angetreten, wurde er, der zeitlebens ein Freund von gutem Essen war (wie sich auf späteren Fotos bestens erkennen läßt), zum erstenmal das Opfer der Sparmaßnahmen. George servierte den heiß dampfenden Tee im zwar leeren, aber peinlich sauberen Krankenrevier. »Willst du Milch?« fragte er.

»Ja, bitte. Eine gute Tasse Tee schmeckt nur mit Milch«, antwortete Edgar.

»Die Milch reicht nur für einen. Ich schlage vor, wir machen ein Spielchen Euchre. Wer gewinnt, bekommt die Milch.« Und wie von Zauberhand herbeigeholt, lag ein Päckchen schmieriger, abgegriffener Karten auf dem Tisch.

Euchre (sprich Juker) war ein einfaches, sehr schnelles Stichspiel, mit dem sich damals Auswanderer nach Amerika und Soldaten häufig die Zeit zu vertreiben pflegten. George favorisierte die abgespeckte Version mit 24 Karten, also ohne Siebenen und Achten. Nach dem Mischen und Abheben teilte der Geber je fünf Karten aus und deckte die oberste Karte vom restlichen Stapel auf. Damit war die Trumpffarbe bestimmt. Der Geber durfte die Karte vom Stapel gegen eine eigene austauschen, sein Gegner spielte aus. Die Farbe mußte bedient werden, wer nicht bedienen konnte, durfte stechen. Gewinner war, wer die meisten Stiche gemacht hatte. Alle Stiche mußten offen abgelegt werden, um ein Schummeln zu verhindern.

Edgar gewöhnte sich an Tee ohne Milch, an Eier ohne Speck und an Brot ohne Fleisch, denn er verlor so gut wie immer. Doch George Pinder hatte mit diesem täglichen Zocken um recht belanglose Einsätze einen verhängnisvollen Samen in Edgar Wallaces Brust gepflanzt. Von nun an war er dem Glücksspiel verfallen, und zwar in einer derartig maßlosen und verhängnisvollen Art und Weise, die ihn mehrfach an den Rand der Existenz trieb. Immer wieder, wenn er mühsam aufgestiegen war, riß ihn die Spielsucht weit hinunter. Und das war, so komisch es klingt, das Gute daran. Zeit seines Lebens sehnte sich Edgar nach Ruhe und Geborgenheit. Er konnte sie stets nur für kurze Zeit erreichen. Dann ereilte ihn das nächste selbstverschuldete Unglück. Um die Schuldenlast zu mildern, war er gezwungen, unermüdlich zu arbeiten, und nur auf diese Weise konnte er sein gewaltiges Werk zustande bringen. Doch dazu später mehr.

Die ersten zwei, drei Wochen nach seiner Ankunft genoß Edgar in vollen Zügen. Er fühlte sich wie im Urlaub (wobei er noch niemals welchen gehabt hatte). Die Pflichten in der Sanitätsstation nahmen ihn täglich nur für kurze Zeit in Anspruch. Sie bestanden hauptsächlich im peniblen Reinigen des ohnehin blitzsauberen Krankenzimmers sowie im Überprüfen, Aussortieren und Auffüllen der Medikamentenvorräte. Danach hatte er Freizeit.

Simonstown war ein Marinestützpunkt, der außer zwei Kneipen und einem Bordell keine weiteren kulturellen Anziehungspunkte vorzuweisen hatte. Am Alkohol war Edgar schon aus Geldmangel (eine Flasche Bier kostete einen Shilling), aber auch im Zuge seiner früheren Temperenzlermitgliedschaft kaum interessiert, und ins Bordell wäre er weder für Geld noch für gute Worte gegangen. Die Erfahrungen in der Syphilisstation hatten ihn Friedrich Schillers Einsicht gelehrt: »Der Wahn ist kurz, die Reu' ist lang.« Edgar ging deshalb viel spazieren, lungerte auf dem Markt oder im Hafen herum, und nachmittags, wenn es zu warm wurde, machte er es sich in Unterwäsche auf seinem Bett bequem, starrte Löcher in die Luft oder schlief.

Mit der Zeit überschattete mehr und mehr die Langeweile sein Paradies. Edgar dachte nach, denn er hatte viel Zeit nachzudenken. Sein Ziel war klar: Er wollte Schriftsteller werden. Nur über den Weg dorthin gab es Unklarheiten. Für seine Gedichte und Liedtexte interessierte sich keine Menschenseele. Er hatte ja auch nur einen Zuhörer, den Koch, und der pflegte zumeist während des Vortrags einzunicken. Edgar beschloß, es zunächst mit dem Journalismus zu versuchen. Aber sein Verstand riet ihm, nicht sofort damit zu beginnen, sämtliche Zeitungen mit Artikeln zu bombardieren, vielmehr ging es ihm wie Sokrates, der rund 400 Jahre vor Christus sagte: »Scio - mescio« (lat.: Ich weiß, daß ich nichts weiß).

Edgar bestellte sich im Gemischtwarenladen Rogets »Thesaurus« (ein Synonymwörterbuch für sinnverwandte Ausdrücke), Collin's Pocket Dictionary (ein Wörterbuch der englischen Sprache) sowie Trench's »Das Studium der Worte«, ein etymologisches Nachschlagewerk.

Nachdem die drei Bände eingetroffen waren, machte er sich an die Arbeit, und zwar jeden Tag mehrere Stunden lang. Er nahm sich alte Tageszeitungen vor und las die Leitartikel. Er strich die Worte an, die er nicht kannte (in der Regel mehrere Dutzend), und die Sätze, deren Sinn er nicht verstand (meist ebensoviele). Als nächstes ersetzte er die unbekannten Wörter durch einfachere Begriffe, entflocht lange Schachtelsätze, schob zusätzliche Erläuterungen ein, drehte und wendete Wortkonstruktionen. Das tat er so lange, bis der Text seine komplizierte Struktur verloren hatte und er ihn klar und verständlich fand.

Die nächste Übung war noch schwieriger und zeitraubender. Er verkürzte jeden Beitrag auf genau vierzig Wörter, keines mehr und keines weniger – ganz egal, wie lang das Traktat gewesen war. Die harte Regel, die er sich dabei auferlegte, lautete: Das 40-Worte-Pamphlet mußte den Inhalt des Originals haargenau wiedergeben. Manchmal suchte er mehrere Stunden lang nach dem treffenden, eindeutigen Begriff. Auf diese Weise lernte er, der typische Selfmademan, daß jedes Wort wie ein Schlüssel ist. Richtig benutzt, öffnet es weite Türen, die anderenfalls verschlossen bleiben.

Mit den Wochen und Monaten stellte sich Routine ein. Die täglichen Übungen gingen ihm immer leichter von der Hand. Von einem gewissen Punkt an war er in der Lage, die meisten Artikel besser formulieren zu können als ihre ursprünglichen Verfasser. Das lag ganz einfach daran, daß er viel mehr Zeit aufbrachte und nicht von den Tagesgeschäften gehetzt war. Er ersetzte Denkfehler durch logische Schlüsse, falsche Bezugnahmen durch tatsächliche Sinnzusammenhänge und lernte auf diese Weise viel von der hohen Kunst der Manipulation, die die Verfasser bewußt oder unbewußt verwendet hatten, um ihre weniger aufmerksamen Leser in die Irre zu führen.

Am Ende schrieb Edgar Abhandlungen über chinesische Kunst ebenso mühelos wie Beiträge über die aktuelle politische Lage in Rußland. Nur der Artikel über den britischen Staatshaushalt mißlang ihm jämmerlich. Das lag daran, daß er nicht rechnen konnte, was sich für ihn als ein äußerst verhängnisvolles Unvermögen erweisen sollte.

## 1898–1903

# Der Kriegsberichterstatter

## Caldecott

*Als fruchtbarste Missionsgebiete erscheinen ... Indien, Sumatra, West- und Südafrika ... In Natal zählte man 73 000, in Transvaal 20 000 eingeborene Getaufte. In Südafrika sind ganze Völkerstämme bekehrt und in christliche Gemeinden gefaßt worden.*

Missionary Review of the World, New York 1896

Das Leben eines Menschen erscheint wie ein ruhig gleitender Strom, der von der Quelle bis zur Mündung fließt. Es gibt einen Anfang und ein Ende, trotzdem lassen sich nicht alle Geschichten chronologisch erzählen. In unserem Fall müssen wir uns zurück in das Jahr 1810 begeben.

Zu dieser Zeit befand sich die Kapkolonie fest in britischer Hand, und die Trekburen stießen auf der Suche nach neuen Weidegründen entlang der Südküste immer weiter nach Osten vor. Dort trafen sie auf die Stämme der Khoikhoi und Xhosa. Die Buren überwältigten die zumeist friedfertigen Khoikhoi und hielten sie als billige Arbeitskräfte oder Sklaven. Die Krone hatte zwar bereits 1807 den Sklavenhandel im Britischen Reich verboten, aber erst zum 1. Dezember 1834 wurde die Sklaverei endgültig abgeschafft.

Mit den Xhosa bekamen die Trekburen Probleme. Die Xhosa waren ein stolzes, nomadisierendes Volk mit tapferen Kriegern. Sie kannten kein Privateigentum, betrieben Ackerbau und Viehzucht und zogen von Weideplatz zu Weideplatz. Ständig kam es zu Auseinandersetzungen mit den Buren. Die Weißen waren den Eingeborenen in der offenen Feldschlacht weit überlegen. Gegen Wagenburgen, Pferde und Gewehre blieben Speer, Pfeil und Bogen so gut wie wirkungslos. Doch nach einigen vernichtenden Niederlagen wichen die Xhosa auf eine Guerillataktik aus, der die Eindringlinge machtlos gegenüberstanden. Sie befanden sich in ausgezeichneter körperlicher Form, konnten weite Strecken laufen und lange Zeit ohne Wasser auskommen, denn sie waren in der freien Wildbahn zu Hause. In der Gemeinschaft waren die Buren stark, aber um ihren Lebensunterhalt zu verdienen, mußten sie sich aufteilen, sich einzeln um die Vieherden und die Felder kümmern. Dann, wenn niemand damit rechnete, schlugen die schwarzen Krieger zu. Eine Farm nach der anderen brannte nieder.

Die Siedler baten die Regierung um Hilfe. Es kam zu einem Krieg, der mit Unterbrechungen von 1811 bis 1819 dauerte. Es ging um das sogenannte Zuurveld, eine riesige, seit 1779 umkämpfte Weidefläche zwischen dem Bushmans River und dem Great Fish River südöstlich von Port Elizabeth an der Algoa Bay.

Die Briten gewannen dank ihrer militärischen Übermacht den Krieg, errichteten Grenzbefestigungen entlang des Great Fish River und erklärten die angrenzenden Landstriche bis zum Kreiskamma River zu neutralem Gebiet. Doch damit hatten sie keines der Probleme tatsächlich gelöst. Eine wirksame Grenzsicherung war nicht möglich, dazu gab es nicht genug Soldaten. Rein wirtschaftliche Gründe ließen es auch nicht als sinnvoll erscheinen, weitere Truppenkontingente in die Krisenregion zu entsenden, um die wenigen Siedler zu beschützen. Schließlich sollten die Kolonien Geld einbringen und nicht neue Kosten verursachen.

1819 hatte ein hoher Kolonialbeamter in London dann die famose Idee, 5 000 Kolonisten in Großbritannien anzuwerben und sie im Zuurveld als lebendes Bollwerk gegen die Xhosa anzusiedeln. Das Ministerium stellte für das Projekt 50 000 Pfund zur Verfügung. Jede Familie würde eine kostenlose Überfahrt und 40 Hektar Ackerland erhalten. Nach heutigen Maßstäben wäre dies ein ordentliches Stück Land, zu einer normalgroßen Burenfarm gehörten damals aber rund 2 400 Hektar. Die Ausschreibung fand ungeheueren Zuspruch. Hunderttausende Ausreisewillige – quer durch alle gesellschaftlichen

Schichten, vom ärmsten Teufel bis zum vermögenden Glücksritter – stellten einen Antrag.

Lord Bathurst, der Kolonialminister höchstpersönlich, sonderte die Spreu vom Weizen. Ausgewählt wurden nur gesunde junge Menschen, die entweder über etwas Geld verfügten oder ein Handwerk gelernt hatten. Aus diesem Grund erhielt Dr. Charles Caldecott, ein spindeldürrer religiöser Fanatiker mit schwarzen, tiefliegenden Augen, eine positive Antwort auf sein Schreiben, in dem er gefleht hatte: »Ich bin Arzt, gläubiger Christ und Vater dreier Kinder. Das Schicksal war nicht immer gnädig mit mir, aber ich hoffe auf einen guten Stern in der neuen Welt, wo die eigene Leistung zum Ruhme Englands noch zählt.«

Da es gerade an einem Bordarzt fehlte, wurde er der »Brilliant« zugeteilt, die mit zwanzig weiteren Schiffen am 10. Dezember 1819 in See stach. Dr. Caldecott war ein dogmatischer Wiedertäufer, ein Baptist und strenger Calvinist, der in seinem religiösen Eifer während der mehr als dreimonatigen Überfahrt die übrigen Passagiere von der Fleischeslust befreien und sie auf den richtigen Weg zu Gott leiten wollte. Leider mangelte es ihm an den rechten Worten und der nötigen Überzeugungskraft, und so predigte er am Ende vor fast leeren Bänken. Häufig blieben seine Frau Emma und die drei Söhne die einzigen (und deshalb umso bedauernswerteren) Zuhörer.

Am 22. März 1820 landete die »Brilliant« in der Algoa Bay. Der Treck ins Landesinnere formierte sich nur langsam, weil selbst die primitivsten Ausrüstungsgegenstände fehlten und die ausgeschifften Kutschen in doppelter Hinsicht nutzlos waren: Zum einen fehlten die Pferde, zum anderen gab es keine festen Straßen, sondern nur holprige Trampelpfade, die lediglich mit schweren Ochsenkarren passierbar waren.

Dr. Caldecott wollte nicht warten, bis der geordnete Abmarsch endlich beginnen konnte. »Emma«, sprach er zu seiner Frau, »die Pflicht ruft. Glück hat auf Dauer nur der Tüchtige.« Er ließ seine Familie zurück und machte sich allein im schwarzen Bratenrock mit Zylinder auf den Weg zur nächsten Missionsstation im Landesinneren. Der Plan an sich war gut, denn wer zuerst kommt, mahlt zuerst. Aber der bibelfeste Arzt war nach der langen Überfahrt nicht in der besten körperlichen Verfassung und für einen langen Fußmarsch nur ungenügend gerüstet. Er trug weder eine Wasserflasche bei sich, noch hatte er mit der brütenden Hitze gerechnet. Nach zwei Tagen erreichte er endlich die Station. Er war halbverdurstet und am Ende seiner Kräfte. Wortlos stürzte er sich zum Ziehbrunnen und trank einen halben Eimer kalten Wassers. Als Arzt hätte er es besser wissen müssen. So oder so, er erlitt einen Magendurchbruch und starb unter großen Schmerzen.

Emma Caldecott war schlagartig und ohne ihr geringstes Zutun vom Regen in die Traufe geraten. In London hatte sie wenigstens ein Dach über dem Kopf besessen, nun saß sie ohne Ernährer mit drei kleinen Kindern in der afrikanischen Wildnis. In ihrer Not schloß sie sich der Quäkerfamilie von William Wright an. Fünfzehn Jahre später heiratete ihr ältester Sohn Daniel die gleichaltrige Patricia Wright. Aus dieser Verbindung entsprang ein Knäblein namens William Shaw Caldecott, der im zarten Alter von sechs Jahren erleben mußte, wie die Xhosa seine elterliche Farm am Great Fish River niederbrannten.

Daniel Caldecott hatte nun vom Farmerleben gründlich die Nase voll und zog mit seiner Familie nach Grahamstown, wo er sich als Wollhändler und Bürgermeister versuchte. Emma Caldecott war im Laufe der Jahre etwas wunderlich geworden und begann ihren seligen Ehemann wie einen Heiligen zu verehren. Bei dem kleinen William Shaw Caldecott lösten diese Erlebnisse zwei Reaktionen aus: Zum einen entwickelte er sich zu einem ähnlichen religiösen Eiferer, wie sein Großvater einer gewesen war, zum anderen verabscheute er die Eingeborenen, die sich mit Händen und Füßen weigerten, an den Segnungen der westlichen Zivilisation teilzuhaben.

Kurz nachdem William Shaw Caldecott volljährig geworden war, ließ er sich das Legat von seinem Großvater mütterlicherseits aushändigen, bezahlte damit eine Schiffspassage nach England und studierte am Richmond College Theologie. 1867 heiratete er Marion Hellier, die Tochter seines Lehrers Benjamin Hellier, und kehrte als Missionar mit ihr nach Südafrika zurück, mit dem ihn nach wie vor eine unstillbare Haßliebe verband.

Die Briten – wie auch alle anderen Eroberer seit der Erfindung des Schwarzpulvers – benutzten vor allem vier Dinge, um ihre Herrschaft in den Kolonien zu festigen und die Eingeborenen zu unterdrücken: Gewehre, Feuerwasser, Krankheiten und Prediger. Oberstes Ziel der Missionare war die Bekehrung der »Kaffer« zum Christentum. Die bloße Verbreitung der christlichen Lehre an sich hätte nichts gebracht. In den Sippen der Afrikaner mit ihren Riten, Bräuchen und traditionellen Lebensweisen war kein Platz für Jesus Christus und seine Botschafter. Deshalb schloß eine gelungene Bekehrung neben der Liebe zu Gott stets auch die Liebe zur westlichen Zivilisation mit ein. Erreichen ließ sie sich nur, indem die Stammesstrukturen konsequent zerschlagen wurden. Man zwang die Bekehrten, europäische Kleidung zu tragen, und verbot Polygamie und Initiationsriten.

William Shaw Caldecott entwickelte sich zu einem großen, breitschultrigen Mann mit rotem Vollbart, der die »Kaffer« als kindische Halbidioten betrachtete, die von Zeit zu Zeit die Peitsche schmecken mußten, um gefügig zu bleiben. Seiner Karriere als Verkünder der christlichen Nächstenliebe tat diese Haltung keinen Abbruch. Die meisten Missionen – und er lernte derer viele kennen – funktionierten nach dem Feuer-Wasser-Prinzip. Neben dem hartherzigen Dogmatiker gab es immer einen gütigen Bruder, der die Wunden der Geschundenen salbte. Auf lange Sicht richteten beide den gleichen Schaden an.

Marion Caldecott folgte ihrem Mann ohne Murren oder Zagen über Berg und Tal, durch Dornenbüsche und Trockensteppen, schlief in Hütten, Zelten oder unter dem Sternendach. Nebenbei gebar sie ihm zehn Kinder, von denen allerdings nur vier Töchter überlebten. 1895 wurde William Shaw Caldecott als Prediger nach Simonstown versetzt. Von diesem Zeitpunkt an hatte der Reverend nur noch drei Dinge im Kopf: Er wollte endlich seine Ruhe haben, ein Buch über die Bundeslade und die Stiftshütte schreiben (seit vielen Jahren hatte er sich als eifriger Bibelforscher betätigt und sensationelle Theorien über die Abmaße der göttlichen Elle entwickelt) und zum Ruhme der Nachwelt ein Soldaten- und Matrosenheim gründen.

Vor allem der letztere Gedanke fiel bei seiner Frau Marion auf fruchtbaren Boden. Sie war froh, endlich in einem zivilisierten Haus in einer modernen Stadt leben zu können, und da ihre Töchter inzwischen aus dem Gröbsten heraus waren, wurde sie zur eigentlichen

Organisatorin und Bauherrin der Begegnungsstätte. Zum Matrosenheim gehörte ein weißgekalkter Aufenthaltsraum mit langen Holztischen und -bänken sowie etlichen Regalen an den Wänden, die sich nach und nach mit Büchern füllten.

Und hier schließt sich endlich der Kreis: Edgar Wallace war inzwischen an einem Punkt angelangt, an dem er aus eigener Kraft nicht mehr weiter konnte. Er lechzte wie ein Ertrinkender nach Bildung, die ihm die Journale und Zeitungen nicht vermitteln konnten. Zum Kauf von Büchern fehlte ihm das Geld, und eine öffentliche Bibliothek gab es nicht. Eines Tages klopfte er deshalb an die Tür vom Matrosenheim. Eine recht dicke Frau mit geflochtenem grauem Haar, welches sie zu einer Krone zusammengelegt trug, öffnete die Tür. Es war Marion Caldecott, die ihn sogleich mit herzlicher Freundlichkeit überschüttete.

Manchmal, sehr selten, passiert es, daß Menschen im gleichen Geiste aufeinandertreffen und sich sofort erkennen. Trotz des beträchtlichen Altersunterschiedes zwischen den beiden konnten sie miteinander sprechen, als würden sie sich schon viele Jahre lang kennen. »Kommen Sie, mein Lieber«, sprach die gnädige Frau, hakte sich bei ihm unter und führte ihn zum Ziel seiner Wünsche. »Beliebt ein Gläschen Limonade? Es ist heute sehr heiß hier.«

»Oh, Ihr Angebot nehme ich nur zu gerne an«, erwiderte hocherfreut der Sanitätssoldat. »Und hätten Sie vielleicht das neue Buch von Motley mit dem Titel ›Aufstieg und Niedergang der Niederländischen Republik‹? Es wurde in der letzten Ausgabe der ›Cape Times‹ sehr wohlwollend besprochen. Mir deucht, es wäre eine ganz reizende Lektüre an diesem schönen Nachmittag.«

## Knittelverse

*Mein wesentlichstes Studium war ein Buch über Logik – deduktive und induktive. Ich las es Seite für Seite. Ich hatte es jahrelang. Ich besitze es noch. Und ich verstehe es heute noch nicht.*

Edgar Wallace, »People«

Edgar dürstete es nach Wissen, nach Wissen, nach Wissen, nach immer mehr Wissen. Tagtäglich saß er in der Bibliothek des Matrosenheims, verschlang ein Werk nach dem anderen – vom Lehrbuch der Astronomie bis hin zu den Gesprächen mit Sokrates –, und in den Pausen unterhielt er sich mit Marion Caldecott. Sie sprachen über Gott und die Welt, aber vor allem über Bücher. Mrs. Caldecott hatte selbst nur einige wenige Gedichte verfaßt, besaß jedoch umfassende Kenntnisse über die englische Literatur, die sie sich im Laufe vieler Jahre in den mühsam zusammengesuchten Bibliotheken diverser Missionsstationen angeeignet hatte.

Edgar fühlte sich mitunter, als würde ein eiserner Reif seine Stirn umklammern und ihn am Denken hindern. In seinem Gehirn purzelte alles wild und ohne System durcheinander. Seine Mentorin half ihm, Hunderte geistiger Schubladen zu öffnen und zu füllen und so den Druck des Reifes zu mindern, bis er eines Tages ganz zersprang.

An einem heißen Nachmittag im Januar blätterte Edgar lustlos in einem Band über die Freimaurerei, als ihm Mrs. Caldecott von hinten auf die Schulter tippte und anerkennend bemerkte: »Sie sind der Zeit immer einen Schritt voraus, mein guter Junge. Der Leitartikel wurde gerade erst gesetzt, und Sie studieren bereits die Erläuterungen dazu.«

»Sie sprechen in Rätseln, gnädige Frau, was meinen Sie?«

»Nur ein Zufall also, auch gut, auch gut«, murmelte die ältere Dame. Dann hob sie ihre Stimme: »In der neuesten ›Cape Times‹ steht geschrieben, daß Kipling Urlaub in Südafrika macht und in vier Wochen nach Kapstadt kommen wird.«

Edgar erschauderte.

Es gab viele berühmte englische Schriftsteller zu dieser Zeit, aber Joseph Rudyard Kipling war ihr Gott. Die Liste seiner bisher veröffentlichten Bücher (darunter mehrere Gedichtbände) ließ sich längst nicht mehr an den Fingern beider Hände abzählen und dies, obwohl der hochbegabte Poet gerade erst das zweiunddreißigste Lebensjahr vollendet hatte. In Indien geboren, in Southport (England) unterrichtet und aufgewachsen, war er mit 17 Jahren nach Indien zurückgekehrt, wo sein Vater als Kurator am Museum von Lahore arbeitete. Kipling hatte eine journalistische Laufbahn eingeschlagen, ausgedehnte Reisen unternommen und 1890 das skandalöse Werk »The City of Dreadful Night« über die Nacht- und Schattenseiten Kalkuttas veröffentlicht. 1894 war das Dschungelbuch erschienen und Kipling in die Ruhmeshalle des Olymp aufgestiegen, wo er seitdem neben dem gleichfalls göttlichen Mark Twain saß. Bereits 1886 war er überdies in die Freimaurerloge »Hope and Perseverance« eingetreten.

»So bekannt wie der Meister möchte ich einmal werden«, flüsterte Edgar andächtig und ließ sein Buch sinken.

»Dann wäre jetzt die beste Gelegenheit, etwas dafür zu tun«, meinte die gnädige Frau resolut und stemmte ihre beiden Arme in die vollen Hüften. »Sie kritzeln doch den lieben langen Tag irgendwelche Knittelverse in Ihre Notizbücher. Wie wäre es, wenn Sie den Rahm von der Milch abschöpften und eine Ode für Kipling daraus komponierten?«

In der Tat hatte sich der Sanitäter einen neuen Zeitvertreib ausgedacht, indem er nach dem Motto »Reim dich, oder ich freß dich« allen möglichen Unsinn in Versform prügelte. »Ein artiges Gedichtlein wäre schnell fabriziert, aber wie soll der Erleuchtete davon erfahren? Ich kenne seine Anschrift nicht.«

»Papperlapapp, nicht an ihn sollen Sie es schicken, sondern an die ›Cape Times‹. Kein ernsthafter Journalist wird es wagen, Kipling ein Gedicht zu widmen, aus Angst, er würde sich bis auf die Knochen blamieren. Geben Sie sich also Mühe. Wenn es halbwegs brauchbar erscheint, wird es garantiert veröffentlicht, vielleicht sogar auf der ersten Seite.«

Marion Caldecotts überzeugende Worte spornten den Ehrgeiz des jungen Poeten an. Drei Tage lang dichtete Edgar wie ein Verrückter im

Stile Kiplings, dann endlich fand die zwanzigste Fassung des mit »Welcome« betitelten Poems Gnade in den Augen und Ohren seiner Muse. Das fünfstrophige Gedicht mit je fünf Zeilen, die wiederum mit je einer halben Zwischenzeile in der Folge a-b-a-b-b-b gereimt waren, ergab also eine interessante Mischung aus gekreuztem Reim und Haufenreim. Edgar Wallace hieß darin Mister Kipling in einem Land willkommen, in dem bekanntlich die Diamanten auf der Straße liegen und nur darauf warten, aufgehoben zu werden. Sein Gedicht endete – wenig überraschend, dafür konsequent – mit einer Eloge auf den begnadeten Autor und Weltenbummler.

Edgar gab das Gedicht zur Post und wartete. Nichts passierte. Keine Antwort, keine Eingangsnachricht – aber auch keine freundliche Ablehnung. Tag für Tag schlug er in froher Erwartung die Zeitung auf, das Herz klopfte ihm bis an den Hals. Seite für Seite blätterte er um, sein Gedicht fand er nirgendwo.

Dann, am 12. Februar 1898, dem Tag der Ankunft von Kipling in Kapstadt – Edgar hatte schon alle Hoffnung aufgegeben –, prangte »Welcome« auf der Seite eins der »Cape Times«. Darunter befand sich der redaktionelle Vermerk: »Dieses Gedicht stammt aus der Feder von Mr. Edgar Wallace, einem Tommy, der als einfacher Sanitätssoldat in Simonstown stationiert ist.«

Jeder journalistische Laie, dem es einmal in seinem Leben geglückt ist, einen eigenen Beitrag, und sei er noch so winzig, in einer Zeitung unterzubringen, kann in etwa das Hochgefühl nachempfinden, welches Edgar Wallace umfing, als er seinen Namen auf dem Titelblatt las. Das war noch viel, viel bedeutender als damals das kleine Liedlein im »Prince of Wales Theatre«. Tränen rannen ihm über das Gesicht. Wieder, immer wieder las er die eigenen Verse.

Doch es kam noch besser. Am nächsten Tag erhielt er einen Brief von Edmund Garrett, dem Chefredakteur der »Cape Times«. »Lieber Mr. Wallace«, stand da geschrieben, »Ihr Gedicht hat uns und den Lesern, speziell dem einen Leser (hoffentlich!!!), viel Freude bereitet. Es ist mir eine Ehre, Ihnen einerseits ein Honorar in Höhe von 1 Pfund, 1 Shilling antragen zu dürfen und Sie andererseits am kommenden Sonnabend zu einem Essen einzuladen, welches der Cityclub von Kapstadt zu Ehren von Mr. Kipling veranstalten wird. P. S.: Ich habe an Ihrem Werk einige kleine unbedeutende Änderungen vorgenommen, die Sie ganz gewiß bemerkt haben und die hoffentlich Ihr Wohlwollen fanden.«

Edgar ließ das Schreiben fallen, er stand kurz vor einer Ohnmacht. Das Tor des Ruhmes hatte sich aufgetan, das Licht am Ende der langen Treppe strahlte mild herab, und er befand sich im Begriff, den ersten Absatz zu erklimmen.

Kaum war die gute Nachricht im Hause Caldecott bekannt geworden, herrschte schon heillose Aufregung, der sich selbst der brummelnde Reverend nicht völlig entziehen konnte. »Sie brauchen einen vernünftigen Anzug«, ordnete Mrs. Caldecott an. »Ich werde Ihnen das Geld borgen, von Ihrem Honorar können Sie es mir zurückzahlen.«

»Es gibt da noch ein anderes Problem«, druckste Edgar herum und wand sich wie ein Aal.

»Und das wäre?«

»Ich bin noch nie in feiner Gesellschaft gewesen. Ich weiß mich weder bei Tisch zu benehmen, noch kenne ich die Regeln des Umgangs zwischen einem Gentleman und einem Muschkoten, wie ich einer bin. Wer darf wen wann wie ansprechen?«

»Hm, hm, lassen Sie mich überlegen. Alles weiß ich natürlich auch nicht, aber im allgemeinen gilt: Nehmen Sie den Hut ab, sobald Sie das Haus betreten. Bleiben Sie immer hübsch bescheiden, seien Sie freilich nie tolpatschig. Halten Sie den Blick gesenkt und warten Sie, bis Sie gefragt werden. Dann hingegen sehen Sie Ihrem Gesprächspartner fest in die Augen. Beim Händedruck verbeugen Sie sich, jedoch nicht so tief, daß Sie Ihrem Gegenüber den Kopf in den Bauch rammen. Schlürfen Sie nicht bei der Suppe. Lassen Sie sich höchstens einmal nachlegen und essen Sie Ihren Teller leer. Trinken Sie den Wein nur in kleinen Schlucken und spülen Sie ihn nicht zwischen den Zähnen hin und her. Bohren Sie nicht in der Nase oder den Ohren. Tragen Sie ein frisches Schnupftuch bei sich. Achten Sie auf saubere Fingernägel und Manschetten.«

»Bei großen Festmahlen soll es sieben oder acht Speisefolgen geben. Welches Besteck benutze ich zu welchem Gang?«

»Das werden wir jetzt üben«, schlug Mrs. Caldecott vor. Anschließend befahl sie ihrer achtzehnjährigen Tochter Ivy, einem bläßlichen dünnen Geschöpf mit spitzer Nase, Sommersprossen und aufgesteckten Haaren (die die unbändige Neigung hatten, auseinanderzufallen), das gute Geschirr aus dem Schrank zu holen und im Gemeinschaftsraum einzudecken.

»Sie benutzen die Bestecke von außen nach innen. Schneiden Sie die Kartoffeln nicht, sondern zerdrücken Sie sie mit der Gabel, sonst läuft das Silbermesser an. Das Fischmesser erkennen Sie an seiner seltsam abgeplatteten Form. Falls Sie unschlüssig sind, achten Sie auf Ihren Nachbarn, aber lassen Sie sich Ihre Unsicherheit nicht zu sehr anmerken. Tragen Sie keine einschnürende Kleidung, sonst schwitzen Sie zu stark.«

Derartig gerüstet, machte sich Edgar Wallace auf den Weg nach Kapstadt. Der Cityclub war ein victorianisches Gebäude mit eindrucksvollem Portal und holzgetäfeltem Speisezimmer, in dem trotz der warmen Außentemperaturen ein lustiges Kaminfeuer prasselte. Edgar hatte sich gegen einen Gehrock und für seine Uniform entschieden, weil ihm die ungewohnte Kleidung noch mehr Unsicherheit beschert hätte.

Chefredakteur Edmund Garrett begrüßte ihn überschwenglich: »Mein lieber junger Freund, ich bin hocherfreut, Sie endlich kennenzulernen. Sie haben das Zeug zu einem großen Dichter, glauben Sie mir.« Dann geleitete er ihn zu seinem Platz an der langen Tafel.

Von dem, was in den nächsten Stunden geschah, nahm Edgar nicht allzuviel wahr. Er fühlte sich, als hätte er eine gehörige Dosis Morphium im Blut. Münder öffneten sich, doch die Töne drangen nur verzerrt und mit seltsamer Verzögerung an sein Ohr. Er wurde Mr. Kipling vorgestellt, einem wild dreinblickenden Mann mit rundem Gesicht, schwarzem Schnauzbart, dichten Augenbrauen und dicker Brille. Edgar schüttelte stumm die ihm dargebotene Hand, seine Gedanken kreisten um die diversen Messer, Gabeln und Löffel. Wo lag nur das verdammte Fischbesteck?

Das Essen begann mit Hors d'oeuvres und endete mit einer Eisbombe. Edgar sprach kein einziges Wort, aber das war auch nicht notwendig. Niemand wollte etwas von ihm wissen. Beim Wein war er sich unschlüssig. Welcher paßte zu welchem Gericht? Um keinen Fehler zu machen, ließ er sich von allen Sorten einschenken und trank sie wild durcheinander. Den Geist der Temperenzlerbewegung hatte er damit endgültig hinter sich gelassen.

Die Zeit dehnte sich und bildete buntschillernde Blasen. Alles war irgendwie unwirklich, wie in einem Traum. Erst als er urplötzlich mit einer Zigarre im Mund und einem Whiskeyglas in der Hand im Billardzimmer stand (Wie war er da nur hineingeraten? Was hatte sich in der Zwischenzeit ereignet?), wachte er auf. Justament befand er sich in jenem kurzen Stadium der Trunkenheit, in dem alles ganz einfach und leicht zu sein scheint und der Verstand sich anschickt, gleißende Funken zu sprühen. Deshalb faßte er sich ein Herz und sprach den berühmten Joseph Rudyard Kipling an: »Sir, erlauben Sie bitte. Was für ein Gefühl ist das, solch ein berühmter Schriftsteller wie Sie zu sein?«

Die Antwort, die er erhielt, war mehr als rätselhaft: »Ich halte weniger von mir als Sie von sich.«

Edgar zuckte hilflos mit den Schultern. »Aber ich bin doch nur ein einfacher Sanitätssoldat, der zufällig ein Gedicht in der Zeitung untergebracht hat.«

Kipling musterte ihn mit kalten schwarzen Augen: »Eben drum.«

Edgar fragte verwirrt weiter: »Wie hat Ihnen mein Gedicht gefallen?«

»Verwenden Sie zukünftig mehr Politur und Spucke.«

»Ich möchte gerne in den Journalismus einsteigen. Können Sie mir da zuraten?«

»Journalismus ist ein sehr anspruchsvoller Beruf, aber er wird äußerst schlecht bezahlt. Lassen Sie die Finger davon.«

Edgar schüttelte den Kopf. »Es ist mein Herzenswunsch, Sir. Noch eine letzte Frage: Muß ich Stenographie lernen?«

»Nein, damit werden Sie eine Maschine.«

## Das chinesische Muster

*Dann kam der Vorfall mit dem Bett des Korporals, eines widerlichen Patrons, der stets sehr spät und sehr betrunken ins Objekt zu kommen pflegte. Eines Abends zogen wir sein Bettlaken herunter und gossen zwei Dosen »Lyle's Golden Syrup« hinein. Nachts um eins gab es großen Radau und noch mehr am nächsten Morgen.*

Edgar Wallace, »People«

Man muß das Eisen schmieden, solange das Feuer heiß ist, und genau dies tat Edgar Wallace. Um im Leben voranzukommen, benötigt man eine gehörige Portion Dreistigkeit nebst einigem Glück (und natürlich auch etwas Können). Er bombardierte alle Zeitungen in der näheren Umgebung mit Gedichten und Artikeln. Seine beigefügten Begleitbriefe begannen stets mit den Worten: »Ich wende mich auf Empfehlung meines Mentors an sie, des berühmten Joseph Rudyard Kipling, der mich gleichermaßen als Dichter und als Journalisten für äußerst befähigt hält. Ich schrieb u. a. wundervolle Verse als Aufmacher der ›Cape Times‹.«

Die »East London Post« machte den Anfang, die Kapstädter »Owl« folgte, dann deren Konkurrenzblatt, »The South African Review«, und schließlich die »Midlands News« aus Cradock und die »Grocotts Penny Post« in Grahamstown. Sie alle druckten Gedichte und Artikel in loser Folge, die ihm regelmäßige wöchentliche Einnahmen von über drei Pfund bescherten. Zum ersten Mal in seinem Leben besaß er eine eigene Brieftasche und war sogar dazu in der Lage, ab und an Geld nach Hause zu Mrs. Freeman zu schicken.

Trotzdem hatte Edgar Wallace eine steile Klippe zu überwinden. Mit Orthographie und Grammatik stand er weiterhin auf Kriegsfuß. Probleme sind dazu da, gelöst zu werden. Er fragte Mrs. Caldecott um Rat, und sie wußte sofort eine Lösung: »Ivy kann Schreibmaschine schreiben. Sie wird Ihre Bitte sicherlich nicht abschlagen und Ihre handschriftlichen Notizen in die nötige Form bringen.«

Ivy war 18, Edgar 23 Jahre alt. Trotz des relativ geringen Altersunterschiedes hatte er bislang keinen einzigen Gedanken an sie verschwendet und kaum zusammenhängende Sätze mit ihr gesprochen. In seinen Augen war sie keine junge Dame (auch wenn er sie selbstverständlich stets als eine solche behandelte und anredete), sondern irgendein x-beliebiges Kind, welches mit Puppen spielte und sich an Märchenbüchern erfreute.

Er irrte. Die Äußerlichkeiten und das innere Empfinden standen bei Ivy in einem krassen Mißverhältnis. Bereits mit 12 Jahren hatte sie sich unsterblich in einen Freund ihres Vaters, den 35jährigen Farmer William Rowley Thompson, verliebt. William war so unklug gewesen, diese Liebe zu erwidern, was möglicherweise am akuten Mangel an attraktiven Frauen im heiratsfähigen Alter lag. Aber er hatte wenigstens genügend gesunden Menschenverstand besessen, um es bei heimlichen Küssen und Schwüren zu belassen. Die Sitten und Gebräuche am Kap der Guten Hoffnung unterschieden sich teilweise von den europäischen. Zwar wurden auch dort junge Mädchen ohne weiteres mit alten Triefnasen verheiratet, die gut und gerne ihre Großväter hätten sein können. Doch außerhalb des heiligen Bundes der Ehe pflegte man Kinderschänder ohne viel Federlesens am Deckenbalken aufzuknüpfen.

Selbstredend hatte Mrs. Caldecott sehr schnell erkannt, was sich zwischen Ivy und William abspielte. Natürlich wußte sie die hektischen roten Flecke im Gesicht ihrer Tochter zu deuten, wenn Mr. Thompson »rein zufällig« vorbeikam. Sie ignorierte die unbekannten neuen Haarschleifen und den schmalen Silberring im Nachttisch ihres Kindes. Sie tat so, als würde sie die heimlich unter dem Tisch gehaltenen Hände übersehen und die in der Schürzentasche knisternden Zettel nicht bemerken. Sie verfuhr so, weil sie ihren Instinkten folgte und eine Katastrophe verhindern wollte. Selbstverständlich hatte sie mit dem völlig ahnungslosen Mr. Caldecott darüber gesprochen (Väter lassen sich von Töchtern viel leichter täuschen als Mütter). Es gab eine nächtliche Szene im ehelichen Schlafzimmer, in deren Verlauf ein zum Glück ungefülltes irdenes Nachtgeschirr zerbrach. Das Ende vom Lied war – wie von Mrs. Caldecott nicht anders erwartet –, daß ihr Gatte ihr weiterhin freie Hand ließ.

Die seltsame Beziehung zwischen dem Kind und dem Mann hielt fünf Jahre. Kurz vor ihrem 17. Geburtstag notierte Ivy in ihr Tagebuch: »Mr. Rowley sagte mir, daß er sich nichts sehnlicher wünsche, als mich zu heiraten. Er würde mich leidenschaftlich lieben und dies bis an das Ende seiner Tage.«

So sollte es tatsächlich kommen, wenn auch völlig anders, als von ihm gedacht. Am 12. September 1897 unternahm Familie Caldecott einen Ausflug in die Berge. Die vergnügte Picknickgesellschaft hockte in einem achtspännigen Ochsenkarren, Mr. Rowley ritt hoch zu Roß hinterher. An einem steilen Paß riß die linke Deichselkette des Gefährts. Die Zugtiere stockten. Der Wagen rutschte langsam zurück, kam aus der Bahn und drohte in die Schlucht zu stürzen. Die Familie schrie in Todesangst, alle waren hilflos und gelähmt vor Entsetzen. Ohne zu zögern warf sich William vom Pferd hinab auf das Fuhrwerk, um die Bremse anzuziehen. Es schien zu gelingen. Metall schliff kreischend auf Metall, die Räder hörten auf, sich rückwärts zu drehen. Doch der lastende Druck war zu groß. Der eiserne Hebel schnellte ihm aus der Hand und traf ihn mit voller Wucht am Brustbein. Der Held und Retter sank betäubt zu Boden. Doch seine mutige Tat war nicht umsonst gewesen. Die wenigen Sekunden des Stillstands hatten dem Kutscher genügt, die Gespannriemen so zu ordnen, daß die Ochsen den Karren quer zur Fahrspur und weg von der Schlucht ziehen konnten. Leichenblaß und in Todesangst, aber allesamt unversehrt, sprangen die Mitglieder der Familie Caldecott ab. William Rowley Thompson hingegen spuckte Blut und erlag einige Tage später seinen schweren inneren Verletzungen. Ivy erlitt einen hysterischen Zusammenbruch, von dem sie sich nie wieder völlig erholte.

Mrs. Caldecott war eine lebenskluge Frau. Sie liebte ihr Kind und wollte es nicht länger leiden sehen. Deshalb gab sie ihm eine Aufgabe, und der aufstrebende Dichter schien den Einsatz wert zu sein. Ivys Leben hatte endlich wieder einen Sinn bekommen. Nach ihrem ersten Einsatz als Sekretärin vermerkte sie in ihrem Diarium: »Heute hat der Dichter E. Wallace lange Zeit mit mir gesprochen. Er sieht sehr ansprechend aus. Wenn ich doch nur etwas hübscher wäre ...«

*Ivy Caldecott*

Von alledem hatte Edgar natürlich keine Ahnung, ihm gingen andere Sachen durch den Kopf. Sein politischer Standpunkt war klar definiert. Als britischer Armeeangehöriger – so meinte er jedenfalls – hätte er es nicht wagen dürfen, auch nur eine einzige Zeile zu veröffentlichen, die den Interessen des Empire zuwiderlief. Doch genug ist nicht genug. Irgendwann sprach es sich in den höheren Militärkreisen herum, daß ein kleiner Sanitäter in Simonstown seine Dienstzeit dazu benutzte, um für diverse Gazetten zu schreiben. Postwendend wurde er zum regionalen Oberbefehlshaber nach Kapstadt beordert. Edgar machte sich mit gemischten Gefühlen auf den Weg. Auf der einen Seite schwante ihm nichts Gutes, auf der anderen Seite fühlte er sich geehrt. Der Chef des Stabes persönlich wollte ihn sprechen! Das war schon etwas ganz anders als noch vor vier Jahren in Aldershot, wo er erst den Knüppel und dann den Kommandeur zu sehen bekommen hatte. Man schien ihn langsam ernst zu nehmen ...

Colonel William Butler, ein Indienveteran mit zahlreichen monströsen Narben im Gesicht, war an sich ein verträglicher Patron, der für die meisten menschlichen Schwächen vollstes Verständnis hatte. Doch Dienst ist Dienst, und Schnaps ist Schnaps, sonst geht die ganze Armee zum Teufel. Also brüllte er Edgar an, so laut er konnte, übte stundenlang mit ihm Anklopfen, Eintreten, Grüßen und Strammstehen, bis der Sanitätssoldat nur noch einem nassen Fleck in Uniform glich, der in jeder Minute zu zerfließen drohte. »Rühren!« befahl der Colonel. »Das Erholungsheim für Schreiberlinge in Simonstown war gestern, heute beginnt der Ernst des Lebens. Mit sofortiger Wirkung sind Sie in das Königliche Lazarett von Kapstadt abkommandiert. Um eins-null-drei-null melden Sie sich bei Major Hilliard. Statt Verben zu deklinieren, werden Sie jetzt schwere Durchfälle kurieren. Weggetreten!«

Alles Schlechte birgt auch etwas Gutes. In diesem Fall bestand das Gute in der humanen Ansicht von Major Hilliard, einem überdurchschnittlich gebildeten Offizier und stolzen Träger des C.M.G.-Ordens von St. Michel und St. Georg, daß solch aufsässigen Charakteren, wie der dichtende Sanitäter einer zu sein schien, am besten mit Zuckerbrot und Peitsche beizukommen sei. »Wollen Sie ins Parlament oder Korporal werden?« lautete seine hinterhältige Frage.

Edgar entschied sich stehenden Fußes für die Armee-Karriere, denn der Boden unter seinen Füßen schwankte im Moment zu stark, um eine große Lippe zu riskieren.

Sein Tagesablauf war von nun an bis auf die letzte Minute ausgeplant. Von morgens bis abends huschte er in Holzpantinen durch den großen Krankensaal, in dem die Metallbetten in drei Reihen standen. Weiße Vorhänge blähten sich vor offenen Fenstern. Es roch nach Desinfektionsmitteln, brandigem Fleisch und dem Tod. Er flößte Sterbenden lindernde Tränke ein, leerte die randvollen Bettpfannen der Ruhrkranken und erneuerte die durchgeeiterten Verbände frisch Amputierter. Nach Dienstschluß hockte er im Wachzimmer und versüßte sich den Feierabend mit dem Studium spannender Armee-Dienstvorschriften und amüsanter Strategie- und Taktik-Lehrbücher, bis ihm die Augen zufielen. Mit dem Verfassen von Gedichten und feinsinnigen Betrachtungen war es erst einmal vorbei, was sich auch sehr negativ in seinem Portemonnaie bemerkbar machte. Doch der Schweiß ist vor den Erfolg gesetzt, und einige Monate später legte Edgar Wallace das

Korporal-Examen mit großem Erfolg ab. Er war der Beste in seinem Kurs. Die Ernüchterung folgte jedoch auf dem Fuß.

»Gratulation, Sie sind doch zäher, als ich dachte«, meinte Major Hilliard anerkennend und wischte sich das schweißnasse Gesicht mit einem Fetzen Musselin ab. »Wenn Sie sich jetzt noch zwei, drei Jahre gut führen, werde ich Sie für die Beförderung vorschlagen.«

»Ja, Sir, danke, Sir!«, schrie Edgar und schlug die Hacken zusammen. »Für welche Beförderung, Sir?«

»Zum Korporal, Sie Trottel!«

»Aber ich habe doch gerade die Prüfung bestanden ...«

»Das Avancement ist an zwei Voraussetzungen geknüpft: Primo Examina, secundo Tempora«, dozierte der Major. »Non scholae, sed vitae discimus. Wenn Sie wollen, können Sie als nächstes den Sergeanten-Kurs belegen.«

Edgar glich nun einem Luftballon, dem die Luft entwich. »Ich werde es mir überlegen, Sir.«

»Aber nicht zu lange, sonst assistieren Sie dem Feldscher beim Verarzten Leprakranker!«

Edgar dachte gründlich über seine Lage nach und pinselte dabei einem Soldaten, der an schwerer Bronchitis erkrankt war, die Brust kunstvoll mit Jodlösung ein, und zwar in Form eines chinesischen Porzellanmusters. Es war das Beste, was er jemals gezeichnet hatte. Am Ende stand sein Entschluß fest: Die Armee war nichts für einen solch sensiblen Charakter wie ihn. Er ließ den Sergeanten-Kurs sausen und begann in seiner Freizeit wieder Artikel zu schreiben.

Beides (das chinesische Muster und die Zeitungsbeiträge) blieben nicht unbemerkt. Ein zweites, noch heftigeres Gespräch mit Colonel Butler folgte.

Der Oberkommandierende schien wütend, sogar sehr wütend zu sein. In seinem blau angelaufenen Gesicht blitzten die Narben puterrot. Er mischte aus den Begriffen »Strafkompanie, Arrest, Spießrutenlauf, Wasser und Brot, Kohlebunker, Deportation, Standgericht und Degradierung« einen unangenehmen Wortbrei, den er Edgar ins Ohr zischte, wobei er feine Speicheltröpfchen verspritzte, die im dichten Sperrfeuer den nackten Hals über dem Kragen trafen.

Kurz bevor Edgar in Ohnmacht zu fallen drohte, stammelte er noch: »Wie wäre es, wenn ich meine Entlassung einreichen würde?«

Der Colonel zuckte zusammen. Seine natürliche Gesichtsfarbe stellte sich wieder ein. Er überlegte und rieb sich mit dem Handrücken die Nase. Dann kehrte er zu seinem Ledersessel hinter dem Schreibtisch zurück und sagte in mildem Tonfall: »Völlig ausgeschlossen. Sie haben eine wertvolle Ausbildung genossen. Die Krone hat nichts zu verschenken.«

Edgar atmete erleichtert auf und nahm Haltung an. »Sir, ich habe verstanden, Sir. Wieviel?«

»Dreißig Pfund, keinen Penny mehr, keinen Penny weniger. Versuchen Sie erst gar nicht, mit mir zu handeln. Und beeilen Sie sich, das Geld aufzutreiben. Es riecht verdammt nach Krieg in diesem gottverlassenen Winkel der Welt. Sobald wir ernsthaft damit begonnen haben, den dreisten Buren ihre fetten Ärsche zu versohlen, könnten Sie den Waffenrock höchstens noch gegen ein Totenhemd eintauschen.«

An seinem nächsten freien Tag fuhr Edgar nach Simonstown und borgte sich bei Mrs. Caldecott (die sich das Geld wiederum von ihrem Bruder beschaffte) die Auslösesumme. 14 Tage später, am 12. Mai 1899, trat er als freier Mann durch das Kasernentor. Er mietete sich ein Bett im Männer-Schlafraum der Herberge am Hafen und schrieb ins Gästebuch: »Edgar Wallace, Poet«.

## An der Front

*Im Südafrikanischen Krieg scheiterten die Angriffe der Engländer, mit dichten Schützenlinien über die freie Ebene gegen Burenkämpfer in guter Stellung, ausnahmslos an deren treffsicheren Schüssen. Wenn die Burenschützen angriffen, so krochen immer zuerst einzelne Schützen oder Gruppen allmählich nach vorne.*
*Diese Erfahrung bewog zunächst die Engländer, in einem neuen Reglement ihr Angriffsverhalten für die Infanterie zu ändern.*

F. E. von H., »Infanteristische Fragen
und die Erscheinungen des Burenkrieges«, Wien 1902

Im Herbst 1899 näherten sich die Konflikte zwischen Großbritannien und der Südafrikanischen Republik ihrem Höhepunkt. Von den verkündeten ungeheuren Reichtümern, den sensationellen Diamanten- und Goldfunden angezogen, waren innerhalb weniger Jahre derart viele Auswanderer aus Europa – meistens Engländer – in den Transvaal gekommen, daß nun ihre Einwohnerzahl mit 163 000 die der 125 000 seßhaft gewordenen Trekburen weit übertraf. Die sogenannten Uitlanders forderten gleiche Bürgerrechte, worunter sie vor allem englischsprachige Schulen und das Wahlrecht verstanden. Speziell letzteres wollten ihnen die Buren jedoch nicht gewähren, um die eigene Herrschaft im Volksrat nicht zu gefährden.

Die Briten, die nur nach einem Vorwand für einen Krieg suchten, um Südafrika ihrem Kolonialreich einverleiben zu können, unterstützten die Interessen der Uitlanders und präsentierten einen umfangreichen Forderungskatalog. Den gesamten Sommer des Jahres 1899 über hatten Unterhändler zwar gegenseitige Noten ausgetauscht, in unbedeutenden Teilfragen Kompromisse geschlossen, in den Hauptpunkten aber keine Einigkeit erzielt.

Am 9. Oktober 1899 stellte Alfred Milner, der Gouverneur der Kapkolonie, dem südafrikanischen Präsidenten Paulus Krüger ein auf den 14. Oktober datiertes Ultimatum. Darin forderte er im wesentlichen ein gleiches Wahlrecht für alle männlichen Weißen, die seit fünf Jahren in Südafrika lebten.

In dem Zwist gab es weder Gute noch Böse. Beiden Seiten ging es um Reichtum, Macht und Unterdrückung der Eingeborenen. Die Briten gierten nach den Bodenschätzen, und die Buren trachteten danach, die Südafrikanische Republik bis an das Kap der Guten Hoffnung auszudehnen. Den Herbst 1899 hielten sie für einen günstigen Zeitpunkt, für diese Ziele zu kämpfen. Ihre Streitkräfte verfügten über 64 000 Kämpfer, zumeist berittene und ausgezeichnete Schützen, 56 Feldgeschütze und 70 Maxim-Maschinengewehre. Den Buren stand ein 70 000 Mann starkes britisches Heer gegenüber. Allerdings nur rein theoretisch, denn in dem bürokratisierten Kolonialapparat entfielen rund 20 000 Armeeangehörige auf die Etappentruppen. Die kämpfenden Einheiten zählten tatsächlich nur 50 000 Soldaten. Die Tommies waren für den Kampf in Busch und Steppe nicht ausgebildet, und sie besaßen zuwenig Pferde. Ihre veralteten, häufig blockierenden Lee-Metford-Gewehre trugen bei weitem nicht so weit, wie die zielgenaueren Mausergewehre ihrer Gegner, die darüber hinaus über eine größere Feuerkraft verfügten, da sie sich leichter und schneller nachladen ließen.

Der Zeitpunkt war für die Buren aber noch aus einem anderen Grund recht günstig: Präsident Krüger hatte die Verhandlungen nicht ohne Grund bis in den Herbst hinein verschleppt. In der baumlosen Steppe, dem Veld, stand das Gras zu dieser Jahreszeit sehr hoch und bot ausgezeichnete Angriffs- und Rückzugsmöglichkeiten. Sie warteten deshalb den Ablauf der von Gouverneur Milner gesetzten Frist gar nicht erst ab, sondern marschierten am 11. Oktober 1899 in Natal ein. Der Krieg hatte begonnen. Der Oranje-Freistaat trat ihm auf Seiten der Südafrikanischen Republik bei. Die Buren waren hochmotiviert. Sie kämpften für ihre Republik, ihre Freiheit, ihre Privilegien und ihren Besitz.

Die englischen Soldaten, zumeist einfache, ungebildete Menschen, zogen in einem Land in die Schlacht, das sie nicht kannten und mit dem sie nichts verband. Die Erfahrungen des Generalstabs mit bewaffneten Kämpfen in anderen Kolonien erwiesen sich als wertlos. Die

Überlegenheit der englischen Artillerie nützte nichts, weil sich die Geschütze nicht rasch genug über die weiten Strecken transportieren ließen. Die Truppenbewegungen dauerten insgesamt zu lange, und das Kartenmaterial war zu schlecht. Die Buren wichen nach Möglichkeit allen offenen Feldschlachten aus und griffen statt dessen von den Flanken her an.

Aus all diesen Gründen mußten die Briten eine Niederlage nach der anderen hinnehmen. Sie erlitten hohe materielle Verluste, unverhältnismäßig viele Soldaten und Offiziere starben oder wurden verwundet (bis Kriegsende zählte man 22 000 Gefallene).

Im Januar 1900 forderten Marschall Lord Roberts, der neue Oberbefehlshaber der Kap-Armee, und General Lord Kitchener, der frischernannte Generalstabschef, dringend Unterstützung an (das britische Heer wuchs bis zum Mai des Jahres 1902 auf 450 000 Mann!). Nach und nach trafen die Truppentransporte in Kapstadt ein. Die Gegenoffensive begann am 13. März 1900, und diesmal machte sie den militärischen Strategen alle Ehre: Am 24. Mai wurde der Oranje-Freistaat okkupiert, am 5. Juni fiel Pretoria, und am 1. September war die gesamte Südafrikanische Republik besetzt. Der Krieg schien zu Ende zu sein.

Aber er war es noch lange nicht. Die großen Burenverbände lösten sich rasch in kleine Gruppen auf, die mit einer Guerilla-Taktik weiterkämpften. Sie sprengten Eisenbahnlinien in die Luft, überfielen Außenposten und legten einen Hinterhalt nach dem anderen, wobei sie sich häufig in Erdbunkern verschanzten und ganze Kompanien aufrieben, die deckungslos auf freiem Feld gegen die Scharfschützen anrannten und in heimtückischen Stacheldrahtverhauen qualvoll verendeten. Die Buren ritten genügsame Ponys, führten kaum Ausrüstungsgegenstände mit sich, tauchten wie der Blitz aus heiterem Himmel auf und waren sofort wieder verschwunden. Nirgendwo im besetzten Land war es nunmehr sicher.

Edgar Wallace unterdessen saß in einem Büro in Kapstadt mit Blick auf die Getreidespeicher, schrieb für ein halbes Dutzend Zeitungen und hatte seinen ersten eigenen Gedichtband unter dem Titel »The Mission That Failed« im Verlag »T. Maskew Miller« veröffentlicht. Er verdiente genügend Geld, um davon leben zu können, machte sich allmählich einen Namen als Journalist – und war todunglücklich. Die Abenteuerlust zuckte in seinen Adern. Nur wenige Meilen entfernt blitzten die Stahlgewitter, und er berichtete über Stadtratssitzungen, in denen so spannende Themen wie die Dringlichkeit des Aufstellens von Laternen in Nebenstraßen diskutiert wurden.

Diese Situation änderte sich schlagartig, als er ein Telegramm von Harvey A. Gwynne, dem Leiter des Kapstädter Büros der Nachrichtenagentur Reuter, erhielt: »Brauche Sie als Kriegsberichterstatter – stop – dringend – stop – 100 Pfund Anzahlung.«

Edgar kabelte zurück: »Bin begeistert – stop – stehe morgen bereit.« Dann nahm er sein gesamtes Geld aus der alten Blechbüchse, die unter einer losen Diele steckte, und kaufte sich strapazierfähige Kleidung, genagelte Stiefel, zwei Wolldecken sowie fünf Unzen Pfeifentabak. Anschließend besuchte er noch flugs die Familie Caldecott, um einerseits die gute Nachricht zu überbringen und andererseits Ivy als seine Sekretärin an der Heimatfront zu gewinnen.

Das Treffen verlief gänzlich anders als erwartet. Kaum hatte er die frohe Botschaft verkündet, warf sich Ivy mit solch einer Wucht um seinen Hals, daß er nach hinten purzelte und im Geschirrschrank landete, der krachend zu Boden ging. Von dem Lärm aufgeschreckt, stürzten die Eltern ins Zimmer und erblickten ihre Tochter neben dem Reporter in einem Scherbenhaufen am Boden liegend. »Hinaus, du frevelhafter Bube!« schrie der Reverend mit wutverzerrter Stimme, griff nach seinem Spazierstock und begann auf Edgar einzuprügeln.

Mrs. Caldecott drängte den Wüterich beiseite und versuchte ihn zu besänftigen. Es gelang ihr nicht. Unterdessen krabbelte Ivy mit verheultem Gesicht auf dem Fußboden herum und schrie plötzlich völlig zusammenhangslos: »Edgar und ich wollen heiraten!«

Zwei, drei Sekunden lang herrschte atemlose Stille im Raum. Dann schleuderte der Reverend seine Gattin in Richtung Eßtisch und schwang den Stock hoch in die Luft. Wer weiß, wie die Sache ausgegangen wäre (der Knauf des Stocks war ein massiver Messing-Pferdekopf!), wenn sich Ivy nicht um die Beine des Vaters geklammert und Edgar auf allen Vieren den Rückzug zur Tür hinaus angetreten hätte.

Am nächsten Morgen unterschrieb Edgar im Stabsgebäude eine eidesstattliche Erklärung, die ihn dazu verpflichtete, alle seine Nachrichten zuerst der Militär-Zensurbehörde vorzulegen. Anschließend erhielt er seine amtliche Bestellungsurkunde als Kriegsberichterstatter und machte sich auf den Weg an die Front.

Lord Kitchener haßte Journalisten wie die Pest, und er hatte guten Grund dazu. Niemand mag es, auf den Titelseiten ständig über die eigenen Mißerfolge zu lesen. Deshalb sorgte der General durch geeignete Befehle dafür, daß die Reporter – unter ihnen solch berühmte Größen wie Arthur Conan Doyle (der Verfasser der Sherlock-Holmes-Geschichten) und Winston Churchill (der spätere Premierminister) – von den Kampfgebieten so weit wie möglich ferngehalten wurden.

Die ersten Wochen zog Edgar Wallace mit einem zweirädrigen Maultierkarren, auf dem sich sein Gepäck befand, und einem Pferd durch die Gegend. Da er jedoch nie Reiten gelernt hatte, wagte er es nur in ganz flachem Gelände aufzusitzen. Die meiste Zeit trottete er neben dem eingeborenen Maultiertreiber her, lief sich dicke Blasen, schwitzte, wehrte Mückenschwärme ab und erreichte die Schlachtfelder erst Stunden nach dem letzten Schuß.

Doch in den Feldlagern verhielt sich der Reuter-Korrespondent anders als seine Kollegen. Er tändelte nicht mit Offizieren herum, die in geräumigen Casinozelten vor Portweinfässern hockten, sondern gesellte sich zu den einfachen Soldaten. Er löffelte mit ihnen den Fraß aus Blechnäpfen, saß wie sie bei Dauerregen im Schlamm mit einer löchrigen Plane über dem Kopf, trank fuseligen Gin, verteilte grobgeschnittenen Tabak und hörte sich Geschichten an. Auf diese Weise erhielt er im Biwak viel bessere Informationen als die meisten anderen Journalisten.

Die täglichen kurzen Berichte an »Reuter« mußten die Zensur passieren, es gab keinen anderen Weg. Seine längeren Artikel aber sandte er direkt an Ivy nach Kapstadt, die sie überarbeitete und an alle möglichen Zeitungsredaktionen bis hin nach London verschickte. Die Militärbehörden duldeten diese offensichtliche Insubordination stillschweigend, weil es durch die Postlaufzeiten mindestens drei, vier Wochen dauerte, ehe die Beiträge erscheinen konnten. Dann war ihr

Aktualitätsgehalt so gering geworden, daß die Armeekontrolleure kein Interesse mehr an Korrekturen verspürten.

Das änderte sich schlagartig, als Edgar Wallace in einer Kolumne der Londoner »Daily Mail« darüber berichtete, daß nach der britischen Niederlage bei Blackfontein blutrünstige Buren das Schlachtfeld abgestreift und sämtliche verwundete Tommies erschossen oder mit Gewehrkolben erschlagen hatten. Es erfolgte eine Anfrage im Parlament. Die überraschte Regierung dementierte zunächst. Lord Kitchener wurde um eine Stellungnahme gebeten. Das Dementi mußte einige Tage später teilweise zurückgenommen werden. Die Greueltaten der Feinde (und damit die eigenen) ließen sich nicht länger vertuschen.

Die Hintergründe der Übergriffe bildeten nämlich schlicht und einfach Rachegelüste. Die Buren wollten Vergeltung, da ihre Gegner die sogenannte Taktik der verbrannten Erde anzuwenden begannen. Die Kolonialtruppen sahen keine andere Möglichkeit mehr, mit den Partisanen fertigzuwerden, als jedes mögliche Versteck, jede potentielle Nachschubbasis auszuradieren. Im weiteren Verlauf des Krieges fackelten die Briten 30 000 Bauernhöfe ab, erschossen das Vieh, zündeten die Felder an und sperrten die Bevölkerung in Konzentrationslager. Von den hinter Stacheldraht auf engstem Raum unter furchtbarsten hygienischen Verhältnissen zusammengepferchten 118 000 Internierten starben insgesamt 28 000 burische Frauen und Kinder sowie 14 000 Eingeborene. Sie verhungerten oder gingen an Krankheiten und Seuchen zugrunde. Im Vergleich zu den 7 000 in Kämpfen gefallenen Buren zeugt die außergewöhnlich hohe Zahl von sechsmal soviel toten Nichtkombattanten von der ungeheuren Inhumanität und Brutalität der Besatzer.

Edgar Wallace hatte zwar seinen Bericht über das Massaker bei Blackfontein im obligatorischen vaterländischen Sinne abgefaßt, aber durch ihn war die Katze aus dem Sack geschlüpft. Da ein eindeutiger Verstoß gegen die Zensurbestimmungen vorlag, wurde er vom Kriegsministerium ernsthaft verwarnt. Natürlich ließ er sich davon nicht weiter beeindrucken, denn seiner Meinung nach nützte die Wahrheit immer dem Wahrhaftigen und schadete nur dem Verlogenen.

Gleichwohl nahm der »Eastern Press Publisher« in Südafrika seine plötzliche Popularität zum Anlaß, um seinen Gedichtband »War And Other Poems« zu veröffentlichen, dem sich der Londoner Methuen-Verlag mit weiteren lyrischen Ergüssen unter dem Titel »Writ in Barracks« anschloß. Die meisten Zeitungen (nämlich die, für die er nicht arbeitete) publizierten böse Verrisse. Beide Büchlein wurden zu Flops. Von 2 000 Exemplaren verkauften sich nur knapp 900. Das lag daran, daß inzwischen fast alle Menschen kriegsmüde geworden waren und sie deshalb Hurra-Patriotismus in gleichem Maße langweilte wie abstieß. Edgar lernte eine neue Lektion: Kunst, die auf Tagesereignisse abzielt, kann nicht überdauern. Ihm machte das nichts aus. Schlechte Presse war immerhin besser als gar keine.

Er genehmigte sich Urlaub, fuhr nach Kapstadt und zog mit Ivy Caldecott durch die besten Lokale. Am Ende einer champagnerseligen Nacht zeigte sie ihm, daß sie tatsächlich kein Kind mehr war. Kurzentschlossen heirateten sie am 3. April 1901. Die Hochzeit fand im allerengsten Familienkreis statt, denn der schmollende Reverend weigerte sich, zur Trauung zu erscheinen.

Aber auch dadurch ließ sich Edgar nicht verdrießen. Er verabschiedete sich kurzentschlossen von der glücklichen Braut und zog wieder hinaus, der Krieg dauerte an, und die sensationslüsternen Zeitungen warteten nicht.

Ein Jahr später neigte sich das große Gemetzel seinem Ende zu. Die Taktik der verbrannten Erde zeigte ihre Auswirkungen. Die Buren hätten den Partisanenkampf noch Monate, vielleicht gar Jahre weiterführen können, aber es machte keinen Sinn mehr. Ihre Frauen und Kinder verendeten in den Konzentrationslagern, ihre Häuser waren zerstört, die Ernten verbrannt und die Tiere abgeschlachtet. Am 15. Mai 1902 trafen sich die Briten und die Buren im sogenannten Friedenslager von Vereening zu Kapitulationsverhandlungen. Insgesamt nahmen zweimal je dreißig Abgesandte an dem Treffen teil, das unter den schärfsten Geheimhaltungsvorkehrungen abgehalten wurde. Die Teilnehmer debattierten, aßen und schliefen in einer Zeltstadt, die von drei stacheldrahtbewehrten Sicherheitszonen umgeben war. Die Kriegsberichterstatter erhielten nur Zugang zur äußeren Zone – und erfuhren nichts.

Edgar löste das Problem auf seine Weise. Beim ersten und letzten Rundgang der Journalisten durch das gesamte Lager, einen Tag vor dem Eintreffen der Delegationen, hatte er in einem der Wachsoldaten, die am inneren Zaun patrouillierten, seinen alten Schulfreund und Schiffskameraden Timothy Convene erkannt und ihm drei Taschentücher zugesteckt: ein rotes, ein blaues und ein weißes. Rot bedeutete, es wird verhandelt; blau, ein Ergebnis steht kurz bevor; weiß, der Vertrag ist unterschrieben.

Während sich die übrigen Reporter in den folgenden vierzehn Tagen in der glühenden Hitze vor dem Haupttor drängelten, saß Edgar auf einem nahegelegenen Hügel unter einem schattigen Baum, las in einem Buch und zückte, sobald die Unterhändler aus dem Beratungszelt kamen, einen Feldstecher.

Am 29. Mai 1902 schwenkte Timothy das blaue Taschentuch. Am 30. Mai betraten die Delegierten um 9 Uhr morgens das große Zelt, erst am Abend des 31. Mai verließen sie es wieder. Tim schneuzte geräuschvoll in sein weißes Schnupftuch.

Der englische Chefunterhändler machte sich auf den Weg nach Kapstadt, um Lord Kitchener Bericht zu erstatten. Die Journalisten am Tor blieben ratlos zurück. Hatte es eine Einigung gegeben? Oder wurden die Verhandlungen nur unterbrochen? Ging der Krieg gar weiter?

Edgar Wallace hingegen wußte bestens Bescheid. Er schwang sich auf sein Fahrrad (welches er, ähnlich wie Hans im Glück, gegen das Pferd eingetauscht hatte) und raste den Berg hinab zum nächsten Telegraphenamt, um eine Depesche an die »Daily Mail« aufzugeben. Der Text lautete: »Gedichtband vergriffen – stop – druckt neue Auflage.«

Als das Kabel eintraf, wurden abends in den Redaktionsstuben der »Daily Mail« die Telephone abgeklemmt und die Türen verriegelt, damit kein Spion der Konkurrenz etwas verraten konnte. Niemand – ob Journalist, Bote, Setzer oder Drucker – durfte das Haus verlassen.

Am frühen Morgen des 1. Juni, genau 24 Stunden vor der offiziellen Regierungsverlautbarung, erschien ein Extrablatt der »Daily Mail« mit der Überschrift: »Friedensabkommen in Südafrika unterzeichnet! Der Krieg ist zu Ende!«

Der Skandal war riesig. Armee und Regierung rätselten, durch welches Leck die geheime Botschaft an die Öffentlichkeit gelangt sein konnte. Die »Daily Mail« wurde der Spionage und Korruption bezichtigt. Ein sofortiges Verbot und der endgültige Lizenzentzug drohten.

Um die Redaktion zu schützen, teilte der Schriftleiter dem staunenden Publikum einige Tage später mit, welchen geheimdienstreifen Trick ihr Mitarbeiter in der Vereening-Zeltstadt angewendet hatte. Mit einem Schlag wurde Edgar Wallace zu einem der berühmtesten und berüchtigsten Journalisten des britischen Empire.

Als er nach Hause kam, warteten zwei Nachrichten auf ihn. Eine gute und eine schlechte. Die gute lautete: Am 23. Mai 1902 war seine Tochter Eleanore Clare Hellier Wallace geboren worden. Die schlechte stand in einem kurzen Brief von der Zensurbehörde der Armee: »Nachdem Sie bereits einmal verwarnt wurden, wird Ihnen hiermit wegen schwerster Verstöße gegen die Zensurbestimmungen die Befugnis entzogen, als Kriegsberichterstatter zu arbeiten.«

# Die vier Gerechten

## Rückkehr nach London

*Da gab es einen Mann, dessen Namen ich nicht nennen will, einen aristokratischen, charmanten, kulturvollen, höflichen Gentleman. Er besaß haufenweise Aktien einer Goldmine zum Stückpreis von 2 000 Pfund, die in Kürze – so versicherte er mir bei einem großen Empfang in seinem Salon – auf 10 000 Pfund steigen würden. Wenig später bat er die Pianistin, für ihn den »Todesmarsch« zu spielen. Er lauschte andächtig bis zum Ende, ging lächelnd auf sie zu, küßte ihr die Hand und trat hinaus vor die Tür. Dort erschoß er sich.*

Edgar Wallace, »People«

Der Oranje-Freistaat und Transvaal (die frühere Südafrikanische Republik) erhielten nach Kriegsende den Status von Kronkolonien. Trotzdem – oder gerade deshalb – wurden Briten und Buren, die sich vier Jahre lang erbittert bekämpft hatten, quasi über Nacht zu Verbündeten. Die äußere Not, nicht die innere Tugend, hatte sie dazu getrieben. Beide Parteien, Sieger wie Besiegte, wollten und konnten das System der Vorherrschaft des weißen Mannes nicht antasten. Um den Goldbergbau, die Diamantenminen und die Landwirtschaft profitabel zu erhalten, wurden billige Arbeitskräfte in ausreichender Zahl benötigt, und die gab es nur bei den unterdrückten Schwarzen. Die drei Hauptpunkte des Friedensabkommens bestanden deshalb in der Aussicht der Buren und Uitlanders auf rasche Selbständigkeit der Kronkolonien, wirtschaftliche Hilfe für den Wiederaufbau kriegszerstörter Farmen und gleiches Wahlrecht für alle weißen Männer.

Davon völlig unberührt, kehrte Edgar Wallace zu seiner kleinen Familie zurück und stürzte sich Hals über Kopf in die Arbeit. Der Entzug seiner Lizenz als Kriegsberichterstatter scherte ihn keinen Deut. Schließlich waren die bewaffneten Kämpfe vorüber, und zu tun gab es für ihn mehr als genug.

Eines Tages saß der unermüdliche Journalist über einem Zwanzig-Zeilen-Artikel der letzten Bürgerratssitzung, als es an die Bürotür klopfte. Ein noch junger, aber bereits sehr beleibter Herr mit Backenbart, hochrotem Kopf und stinkender Zigarre im Mund trat ein. »Mein Name ist Freeman Cohen. Wir sind uns verschiedentlich begegnet, beispielsweise beim Kipling-Empfang. Ich habe die ›Standard & Digger News‹ gekauft, sie in ›Rand Daily Mail‹ umbenannt und suche nach einem Redaktionsleiter. Ich schätze, Sie sind der richtige Mann für mich. Was sagen Sie dazu?«

»Ach du heiliger Strohsack«, flüsterte Edgar verdutzt und kratzte sich am Kopf. »Was eh, hm ...«, stotterte er.

»Entschuldigung, habe ich ganz vergessen zu sagen. Mein Angebot lautet auf 1 500 Pfund im Jahr plus einen Bonus bei Gewinn.«

»Ich weiß nicht, ob ...« Edgar stockte. Mit Müh und Not hatte er sich zwar das Artikelschreiben beigebracht, aber noch nie länger als fünf Minuten hintereinander in einer Redaktionsstube verbracht. Vom eigentlichen Zeitungswesen verstand er also nicht die Bohne.

»Okay, okay, okay.« Freeman Cohen wurde lauter: »Von mir aus 1 700. Das ist aber das absolute obere Ende der Fahnenstange."

Edgar hielt die Luft an, ihm wurde schwarz vor Augen. In seinem Kopf schlugen die Zahlen Purzelbäume. Sein momentaner Verdienst lag weit, weit darunter. Er hatte zwar keine blasse Ahnung, wie er es schaffen könnte, eine Zeitung herauszugeben, aber er besaß unerschütterlichen Mut und grenzenloses Selbstvertrauen. Bestand nicht das gesamte Leben aus ständigem Lernen? Und kam er über den Hund, kam er auch über den Schwanz. Er atmete geräuschvoll aus. »Wann soll es losgehen?"

Freeman Cohen streckte seine riesige, rötlich behaarte Pranke aus: »Morgen früh reisen wir nach Johannesburg.«

Edgar erbleichte. »Was zum Teufel wollen wir in Johannesburg?"

*Edgar Wallace als Editor der »Rand Daily Mail« in Johannesburg, 1902*

»Dort befindet sich mein ..., nein unser ..., nein Ihr Zeitungsgebäude.«

Edgar schüttelte schockiert den Kopf und runzelte die Stirn. Johannesburg, so hatte er gehört, bestand zum größten Teil aus windschiefen Hütten, in denen verkrachte Existenzen aus Holland, England, Rußland und Deutschland hausten. Auf fünf Männer sollte eine Frau kommen, und die schlammigen Straßen ließen sich nur mit hohen Watstiefeln ungefährdet passieren.

Freeman Cohen lächelte wissend und verständnisvoll zugleich. »Waren Sie schon einmal dort?«

Edgar verneinte.

»Dann vergessen Sie schleunigst die verlogenen Latrinenparolen britischer Militärpropaganda. Johannesburg kann sich mit jeder westlichen Metropole messen. Mit etwas über fünfzehn Jahren ist sie zwar eine sehr junge Stadt, aber sie wurde nach europäischem Muster errichtet und mit dem Komfort modernster Zivilisation ausgestattet. Johannesburg verfügt über Wassersysteme, gepflasterte Straßen, zahlreiche repräsentative Gebäude, große Plätze, Parks, eine Rennbahn, ein Theater und über Eisenbahnanschlüsse in alle vier Himmelsrichtungen. Lediglich junge Ladies sind Mangelware, aber dieser Punkt dürfte für Sie als verheirateten Gentleman ohne Bedeutung sein. Schlagen Sie also ein, Herr Chefredakteur. Seien Sie mein getreuer Adlatus, dann begießen wir den Pakt und wärmen uns die Nasen an gut gefüllten Punschgläsern.«

Freeman Cohen hatte sein Geld mit gewagten Börsenspekulationen gemacht, aber alle Aktien immer rechtzeitig abgestoßen. »Sie müssen stets einen kühlen Kopf behalten und dürfen nie zu gierig werden. Ich spiele nicht, um zu verlieren, sondern um zu gewinnen. Deshalb weiß ich ganz genau, wann ich aufhören muß«, verriet er am Tresen vom »Lancelot« sein Geheimnis. Drei Glas später offenbarte er seherische Fähigkeiten: »Wer den Hals nicht voll genug bekommt, büßt am Ende sein letztes Hemd ein, glauben Sie mir, mein lieber Wallace.«

Die »Rand Daily Mail« trug ihren Namen nach dem Witwatersrandgebirge (wie später die Landeswährung auch kurz »Rand« genannt), einem Höhenzug, der sich durch den südlichen Transvaal bis östlich von Johannesburg zieht. Freeman Cohen hatte mit seiner optimistischen Beschreibung der Stadt die volle Wahrheit gesagt, aber wohlweislich jedes Wort über das Redaktionsgebäude ausgespart. Es war ein baufälliges, hölzernes Lagerhaus mit veralteten Druckmaschinen und lag abseits vom Zentrum in einer nach Unrat stinkenden Gasse.

Glücklicherweise stand Edgar Wallace noch die gesamte Mannschaft der »Standard & Digger News« zur Verfügung, und mit Hilfe dieser erfahrenen Mitarbeiter gelang es ihm tatsächlich, die erste Ausgabe der »Rand Daily Mail« herzustellen. Doch spätabends, als er ausgelaugt auf sein Feldbett in einem Verschlag hinter seinem winzigen Büro sank, trat ihm der Angstschweiß auf die Stirn. Er war ins tiefe Wasser gesprungen und würde ertrinken. Diese gigantische Aufgabe überstieg bei weitem seine Fähigkeiten. Egal, wo er an diesem Tag gewesen war – ob bei den Druckern, den Setzern oder den Redakteuren – ständig waren auf ihn unbekannte Fachbegriffe eingeprasselt. Er kannte weder die Bedeutung von Worten wie *Durchschuß* (drucktechnisches Mittel zur Herstellung von Zwischenräumen zwischen Druckzeilen), *Fliegenköpfe* (falsch herum gesetzte Schriftzeichen) oder *Kratzer* (Buchstaben, die nicht die Linie halten), noch verstand er etwas vom *Seitenspiegeln* (Anordnen der Beiträge auf der Zeitungsseite, ohne daß Freiräume übrigbleiben), noch wußte er über die internen Abläufe in der Redaktion Bescheid. Was wurde wie bearbeitet und geplant? Welche Regeln gab es für das Plazieren der Artikel und Überschriften? Wodurch unterschieden sich *Feuilletons* von Betrachtungen, *Glossen* von *Humoresken, Leitartikel* von *Kommentaren?*

Die Knie schlotterten ihm vor Angst, als er am nächsten Tag vor seine Mannschaft trat. Doch rein äußerlich wirkte er kühl und gefaßt. Einen Monat lang arbeitete er jeden Tag vierzehn bis sechzehn Stunden. Er verbiß sich in seine neue Aufgabe wie ein Hund in einen Knochen. Er ließ sich sämtliche Abläufe erklären, wieder und immer wieder, so lange, bis er verstand, wie alles funktionierte.

Danach hatte er endlich Zeit, sich um seine Familie zu kümmern. Er mietete ein flaches, geräumiges Haus mit Veranda und hübschem Garten, stellte ein schwarzes Dienstmädchen ein und ließ Ivy und das Kind nachkommen. Für einige wenige Wochen gab es keine Sorgen. Edgar leistete sich neue Garderobe, eine goldene Uhr und drei bis vier Mahlzeiten am Tag. Abends, nach getaner Arbeit, saß er gern mit Ivy Hand in Hand auf einer weißen Holzbank und hörte schweigend auf das Rauschen der Bäume. In sein Herz war tiefer Frieden eingekehrt, alles schien sich zum Guten gewendet zu haben.

Doch das Glück verhielt sich wie in der Novelle vom Chagrinleder, das auf der einen Seite Wünsche erfüllt, auf der anderen Schmerzen zufügt: Die kleine Eleanore erkrankte plötzlich an Meningitis, bekam hohes Fieber und starb am 17. März 1903 unter schweren Krämpfen.

Ivy erlitt einen schweren hysterischen Anfall, zerriß sich die Kleider, zerfleischte sich die Oberarme mit den Fingernägeln. Anschließend sprach und aß sie tagelang nicht, sondern wimmerte nur ununterbrochen. Dann, nach etwa einer Woche, erhob sie sich mit wächsernem Gesicht vom Bett und flehte ihren Mann eindringlich an, mit ihr von diesem verfluchten Ort zu verschwinden.

Doch Edgar konnte Johannesburg zu diesem Zeitpunkt nicht verlassen, dachte er jedenfalls. Kapstadt bildete keine Alternative mehr, nur die Rückkehr in die Heimat kam in Frage. Und dazu mußte er entweder reich und berühmt sein oder ein passendes Angebot erhalten. Er versuchte Ivy die Zusammenhänge zu erklären, doch sie verstand ihn nicht oder wollte ihn nicht verstehen. Ihre Stimmungslagen wechselten von Tag zu Tag. Manchmal lag sie von morgens bis abends im verdunkelten Schlafzimmer, manchmal putzte sie das Haus in jeder Ecke und kochte nebenbei ein Festessen, danach wieder betrank sie sich bis zur Besinnungslosigkeit, lachte grundlos oder wurde von Weinkrämpfen geschüttelt. Die besinnlichen Stunden auf der Gartenbank waren unwiderruflich vorüber.

Edgar stand dem Verhalten seiner Frau völlig hilflos gegenüber. Sicher, Eleanores Tod hatte ihn ebenso hart getroffen, aber das Leben mußte ja weitergehen. Eine Flucht würde die Familie nur ruinieren und das Kind nicht wieder lebendig machen. Allerdings wollte er auch nicht tatenlos zusehen, wie Ivy dem Wahnsinn Schritt für Schritt näher rückte. In den Klubs, auf Empfängen, im Theater und auf dem Rennplatz wimmelte es nur so von Spekulanten, die über Nacht ein

Vermögen gemacht hatten. Weshalb sollte ihm das nicht auch gelingen?

Edgar begann mit Wetten beim Pferderennen, wechselte dann zum Aktienkauf über, kehrte an den Totoschalter zurück und warf letzten Endes das Geld mit offenen Händen bei lahmen Galoppern und für notleidende Wertpapiere zum Fenster hinaus. Er war ein leidenschaftlicher, krankhafter Spieler von jener schlimmen Sorte, die das Spiel des Spieles wegen lieben und deshalb erst aufhören können, wenn sie alles, aber auch wirklich alles verloren haben.

An der Börse und beim Turf gilt dieselbe Regel: Wer schnell viel gewinnen will, muß – riskant, riskant – auf absolute Außenseiter setzen, weil sich nur so hohe Quoten erzielen lassen. Edgar war deshalb ständig auf der Suche nach geheimen Informanten, die ihm für satte Prämien Insidertips ins Ohr flüsterten. Meistens waren die Prognosen falsch. Der rassige Rappe ging als letzter durchs Ziel, der Kurs des obskuren Diamantenfeldes sank ab ins Bodenlose. Manchmal aber stimmten die Fingerzeige, und er kassierte beträchtliche Summen. Da Edgar jedoch stets alle Gewinne in voller Höhe für neue Einsätze verwendete, mußte er am Ende ständig zusetzen. Er borgte sich Geld, um ein Loch zu stopfen, und riß gleichzeitig zwei neue auf.

Die Spielwut brachte noch eine andere gefährliche Nebenerscheinung mit sich: Edgar hatte immer weniger Zeit, im Redaktionsgebäude zu sitzen, und wenn er da war, studierte er vor allem die Börsenkurse und Sportberichte. Die Redakteure bekamen dadurch gewisse Freiräume, die sie – so liegt es halt in der Natur des Menschen – bedenkenlos ausnutzten. Der Charakter des Blattes wandelte sich allmählich von einer streng konservativen, probritischen in eine liberalere, antikoloniale Zeitung. Das hatte selbstverständlich unmittelbare Auswirkungen auf die Leserschaft und die Abonnentenzahlen.

Es sollte noch viel schlimmer kommen. Eines Tages gelangte die spektakuläre Meldung ins Blatt, Großbritannien habe aus logistischen Gründen von Portugal die Küstenstadt Lorenco Marques als Umschlag- und Lagerplatz für Schiffe vom und auf dem Weg zum Kap der Guten Hoffnung gekauft. Die Nachricht war nicht nur falsch, sondern auch gefährlich, da sich die Kolonialstaaten gegenseitig belauerten und durchaus bereit waren (wie sich wenige Jahre später zeigen sollte), aus nichtigen Gründen einen Krieg vom Zaun zu brechen. Gouverneur Milner dementierte deshalb ganz entschieden diese Neuigkeit der »Rand Daily Mail« und bezeichnete sie als Hirngespinst eines hemmungslosen Portweintrinkers.

Edgar wollte sich auf diese Weise nicht abkanzeln lassen. Er ließ sich von einem Dolmetscher die Meldung über den angeblichen Stadtankauf ins Portugiesische übersetzen und veröffentlichte diesen Text mit dem Zusatz: »Weil wir selbstverständlich die Erklärung seiner Exzellenz akzeptieren, daß die Britische Regierung keinen solchen Landkauf beabsichtigt, können wir nichts weiter tun, als den Bericht unseres portugiesischen Korrespondenten so abzudrucken, wie wir ihn erhielten. Mögen sich unsere Leser dann selbst ein eigenes Urteil bilden.«

Freeman Cohen traf fast der Schlag, als er von diesem Husarenstück erfuhr. Er hatte sich gerade an der Erschließung einer neuen Goldmine beteiligt und mit einer knappen Viertelmillion Pfund Sterling gegenüber seinen Geschäftspartnern dafür gebürgt, daß die Regierung das Projekt mit Staatsanleihen unterstützen würde. Nun, da sich seine eigene Zeitung über den Gouverneur lustig machte (unter den zwanzigtausend Lesern gab es ganz bestimmt nicht viele, die in der Lage waren, einen portugiesischen Text zu lesen und zu verstehen), konnte jederzeit der Geldhahn zugedreht werden.

Freeman Cohen reiste auf schnellstem Wege nach Johannesburg und führte eine ernste Unterredung mit seinem Redaktionsleiter. Edgar Wallace kannte zu seinem Unglück weder die Hintergrundgeschichte der Staatsanleihen, noch wußte er, daß sein Chef bestens darüber informiert war, wie der Herausgeber seinen Tagesablauf zu gestalten pflegte. Sicherlich wäre es anderenfalls bei einem Rüffel geblieben, aber Edgar saß auf einem zu hohen Roß: »Die Zeitung gibt es nur durch mich. Die Auflage steigt von Woche zu Woche. Ohne mich wären Sie völlig hilflos.«

Freeman Cohen konnte, wie die meisten Neureichen, keinen ernsthaften Widerspruch ertragen. Dazu hatte er für sein Geld zu hart geschuftet. Er sah seinem Adlatus kalt in die Augen und schnarrte: »Sie sind gefeuert. Gehen Sie mir aus den Augen.«

Edgar Wallace behielt die Fassung bis zur Tür. Dann eilte er blitzschnell zur Toilette und übergab sich ächzend, bis ihm nur noch gelbgrüner Schleim aus Mund und Nase tropfte. Nun war alles aus. In Südafrika würde ihn kein Mensch mehr einstellen – jedenfalls nicht zu akzeptablen Konditionen. Seine Wett- und Spielschulden beliefen sich auf einige tausend Pfund. Wie sollte er die jemals mit mageren Gelegenheitshonoraren zurückzahlen können? Es blieben ihm noch zwei reale Möglichkeiten: Selbstmord oder Flucht. Er entschied sich für die zweite Variante, versetzte seine goldene Uhr beim Pfandleiher und fuhr mit Ivy und leichtem Handgepäck im nächsten Zug nach Kapstadt. Am Hafen kaufte er sofort zwei Passagen dritter Klasse für den Liniendampfer nach Großbritannien.

Er hatte noch achtzig Pfund bei sich, viel Zeit und ein unbequemes Bett in einer fensterlosen Kajüte. Da müßte doch etwas zu machen sein, dachte er sich. Er gesellte sich zu einer Pokerrunde, zu der ein Berufsspieler gehörte.

Als das Ehepaar Wallace am 8. August 1903 in London eintraf, trug Edgar noch drei Shilling in der Tasche – halb soviel wie als Tommy bei seiner Abreise sechs Jahre zuvor.

## Anarchisten

> *Geld hat wirklich überhaupt keine Bedeutung. Im schlimmsten Fall kannst du immer noch etwas tun, was eigentlich unter deiner Würde ist, und dafür dann Geld verlangen.*
>
> Edgar Wallace, »People«

Wenige Tage nach seiner Ankunft in London faßte sich Edgar Wallace ein Herz, ging zum Carmelite House, dem dreigeschossigen Redaktionsgebäude der »Daily Mail« in der Tallis Street, und verlangte ohne große Umschweife den Geschäftsführer zu sprechen. Zu seiner größten Erleichterung wurde er direkt zu John Cowley vorgelassen, einem kleinen dicken Endvierziger mit roter Knubbelnase. »Ich kann mich noch sehr gut an Ihren Husarenstreich im Burenkrieg erinnern, mein Sohn«, sprach der Zeitungsverleger und räkelte sich in einem durchgesessenen grünen Ledersessel. »Doch seitdem habe ich nicht mehr viel von Ihnen gehört. Halten Sie sich beruflich in London auf? Was darf ich für Sie tun?«

Edgar steuerte ohne Umschweife auf sein Ziel zu: »Sir, ich stand bis vor kurzem der Johannesburger ›Rand Daily Mail‹ als Herausgeber vor. Dann brachte mich eine politische Intrige zu Fall, die eine spätere Folge der von Ihnen erwähnten Episode bei den Friedensverhandlungen war. Mir blieb keine andere Wahl, als die Kolonien zu verlassen und nach Hause zurückzukehren. Seither lebe ich in sehr beengten finanziellen Verhältnissen und suche dringend nach einer Anstellung.«

John Cowley zog spöttisch die Augenbrauen in die Höhe, trank mit spitzem Mund einen Schluck kalten Tees aus einer marmorierten Steinzeugtasse und meinte dann lakonisch: »Zufälligerweise sind momentan sämtliche Herausgeber- und Chefredakteursposten in unserem Hause besetzt. Auch vakante Abteilungsleiterstellen machen sich rar. Und für gemeine Botendienste sind Sie sich gewiß zu schade.«

»Sir, mein Herz gehört dem Journalismus. Ich habe für Dutzende Zeitungen geschrieben. Kipling rühmte schon vor Jahren meine Begabung. Ich tue, was Sie wollen, nur geben Sie mir eine Aufgabe, die meiner würdig ist.«

»Aha, ein Mann der blanken Feder, mit einem gewissen Hang zur Dramatik, interessant, interessant. Lassen Sie mich überlegen ...« John Cowley kaute nachdenklich auf seiner wulstigen Unterlippe herum. »Wir könnten – glaube ich jedenfalls – noch einen tüchtigen Lokal- und Gerichtsreporter gebrauchen. Wäre das etwas für Sie? Sagen wir 15 Pfund Sterling die Woche?«

Edgar atmete tief aus. Als die Anspannung nachließ, drohte er ohnmächtig zu werden. Der Schweiß floß ihm in Strömen den Rücken hinunter. Trotzdem hielt er sich militärisch aufrecht und sagte in abgehacktem Ton: »Vielen Dank, Sir. Ich werde Sie nicht enttäuschen, Sir. Ich verspreche es, Sir. Wenn Sie erlauben, fange ich gleich morgen an.« Er stockte, die Modulation seiner Stimme änderte sich. »Es gibt nur ein Problem ...«

»Frisch von der Leber weg, reden Sie nur, mein Sohn.«

»Darf ich um einen kleinen Vorschuß bitten? Die hohen Reisekosten der Überfahrt haben mein bescheidenes Vermögen gänzlich aufgezehrt.«

Die freundliche Miene in John Cowleys kugelrundem Gesicht wurde von einer steilen Falte auf der Stirn verdrängt. Seine Mundwinkel sanken herab und er sprach bedauernd: »Ich weiß nicht, ob ich Sie bewundern oder verachten soll, Wallace. Kaum sind Sie im Boot, schon hissen Sie die Segel. An Herzdrücken werden Sie dereinst gewiß nicht sterben.« Dann erhob er sich widerstrebend und ging zu einem zerschrammten Tresor in der Ecke, der hauptsächlich als Blumenständer zu dienen schien. »Reichen 60 Pfund? Wenn ja, ist es gut; wenn nicht, müssen Sie sich einen anderen Trottel in Spendierhosen suchen. 60 Pfund sind heutzutage eine Menge Geld. Wenn jeder Mensch in England soviel verdienen würde, hätten wir den allgemeinen Volkswohlstand und die Sozis der Labour Partei keine Wähler mehr.«

Mit zitternden Fingern und Tränen in den Augen strich Edgar Wallace die knisternden Banknoten ein und fühlte sich einen Moment lang versucht, die fleischige Hand John Cowleys zu küssen. »Ich stehe tief in Ihrer Schuld, Sir. Verfügen Sie über mich, wann immer Sie wollen.«

»Ist ja gut, nun aber hinaus, hinaus, gehen Sie mir aus dem Licht«, befahl der von seiner Großzügigkeit gerührte Geschäftsführer und wedelte mit seiner fetten Hand, als wollte er eine lästige Fliege verscheuchen.

Auf dem Heimweg zu seinem bescheidenen Domizil in der Pension »Cheerfulness« in der Caldwell Street kaufte Edgar in Ringers Delikatessengeschäft zwei Flaschen spanischen Rotwein, weißes Brot, mageren Speck, mehrere Sorten Obst und einen kleinen Rosinenkuchen. Dann feierte er mit Ivy ein fröhliches Fest, das im Laufe der Nacht in eine Orgie ausartete (als deren Folge neun Monate später ein munteres Knäblein geboren wurde, welches nach William Jennings Bryan, dem mehrfachen Präsidentschaftskandidaten und späteren amerikanischen Außenminister, den Namen Bryan Edgar Wallace erhielt).

Am nächsten Morgen lag Edgar entspannt im Bett, die Hände hinter dem Kopf verschränkt, und überlegte. Gewiß waren 720 Pfund jährlich bei der »Daily Mail« bedeutend weniger als 2 000 Pfund in Südafrika, und »Reporter« klang bei weitem nicht so gut wie »Schriftleiter«. Doch der drohende Abstieg in die Armut war abgewendet. Sie würden sich bald wieder eine eigene Wohnung leisten können, und er trug den Marschallstab bzw. den goldenen Füllfederhalter im Tornister (Was gut ist, setzt sich durch).

Soviel zur Theorie, die Praxis sah ganz anders aus. Die ersten Wochen und Monate bei der »Daily Mail« erlebte Edgar wie einen fortwährenden Besuch im Gruselkabinett. Der Chefredakteur und die übrigen Mitarbeiter gingen selbstverständlich davon aus, daß ihr berühmter neuer Kollege das journalistische Einmaleins aus dem Effeff beherrschte. Es gab keine Schonfrist. Vom ersten Tag an wurden von ihm Schnelligkeit, saubere Recherchen vor Ort, Termintreue, Genresicherheit und eine stetig gute Qualität der Artikel verlangt.

Edgar schleppte sich angstschlotternd zur Arbeit und kehrte völlig ausgelaugt zurück, denn sein Selbststudium in Johannesburg war in vielerlei Hinsicht äußerst unvollkommen geblieben. Von zahlreichen journalistischen Fachfragen hatte er absolut keine Ahnung, und er kam sich wie ein Hochstapler vor, dem jederzeit irgendein unberechenbarer Zufall die Maske vom Gesicht reißen konnte. Darüber hinaus gab es zahlreiche ungeschriebene Gesetze bei der »Daily Mail«, von denen er nichts wußte, weil er sie nicht kennen konnte, und die er deshalb ständig verletzte. »Wer nie sein Brot mit Tränen aß«, dichtete bereits Goethe im Wilhelm Meister, und Edgar Wallace watete durch einen tiefen Fluß aus bitteren Tränen. Kein einziger Artikel erschien so, wie er ihn geschrieben hatte. Joe Turner, der Chef vom Dienst, ein wieselflinker Mensch mit wachem Verstand und stechendem Blick, stülpte jeden Beitrag erbarmungslos um, wendete ihn von links nach rechts, strich mit scharfer Feder am Anfang und erweiterte den Schluß. Zuweilen erkannte Edgar seinen eigenen Bericht nur noch daran, daß sein Name darunter stand. Er schien auf der falschen Hochzeit gewesen zu sein: Ironie hatte sich in bitteren Ernst, der scharfe Angriff in buckelndes Knieweichtum – oder Lob in Tadel, wohlwollende Toleranz in strikte Negation verwandelt. Dazu nörgelte Joe Turner ständig an den mangelhaften Recherchen herum, die hauptsächlich auf Edgars sparsamen Notizen beruhten, denn er beherrschte weder die Kurzschrift, noch führte er einen geschwinden Bleistift. Der Kredit des bekannten Kriegsberichterstatters war schnell verbraucht. Doch der junge Lokalredakteur lernte schnell. Jeden Tag wuchs sein Wissen, und zu Beginn des Winters stellte sich endlich Routine ein. Sein Schreibstil wurde flüssiger, seine Sprache bildhafter, und seine Meldungen waren jetzt prägnanter.

Aber es gab weitere Ärgernisse. Als Benjamin der Redaktion mußte sich Edgar mit drei großen Themenkomplexen herumplagen, an denen kein anderer Kollege Gefallen fand und die ihn gleichermaßen anwiderten: Er wurde der Spezialist der »Daily Mail« für das Leben der Armen, für spektakuläre Kriminalprozesse und für Hinrichtungen. Nicht selten kam es vor, daß er ein und denselben Mann gleich dreimal kurz hintereinander traf – in den Slums, auf der Anklagebank und auf dem Schafott.

Die Habenichtse und Hungerleider verachtete er, weil er selbst aus der Gosse stammte. Die schier unendlichen Gerichtsverfahren langweilten ihn wegen ihrer unverständlichen Sprache, des verlogenen Pathos und der zumeist gnadenlosen Härte der Richter. Hinrichtungen stießen ihn ab, weil er die psychischen Qualen der Delinquenten vor ihrem gewaltsamen Tode unmenschlich fand.

Im Februar des Jahres 1904 fragte ihn Alfred Harmsworth, der Besitzer und Schriftleiter der »Daily Mail«, ob er bei gleichem Lohn die Chefredaktion der »Evening News«, eines Tochterunternehmens, übernehmen wolle. Edgar stimmte begeistert zu. Für Herausforderungen war er immer zu haben, denn das Glück lachte nur dem Tüchtigen.

Nach wenigen Wochen, als der Reiz des Neuen verflogen war, mußte er enttäuscht feststellen, daß er vom Regen in die Traufe gekommen war. Edgar liebte seinen Schlaf, die Bequemlichkeit und gutes Essen. Daran hatte er sich in den letzten Monaten gewöhnt – wie sich nicht zuletzt an seiner Figur ablesen ließ. Die »Daily Mail« war eine Tageszeitung, und Tageszeitungen werden in aller Ruhe am Nachmittag und Abend des Vortages gemacht. Vor zehn Uhr morgens ließ sich kein normaler Mensch in den Redaktionsstuben sehen, und die Lunchzeit zog sich mitunter über Stunden hin. Das ging auch gar nicht anders, denn ein guter Reporter war auf zahlreiche Kontakte angewiesen, die er ständig pflegen mußte, um wichtige Informationen zu erhalten.

Die »Evening News« hingegen war eine Abendzeitung, die vormittags unter großem Streß entstand. Wenn anständige Menschen noch zu Hause waren, mußte Edgar gähnend im Büro sitzen. Sein Mittagessen bestand aus einem krümeligen Lunchpaket. Bis in den späten Abend blieb er an seinen Schreibtisch gefesselt, und die nachmittäglichen Pokerspiele im Presseclub fanden ohne ihn statt.

Edgar erkannte, daß er vor einem schier unlösbaren Problem stand: Zum einen liebte er den Journalismus über alles. Dieser Beruf war sein Lebensziel gewesen, und er hatte es erreicht. Zum anderen ließ ihm die tägliche Tretmühle zuwenig Freiheiten, die er dringend brauchte, und sie brachte zuwenig Geld ein. Unter diesem Konflikt litten sein Wohlbefinden, seine Ehe und seine Toleranz.

Eines Tages, als die schwerkranke Polly Richards an der Tür seiner neuen Wohnung im Elgin Crescent 37 in Notting Hill klingelte, drückte er ihr ein paar Shilling in die Hand und schob sie wie eine Bettlerin zurück auf die Straße. Später tat ihm sein herzloses Verhalten leid, aber es war zu spät. Polly Richards starb im November 1904 an Tuberkulose, ohne ihren Sohn noch einmal gesehen zu haben.

Etwa zur gleichen Zeit beschäftigte sich Edgar im Rahmen einer mehrteiligen historischen Betrachtung mit dem Anarchismus, jener politischen Lehre, die jegliche hoheitliche Macht ablehnt und das Staatsgefüge durch Attentate radikal zu zerstören sucht. Er las im Archiv von dem Anarchisten Ravachol alias François Koenigstein, der in Paris mehrere hohe Justizbeamte in die Luft gesprengt hatte, am 30. März 1892 in einem Bistro am Boulevard Magenta in einem wilden Handgemenge von der Polizei überwältigt werden konnte und am 10. Juli 1892 unter dem Fallbeil starb.

Edgar fand es verblüffend, daß über diesen mehrfachen Mörder in verschiedenen Zeitungen fast mit Hochachtung und sogar einer Spur von Sympathie berichtet worden war. Darüber hinaus verdrängten Berichte über schwere Verbrechen sowieso alle anderen Themen von den Titelseiten der Gazetten. Vielleicht lag hier der Schlüssel zum Erfolg?

Probieren geht über Studieren. Edgar setzte sich hin und skizzierte ein Buch unter dem Titel »Die vier Gerechten«: Drei Anarchisten (ihr vierter Mitstreiter war in einem Pariser Café von der Polizei erschossen worden!) und ein von ihnen gedungener Ganove stellen dem britischen Außenminister ein Ultimatum. Sie verlangen, daß er seine Absicht, einen inhaftierten Terroristen nach Spanien auszuliefern, unverzüglich aufgibt. Anderenfalls müßten sie ihn – selbstverständlich zu ihrem größten Bedauern – eliminieren. Die Anarchisten sind Gentleman-Verbrecher, die zwar widerwillig, doch der gerechten Sache zuliebe auch unschuldige Menschen umbringen. Die Charaktere der »Vier Gerechten« werden zwar nur flüchtig angedeutet, aber ihre Gegenspieler, der Minister und die Detektive, sind noch farbloser, so daß sich der Leser von Anfang an auf die Seite der Mörder schlägt. Die Geschichte bezieht ihren Reiz aus einem Rätsel. Die Anarchisten kündigen an, den Außenminister zu einer festgelegten Stunde in seinem Arbeitszimmer in der Downing Street exekutieren zu wollen. Der Politiker wird zur bestbewachten Person des Landes. Der Leser fiebert. Wie werden es die Teufelskerle anstellen, ihren Plan auszuführen? Es treten mehrere Pannen auf, das Attentat gelingt trotzdem, und die drei Anarchisten flüchten unerkannt ins Ausland. Die Gerechtigkeit hat nicht gesiegt – ein unerhörter Verstoß gegen die damals gültigen Regeln des Kriminalromans.

Doch Edgar Wallace begnügte sich nicht damit, einen Reißer derartig gegen den Strich zu bürsten, er dachte sich noch ein Rätsel zum Rätsel aus: Die Leser sollten erraten, mit welcher Mordwaffe der Außenminister aus der Welt geschafft worden war, und ihre Lösungen an den Verlag schicken. Die besten Einsendungen würden prämiert werden, es ständen Preise in Höhe von insgesamt 1 000 Pfund zur Verfügung. (1998 wurde dieser Einfall in leicht abgewandelter Form von Jonathan Gunson mit »Merlins Geheimnis« erneut aufgegriffen – und von der Presse als spektakuläre Weltsensation gefeiert.)

Von dieser Idee war es bis zum nächsten Gedanken nur ein Schritt: Für das Buch müßte eine gigantische Werbemaschinerie mit überlebensgroßen Plakaten in der gesamten Stadt, mit verteilten Handzetteln und Anzeigen in allen wichtigen Zeitungen in Gang gesetzt werden.

So weit, so gut. Aber weshalb sollte er den zu erwartenden gigantischen Profit mit anderen teilen? Er gründete deshalb gleich noch einen eigenen Verlag, die »Tallis Press«. In den folgenden Wochen war Edgar Wallace von morgens bis abends mit organisatorischen Aufgaben beschäftigt. Er mietete in der Tallis Street einen möblierten Büroraum, verhandelte mit Druckern, Werbefirmen und Anzeigenabteilungen. Zwischendurch hetzte er in die Redaktion der »Evening News« und sah dort nach dem Rechten. Zum Essen und Schlafen – seinen wichtigsten Leidenschaften – kam er kaum noch. Egal, die vorübergehende Verschlechterung sollte ja schließlich eine langfristige Verbesserung zur Folge haben. Mit Ivy sprach er manchmal tagelang nicht.

Doch es gab ein noch viel größeres Problem: An dem Tag, als in London mehrere Dutzend Werbeaufsteller der »Four Just Men« das Interesse der Öffentlichkeit auf sich zogen und die ersten schriftlichen Vorbestellungen im Büro der »Tallis Press« eintrudelten, hatte er von dem eigentlichen Buch noch keine einzige Zeile geschrieben. Außer der erwähnten flüchtigen Skizze gab es nichts.

## Das Attentat auf den König

*Ein alter Jude kam herbeigeeilt und half mir auf. »Der Sattel ist schuld, daß Ihr vom Pferd gefallen seid. Ich werde Euch einen Sattel kommen lassen, aus dem Ihr nicht herunterfallen könnt.« – Am Nachmittag schickte er mir ein Paar Schuhe ins Hotel.*

Edgar Wallace, »People«

Unter großen psychischen und physischen Qualen, bei Verbrauch vieler Kannen schwarzen Tees und etlicher Kisten Zigaretten beendete Edgar die »Vier Gerechten«. Die Geburt war nicht nur schmerzhaft gewesen, sie kam auch verspätet: knapp eine Woche nach dem lang angekündigten Erscheinungstermin. Diese Verzögerung allein hätte nicht geschadet. Das Publikum – durch die aggressive Werbung aufgestachelt – lauerte ungeduldig. Der Erwartungsdruck stieg von Tag zu Tag und hatte seinen Siedepunkt längst nicht erreicht. Aber eine viel größere Gefahr zog aus einer ganz anderen Richtung herauf. Die gewaltige Marketing-Maschinerie drohte zum Stillstand zu kommen, weil ihr wichtigstes Schmiermittel, das Geld, immer spärlicher tröpfelte. Inzwischen waren Hunderte Pfund an Rechnungen aufgelaufen, und die Druckerei wollte auf keinen Fall ohne Vorschuß anfangen.

Edgar entdeckte neue Talente an sich: Er konnte plötzlich aus dem Stand einen heftigen Redeschwall hervorbringen, der jedes entgegengesetzte Argument unter sich begrub. Er beherrschte über Nacht die Kunst der rabulistischen Rhetorik, die selbst die habgierigsten Krämerseelen davon überzeugte, daß Geben seliger denn Nehmen sei. Er besaß mit einem Mal das Vermögen, von morgens bis abends ungezügelten und ansteckenden Optimismus zu verbreiten. Aber die allerwichtigste seiner Gaben war die ihm angeborene stoische Ruhe, die ihn befähigte, unangenehme Nachrichten nicht zur Kenntnis zu nehmen und den eingeschlagenen Pfad unbeirrt weiter voranzuschreiten.

Auf diese Weise gelang das Wunder: Das Buch erschien, und es verkaufte sich gut. Insgesamt gingen 38 000 Exemplare zum Preis von je 3 Shilling 6 Pence über die Ladentische. Doch Edgar hatte die Rechnung ohne den Wirt gemacht. Die Einnahmen standen in keinem Verhältnis zu den Ausgaben. Die Reklame war zu gigantisch gewesen. Wenn Edgar Wallace hätte rechnen können – doch das lernte er Zeit seines Lebens nicht, dann wäre seinen großen verlegerischen Taten eine Kalkulation –, ein Überschlag, ein gedanklicher Abgleich von Aufwand und Nutzen vorausgegangen.

Schließlich gab es noch das Problem mit den versprochenen Gewinnen in Höhe von 1 000 Pfund. Es lagen mehrere richtige Lösungen vor. (Der Außenminister war durch elektrischen Strom getötet worden, den die Anarchisten in seinen Telefonapparat geleitet hatten.) Aber wovon sollte Edgar die Preisgelder bezahlen?

In seiner Not bat er den Geschäftsführer der »Daily Mail« um Hilfe.

Fleischklops John Cowley weigerte sich strikt, den zerschrammten Tresor noch einmal zu öffnen.

Edgar versuchte es mit Erpressung: »Sir, wenn ich die Gewinne nicht auskehren kann, werden mich die Leute verfluchen. Was aus mir wird, ist egal, aber es könnte dem guten Ruf der ›Daily Mail‹ schaden.«

John Cowleys Gesicht wurde hart, in seinen Augen gefror Eis: »Warten Sie einen Augenblick«, befahl er. »Ich bin gleich zurück.«

Fünf Minuten später sprang die Tür auf, und Alfred Harmsworth stürmte ins Zimmer. Er kochte vor Wut. »Okay, ich borge Ihnen tausend Pfund. Doch wie wollen Sie das Geld jemals wieder zurückzahlen?«

»Sir, mein nächstes Buch wird ein noch größerer Erfolg ...«

»Schweigen Sie, Sie Schafskopf!« brüllte der Chefredakteur. »Das Wort ›Buch‹ will ich nie wieder aus Ihrem Munde hören, haben Sie mich verstanden?« Dann senkte er seine Stimme: »Sie haben noch eine allerletzte Chance. Sie werden der neue Feuerwehrmann der ›Daily Mail‹ sein. Sie eilen an alle Brennpunkte der Weltpolitik, ohne zu murren, ohne zu zagen. Heute hier, morgen da. Sie schlafen in Beduinenzelten und laufen zu Fuß von Bagdad nach Stambul. Sie besuchen Jack London am Klondike und fliegen mit dem Zeppelin über den Atlantik. Und wenn der Kaiser von China einen Furz läßt, und Sie stehen daneben, dann will ich eine Stunde später einen ausführlichen Bericht darüber auf meinem Schreibtisch zu liegen haben.«

Edgar fügte sich. Er reiste als Sonderkorrespondent nach Kanada, nach Gibraltar, nach Spanien und Marokko. In Kanada holte er sich Frostbeulen, in Gibraltar bekam er Durchfall, in Spanien fiel er vom Pferd und verstauchte sich den Knöchel, in Marokko fiel er vom Pferd und verstauchte sich die Hand. Die Hotelbetten wimmelten von Wanzen und Läusen, die Speisen waren entweder zu scharf oder gar nicht gesalzen, die Züge und Schiffe hatten ständig Verspätung, und in jedem Winkel der Erde mußte er auf der Hut sein vor gierigen Schnorrern, skrupellosen Taschendieben und aggressiven Bettlern. Die einsame Ivy schrieb ihm böse Briefe, und die Spesen reichten hinten und vorne nicht.

Edgars gute Laune war so ziemlich auf den Tiefpunkt gesunken, als ihn ein Auftrag zurück nach Madrid führte. Er galt inzwischen als Sachverständiger in spanischen Angelegenheiten (obwohl er kaum zehn Worte der Landessprache beherrschte) und sollte über die für den 31. Mai 1906 geplante Hochzeit zwischen König Alfons XIII. und der englischen Prinzessin »Ena« Viktoria von Battenberg berichten.

Alfons XIII. war sechs Monate nach dem Tod seines Vaters, Alfons XII., auf die Welt gekommen und hatte deshalb das zweifelhafte Glück genossen, seit seiner Geburt am 17. Mai 1886 König sein zu dürfen. Seine Kindheit verlief in klösterlicher Strenge, und in der Jugendzeit hatte er eine harte militärische Ausbildung absolviert. Seit dem 17. Mai 1902 führte er selbst die Staatsgeschäfte und galt als begeisterter Autofahrer. In einer offenen Tonneau-Karosserie pflegte er mit 90 Meilen pro Stunde die nicht ganz geheuren Landwege von La Mancha entlangzupreschen. An den grundlegenden Problemen seiner Nation konnte er nichts ändern: Spanien hatte fast alle seine Kolonien verloren, und die Spannungen zwischen Kastilien und den wirtschaftlich führenden Landesteilen Katalonien sowie den Baskischen Provinzen wuchsen. Zum Krebsgeschwür des Regionalismus gesellte sich die Eiterbeule des Anarchismus. Spanien war zu dieser Zeit eines der wichtigsten anarchistischen Zentren Europas. Weite Teile der Arbeiterklasse hingen – nicht ganz grundlos – anarchistischem Gedankengut an.

Möglicherweise wäre die Hochzeit auf der Pyrenäenhalbinsel der »Daily Mail« nur eine Meldung in der Spalte »Vermischtes« wert gewesen, weil aber der Prinz of Wales, der spätere König Georg V., zur großen Schar der illustren Hochzeitsgäste gehörte, verlangte Alfred Harmsworth einen ausführlichen Bericht für Seite 1.

Edgar Wallace war als britischer Sonderkorrespondent im Besitz eines Polizeiausweises, der es ihm ermöglicht hätte, an der gesamten Zeremonie teilzunehmen, doch er fand wenig Gefallen an dem Gedanken, sich im steifen Frack bei brütender Hitze die Sohlen abzulaufen und dann stundenlang auf hartem Kirchengestühl auszuharren. Ihm kam eine bessere Idee: Einen Tag vor dem Staatsakt schritt er die Prozessionsstrecke ab, ließ seine Phantasie spielen und rührte einen Neunzig-Zeilen-Artikel zusammen. Nun brauchte er nur noch die einzelnen Punkte abzuhaken, etwas nachzuwürzen, und das vorzügliche Werk hoher Journalistenkunst war fertig und konnte den informationshungrigen Lesern serviert werden.

Seit den frühen Morgenstunden war ganz Madrid auf den Beinen. Das größte Volksfest der Stadt seit Menschengedenken zog Arme wie Reiche magisch an. Die Straßen wurden von Hunderttausenden Schaulustigen gesäumt, die dem königlichen Brautpaar, das in einer vergoldeten offenen Kalesche im Schrittempo über die *Calle de Toledo* zur Kathedrale *St. Isidro* rollte, jubelnd zuwinkten. Vor und hinter der Staatskarosse ritt eine Schwadron Kavallerie mit blitzenden Brustpanzern und blankgezogenen Degen. Die kilometerlange Nachhut bildeten ein buntes Gewimmel festlich gekleideter Fußgänger, berittener Zivilisten und Offiziere sowie rund hundert Kutschen, eine prunkvoller als die andere, in denen gekrönte Staatsoberhäupter und der gesamte europäische Hochadel saßen. Die märchenhafte Stimmung schlug die Madrider in ihren Bann und riß sie in einer Woge der Begeisterung mit sich. Selbst eingeschworene Antiroyalisten stimmten in den gewaltigen Chor der euphorischen Menge ein, die ständig und ohne Unterlaß »Hoch, König Alfonso, hoch, Prinzessin Ena« skandierte. Mädchen in weißen Kleidern mit bunten Schärpen streuten Blumen. Mit farbenfrohen Bändern umwickelte Girlanden aus Tannengrün und aromatisch duftenden Myrtezweigen zogen sich kreuz und quer über die Promenade. In allen Nebenstraßen spielten Kapellen auf, Rosinen-, Limonaden- und Kastanienverkäufer boten Naschwerk und Erfrischungen feil, und entlang der gesamten Strecke gab es kein einziges Fenster, aus dem nicht die spanische Nationalflagge wehte.

Die Luft war warm und mild. Edgar Wallace, bekleidet mit weißer Leinenhose, weißem Leinenhemd und einem gewaltigen Strohhut, saß im abgesperrten Sicherheitsbereich vor der Kirche unter einer Korkeiche und trank eisgekühlten Limonensaft mit zerstoßener Minze. Er lächelte zufrieden. Bis jetzt war alles ganz genauso verlaufen, wie er es sich vorgestellt hatte. Die Realität hatte die Fiktion mit Leben erfüllt. In fünf Minuten würden sich die Türen der Kirche wieder öffnen, dann setzte sich der Hochzeitszug in Richtung des Königspalastes am *Plaza de Oriente* in Bewegung, und in einer halben Stunde wäre alles vorüber.

Ein Mann in schwarzem Anzug, mit durchgeschwitztem Kragen und schlechten Zähnen hockte sich neben ihn. Es war Pablo Mendendez, ein Redakteur der spanischen Zeitung »Verdad Amerga«, der sich für zwanzig Pfund bereit erklärt hatte, ihm über den Verlauf der Trauungszeromonie Bericht zu erstatten. »Ena hat zuviel Süßigkeiten gegessen. Ich saß links von ihr und habe drei große Pickel bemerkt. Alfonso, der seine Braut heute zum ersten Mal gesehen hat, schien betrunken zu sein. Er schwankte wie ein Schilfrohr im Wind und schielte.«

»Sehr gut, sehr gut, Pablo«, lobte ihn Edgar. »Also schreiben wir: Der zarte Teint der Prinzessin glich einer Pfirsichblüte. Ihr Gatte war von ihrem großen Liebreiz derart entzückt, daß er seinen Blick nicht eine Sekunde von ihr wenden konnte.«

Auf diese Weise überarbeitete er seinen Artikel, und als sich die Kirchentüren öffneten, ein unaufhörlicher Blütenregen niederging und Hunderte Fanfarenstöße erklangen, war das Werk so gut wie vollendet.

»Pablo, Pablo«, drängte Edgar. »Wir sollten dem Hochzeitszug vorauseilen. Haben Sie Ihre Kamera und die notwendigen Platten dabei? Wir postieren uns mitten auf der Straße, und wenn die Kutsche in die *Calle Mayor* einbiegt, schießen Sie ein Foto. Es wird Ihnen wenigstens weitere zwanzig Pfund einbringen, glauben Sie mir.«

Edgars Polizeiausweis verschaffte ihnen den nötigen Freiraum. Pablo klappte das Stativ auseinander, schraubte den hölzernen Kamerakasten auf und justierte das Objektiv. Er zog sich ein schwarzes Tuch über den Kopf und hielt den Auslöser in der rechten Hand. Edgar Wallace starrte wie gebannt auf den vielfarbenen Lindwurm, der ihm unter ohrenbetäubendem Gedröhn entgegenkam. Die ersten Dragoner waren nur noch knapp fünfzig Meter von ihnen entfernt, als Edgars Blick zufällig auf ein vierstöckiges Eckgebäude links von der *Calle del Sacramento* fiel. Aus einem Fenster im Dachgeschoß schleuderte ein kahlköpfiger Mann einen dicken Blumenstrauß in Richtung der königlichen Kutsche. Edgars Mundwinkel sanken nach unten. Zwei Dinge, so schoß es ihm blitzartig durch den Kopf, paßten hier nicht zusammen, paßten ganz und gar nicht. Zum einen war der Glatzkopf unmittelbar nach dem Wurf vom Fenster verschwunden. Zum anderen stimmte die Fallgeschwindigkeit des Blumengebindes nicht. Unter den zarten Blüten mußte etwas viel Schwereres, etwas Unheimliches verborgen sein.

Die Zeit schien stillzustehen. Alles bewegte sich wie in Zeitlupe. Edgars Mund öffnete sich zu einem Schrei, doch kein einziger Laut drang über seine Lippen. Er sah, wie der Blumenstrauß hinter einem berittenen Soldaten, etwa dreißig Meter vor der königlichen Kalesche, aufschlug und sich in einen gleißenden Feuerball verwandelte. Im selben Moment verstummten alle Geräusche. Schwarze Rauchschwaden quollen empor, undefinierbare Gegenstände flogen umher, Dragoner und Pferde wurden in der Luft zerfetzt. Dort, wo sie fielen, sprangen rote Fontänen auf, verknüpften sich zu einem roten Netz, verdichteten sich zu einem rosafarbenen Nebel.

Dann drang der ohrenbetäubende Lärm einer Explosion an sein Ohr. Edgar hörte die entsetzlichen Schreie verwundeter Menschen und Tiere, die Kakophonie der wie wahnsinnig aufkreischenden Menge. Er blickte zu seinem Assistenten. Pablo lag neben dem umgestürzten Fotoapparat auf dem Rücken im Staub der Straße. Direkt über der Nasenwurzel ragte ein winziger schwarzer Splitter aus seinem Kopf. Die Verletzung war so geringfügig gewesen, daß lediglich ein einziger Blutstropfen wie eine Träne in sein geöffnetes linkes Auge rollte.

Edgar löste sich aus seiner Erstarrung. Es gab jetzt nur noch eine einzige Frage, die Bedeutung hatte: War das Brautpaar verletzt oder getötet worden? Er rannte mitten hinein in das Chaos, glitt in einer Blutlache aus, prallte schmerzhaft mit dem Hinterkopf gegen den Helm eines toten Dragoners, rappelte sich hoch und sah hinter den Rauchschwaden, wie die königliche Kalesche wendete. Alfons XIII. stand aufrecht da, gab mit heiserer Stimme Befehle und winkte, um den Menschen Mut zu machen. In seinen Armen hielt er Ena, die sich an ihn schmiegte und ebenfalls unversehrt zu sein schien.

Edgar hastete, so schnell er konnte, zum Telegraphenamt am *Plaza Puerta del Sol.* Er kam einige Minuten zu spät. Die berittene Polizei war schneller gewesen und hatte das Gebäude inzwischen weiträumig abgesperrt. Es herrschte absolute Nachrichtensperre. Edgar kämpfte sich zur Rückfront durch, hielt einem Gendarmen seinen Polizeiausweis unter die Nase und schlüpfte blitzschnell durch die Hintertür. Doch im Telegraphenbüro stieß er auf die nächste Barriere. Ein schnauzbärtiger Schalterbeamter mit grünem Augenschirm erklärte ihm, daß sämtliche Leitungen gesperrt seien. Nur die Depeschen mit dem roten Regierungsaufkleber dürften noch befördert werden.

Edgar reichte ihm einen 200-Peseta-Schein und sagte: »Verkaufen Sie mir trotzdem einen Bleistift.«

»Ich bedaure, mein Herr, ich kann nicht wechseln«, erwiderte der Mann und wollte ihm die Banknote zurückgeben.

Edgar hob abwehrend die Hand, tippte dankend mit zwei Fingern an seinen Hut und schlenderte zu einem Stehpult in unmittelbarer Nähe des Schalters. In aller Ruhe formulierte er seine Meldung, wobei er den Mann mit dem grünen Augenschirm keine Sekunde aus den Augen ließ. Nach einigen Minuten drehte ihm der Beamte demonstrativ den Rücken zu. Edgar huschte zum Tresen, faßte blitzschnell dahinter, griff sich einen roten Zettel, klebte ihn auf sein Telegrammformular und warf es in den Korb mit den Regierungsdepeschen.

Die »Daily Mail« druckte in ihrer nächsten Ausgabe den sensationellen Bericht ihres Sonderkorrespondenten ab. Zwei Tage später wurde der aus Barcelona stammende Attentäter, ein Anarchist namens Morel, von Landgendarmen erschossen.

## Der Seifenkrieg

*Zeitungen werden vom Publikum gemacht. Ich glaube, eine Zeitung herauszugeben heißt – kurzgefaßt – so zu schreiben, daß die Leute feststellen: »Das ist richtig – das habe ich schon immer gesagt.«*

Edgar Wallace, »The Four Just Men«

Edgar Wallace saß am späten Vormittag in seiner Wohnung am Elgin Crescent in Notting Hill, hielt den Kopf zwischen beide Hände gestützt und schüttelte ihn verzweifelt. Vor ihm auf dem runden Tisch türmten sich französische, türkische sowie arabische Lehr- und Wörterbücher. Er sollte sich auf Wunsch der Chefredaktion im Selbststudium weiterbilden, denn seine mangelhaften Sprachkenntnisse behinderten zweifellos die Tätigkeit eines Sonderkorrespondenten. Mühsam quälte er sich durch die Seiten, murmelte ein unverständliches Kauderwelsch und konnte sich kaum eine einzige Vokabel merken. Er hoffte insgeheim auf irgendeine Ablenkung und blickte ständig zur Tür. Doch es gab niemanden, der ihn stören konnte. Ivy weilte zu Besuch bei ihrer Familie in Südafrika, und Personal gab es keines.

Edgar, weit unter sein kaudinisches Joch gebeugt, seufzte in tiefem Selbstmitleid. In diesem Augenblick dröhnte draußen auf der Straße der Türklopfer energisch auf der Messingplatte. Edgar sprang begeistert auf und öffnete.

Ein junger Mann mit glattrasiertem Gesicht und dunkler Kleidung zog artig seinen Hut, verbeugte sich leicht und stellte sich vor: »Ryday Montgomery, amtlich bestellter Pfändungsbeamter seiner Königlichen Majestät. Ich führe einen gesiegelten Zahlungsbefehl über 93 Pfund bei mir und habe die Aufgabe, entweder die verbriefte Summe zu vollstrecken oder Sie zu arretieren.«

In Edgars Hosentasche klimperten nicht einmal 93 Pence. Trotzdem bat er den Gerichtsvollzieher ins Wohnzimmer und wies auf einen geblümten Sessel am Fenster. »Nehmen Sie bitte Platz, sehr verehrter Herr Montgomery. Darf ich Ihnen einen Tee anbieten?«

»Erst die Arbeit, dann das Vergnügen. Erledigen wir also zuerst den geschäftlichen Teil der Sache.«

Edgar räusperte sich. »Es gibt da ein kleines Problem, mein Bester. Ich erwarte dringend eine Überweisung für mein letztes Buch, eine Sammlung von Kurzgeschichten, Sie haben vielleicht davon gehört. Wenn Sie sich noch ein oder besser zwei Tage gedulden würden ...«

Der Mann richtete sich kerzengerade auf und zog erstaunt die Augenbrauen in die Höhe. »Sind Sie etwa der berühmte Schriftsteller Edgar Wallace, der Verfasser der ›Vier Gerechten‹?«

Edgar straffte die Brust. »Ganz genau derselbe steht in voller Lebensgröße vor Ihnen.«

Der Pfändungsbeamte erhob sich. »Entschuldigen Sie bitte vielmals, Sir, wenn ich Ihnen Ungelegenheiten bereitet habe. Ich hielt es für eine zufällige Namensgleichheit und maß deshalb meinem Auftrag keinerlei Bedeutung bei. Selbstverständlich komme ich wieder, wann immer es Ihnen beliebt.«

»Oh, sehr freundlich. Behalten Sie nur Platz, ich bin sofort zurück.« Nachdem die Gefahr gebannt war, verschwand Edgar in der Küche und brühte eine gute Tasse Tee für seinen Gast. Anschließend unterhielt er sich mit Ryday Montgomery, der sich gleichfalls literarisch betätigte, aber noch ganz im Anfängerstadium steckte, über die Höhen und Tiefen der Schriftstellerei.

Am Nachmittag schlug er dem Gerichtsvollzieher ein Partie Pikett vor (ein Kartenspiel für zwei Personen, bei dem das Blatt in der Hand nach den drei Kombinationen Rummel, Treppe, Pasch geordnet werden muß). Gewinner war, wer zuerst 100 Punkte ansagen konnte. Sie spielten um drei Pence das Hundert.

Am anderen Morgen gegen sechs Uhr verabschiedete sich der Pfändungsbeamte. Sein Gastgeber trug 60 Pfund bares Geld in der Tasche und hatte überdies den Zahlungsbefehl ausgelöst.

Um neun Uhr klingelte das Telefon. Alfred Harmsworth befahl Edgar, dem Experten der »Daily Mail« für Bombenanschläge, unverzüglich nach Lissabon zu reisen, um dort Gerüchten über ein geplantes Attentat auf den portugiesischen König nachzugehen. Karl I., der 1889 gekrönt worden war, hatte 1907 auf eine besonders schwerwiegende

Art und Weise die Verfassung gebrochen, indem er einfach das Parlament auflöste. Seitdem regierte er das Land als absolutistischer Alleinherrscher. In der Hafenstadt Porto, dem kulturellen und wirtschaftlichen Mittelpunkt Nordportugals, waren daraufhin starke Unruhen ausgebrochen. Das Militär hatte den Aufstand zwar blutig niederkartätscht, doch nun wartete das Land, über dem sich auch anderenorts die dunklen Wolken des Aufruhrs ballten, auf den erlösenden Blitzschlag.

Edgar gelangte am 15. Januar 1908 in Portugal an. Zwei Tage später durfte er während einer fünfminütigen Audienz Karl I. interviewen. »Eure Königliche Hoheit, könnt Ihr mir verraten, wen Ihr hinter dem geplanten Anschlag auf Euer Leben vermutet?« fragte Edgar direkt heraus, um keine Sekunde seiner kostbaren Sprechzeit zu vergeuden.

Der König musterte ihn eine Weile schweigend, dann sprach er müde und mit schleppender Stimme: »Es gibt in Portugal eine republikanische Bewegung, die von einflußreichen Kaufleuten finanziert wird. Sie wollen das Geld und die Macht. Ich werde es zu verhindern wissen. Ich werde sie zerquetschen wie Würmer, alle.« Er stampfte leicht mit dem Fuß auf und vollzog eine drehende Bewegung.

»Eure Königliche Hoheit, Ihr wißt bestens über die Vorhaben der Verschwörer und ihren Zeitplan Bescheid. Falls in den nächsten Tagen etwas Interessantes geschehen sollte, würde ich meinen Besuch in Portugal gern um ein, zwei Wochen verlängern.«

Der König stutzte, dann begann er schallend zu lachen. »Ihr wollt ein Foto mit der Unterschrift ›Todesschüsse auf den Imperator‹? Nein, nichts da!« Mit einer Handbewegung wischte er Edgar zur Tür hinaus, die Audienz war beendet.

Doch Karl I. hatte die Gefahr nicht ernst genug genommen. Am 1. Februar 1908 wurde er von Anarchisten ermordet.

Edgar Wallace, der Experte der »Daily Mail« für Terrorakte, erfuhr davon aus seiner eigenen Zeitung, denn er befand sich längst wieder in England. »Eine verpaßte Gelegenheit. Nun, es werden bessere kommen«, murmelte er optimistisch, denn soeben hatte der »Seifenkrieg« begonnen.

Die »Daily Mail« führte – wie viele andere große Journale auch – von Zeit zu Zeit einen Feldzug durch. Die Themen wechselten und waren beliebig. Der Sinn der Kampagnen bestand darin, der Öffentlichkeit die Macht der Presse zu demonstrieren. Diesmal hatte sich Alfred Harmsworth die Firma Lever Sunlight ausgesucht. Die bekannte Seifenherstellerin hegte den Plan, in ihrer Branche die wichtigsten britischen Firmen unter einem gemeinsamen Konzerndach zu vereinen, um die Preise besser in die Höhe schrauben zu können und zugleich die immensen Kosten der konkurrierenden Werbung zu reduzieren. Weniger Anzeigen hätten jedoch die Einnahmen der Zeitung geschmälert – ein guter Grund also, um in den Kampf zu ziehen.

Die Sorge um sinkende Werbeeinnahmen spielte in der Polemik selbstverständlich keine Rolle. Einzig und allein die gebeutelten Verbraucher wurden vorgeschoben. Der Waffengang der »Daily Mail« war kaum zu verlieren, weil Lever Sunlight massiven Etiketten- und Verpackungsschwindel betrieb. Ein von 16 auf 15 Unzen Gewicht geschrumpftes Seifenpaket wurde mit denselben Abmaßen zum gleichen Preis vertrieben. Außerdem hatten mehrere andere Seifenhersteller in Hinblick auf die kommende Fusion die Preise erhöht.

Auf den Titelseiten der »Daily Mail« prangten in großen Lettern die Namen der Geldschneider unter der Schlagzeile: »Boykott den Betrügern!« Im Innenteil folgten rührselige Geschichten über bedürftige Menschen, die von den drastischen Preiserhöhungen in den Ruin getrieben zu werden drohten.

Edgar Wallace, der gern ans Herz gehende Storys verfaßte, legte die Füße auf den Tisch und ließ seiner regen Phantasie freien Lauf, was ihm keine Schwierigkeiten bereitete. Unter der Überschrift »Grausamer Schlag für die Armen« berichtete er von der gramgebeugten Waschfrau Annie Smith aus der *Sheraton Street,* die durch die Preistreiberei von Lever einen Shilling sechs Pence pro Woche verlor – jenen Betrag, der genau den Unterschied zwischen Margarinestullen und trockenem Brot für ihre fünf kleinen Kinder ausmachte.

Nach einigen Wochen dramatischer Einkommenseinbußen infolge der Boykottaufrufe gab Lever Sunlight zähneknirschend die Fusionspläne auf und verkaufte die Seifenstücke wieder mit einem Gewicht von 16 Unzen.

Die »Daily Mail« schwelgte im Siegesrausch und hämmerte ihren Lesern ein, welchen gewaltigen Sieg sie im Interesse der arbeitenden Klasse errungen hatte.

Das Hochgefühl endete abrupt, als eine Verleumdungsklage auf den Tisch von Alfred Harmsworth flatterte. Lever Sunlight forderte 50 000 Pfund Schadensersatz von der »Daily Mail«. Andrew Bothom, ein äußerst geschickter Konzernanwalt, hatte ein dichtes Netz aus Lügen und Halbwahrheiten geknüpft, es über die Journalisten ausgeworfen und mit Hilfe der Justiz zusammengezogen. Das Kernstück der juristischen Attacke bildete die kühne Behauptung, an der Rufmordkampagne der »Daily Mail« wäre kein einziges Wort wahr gewesen. Ein Großkonzern habe nie zur Debatte gestanden, und Preisabsprachen seien in dieser ehrenhaften Branche völlig ausgeschlossen. Als eindeutigen Beweis für die Unredlichkeit der »Daily Mail« im Seifenkrieg führte Bothom den Artikel von Edgar Wallace an. Mit theatralischen Gesten rechnete der Advokat im Gerichtssaal vor: »Ein 16-Unzen-Stück Seife wird für 3 Pence angeboten, demzufolge kostet eine Unze 0,1875 Pence. Die fleißige Frau Smith will pro Woche 18 Pence durch Mehrkosten verloren haben. 18 geteilt durch 0,1875 macht 96. Wie, um alles in der Welt, kann eine einzelne Wäscherin wöchentlich 96 Stück Seife mit einem Gesamtgewicht von 1 536 Unzen verbrauchen? Hat ihr Tag vielleicht 36 Stunden? Besitzt sie gar sechs Hände?«

Alles berechtigte Fragen, aber es kam noch schlimmer. Andrew Bothom führte weiter aus: »Wir haben uns der Mühe unterzogen, Annie Smith in der *Sheraton Street* zu suchen. Wir konnten weder sie noch ihre fünf hungrigen Bälger finden, denn die fleißige Waschfrau war ebenso eine Fiktion, wie die gesamte Berechnung dumm und dilettantisch ist!«

Die »Daily Mail« verlor den Prozeß und mußte 50 000 Pfund Schadensersatz zahlen. Selbstverständlich lag das nicht an Edgar Wallace. Sein Artikel hatte nur eine winzige Facette in dem gesamten Spektakel gebildet. Doch weil er leichtsinnig mit den Zahlen jongliert hatte, war die »Daily Mail« der Lächerlichkeit preisgegeben. Die Konkurrenzblätter – und ein Verlierer hat nur noch Rivalen – zerpflückten genüßlich die mathematische Meisterleistung.

Edgar Wallace bekam vom unrühmlichen Ende des Seifenkrieges zunächst nichts mit, denn er kämpfte gerade gegen die Seekrankheit. Er befand sich an Bord des britischen Kreuzers *Protectress,* der Kurs auf das skandinavische Trondheim genommen hatte. Die Hauptstadt der Provinz Sör-Tröndelag an der Mündung des Nidelv war im Mittelalter Königsresidenz und Hauptstadt Norwegens gewesen. Aus alter Tradition wollte auch König Haakon VII. dort heiraten, und zwar keine Geringere als die Tochter des englischen Königs Eduard VII.

Edgar, der Fachmann der »Daily Mail« für durchlauchtige Trauungen, hatte den Auftrag, über das Fest zu berichten, als dessen Höhepunkt ein Feuerwerk von Bord der *Protectress* den Abendhimmel über dem Trondheimfjord erhellen sollte. Es gab nur ein kleines Problem. Der britische Marineminister hatte völlig vergessen, daß am Hochzeitstag in Norwegen die Mitternachtssonne schien. Die Marinesoldaten taten trotzdem ihre Pflicht. Die über das blaue Firmament zischenden Schwärmer, fauchenden Raketen und zerplatzenden Böller besaßen in etwa die Ausstrahlungskraft einer gewöhnlichen Wunderkerze.

Edgar konzentrierte sich deshalb in seinem Artikel auf die Feierlichkeiten an sich, das phänomenale Feuerwerk erwähnte er mit keinem Wort. Anders sein Kollege Bill Parker von der »Daily News«. Der nahm skrupellos den Wunsch als den Vater des Gedanken und schilderte das blasse Schauspiel in den glühendsten Farben.

Alfred Harmsworth bekam einen Tobsuchtsanfall, als er den ausführlichen Bericht in einer anderen Zeitung und nicht vom eigenen Sonderkorrespondenten lesen mußte. Edgar war nicht da, er konnte sich nicht rechtfertigen. Er befand sich noch auf der Rückfahrt von Norwegen und segelte mit voller Kraft in das nächste Unglück.

# Absturz und Durchbruch

## Kongo

*Ich lag als Rekonvaleszent in einem Liegestuhl unter dem Sonnensegel, als dreiundvierzig Schwarze mit einem Eisenrindenkanu kenterten und ins Wasser fielen. Ich amüsierte mich köstlich über ihre Grimassen. Ich dachte, sie gäben eine kleine Vorstellung zu meinem Vergnügen, da die Kannibalen einen großen Sinn für Humor haben. Nicht im Traum hätte ich gedacht, daß sie als Flußmenschen nicht schwimmen konnten. Alle ertranken, bis auf zwei.*

Edgar Wallace, »People«

Der Kreuzer Protectress steuerte bei schwerer See durch die Straße von Dover. Schaumkronen tanzten auf den Wellen, scharfe Brecher schüttelten das Schiff und ließen die Bolzen unangenehm knacken und knirschen. Die letzte Stunde vor dem Einlaufen in Portsmouth verbrachte Edgar Wallace mit umgeschnallter Schwimmweste an Deck. Endlich, nach einem langwierigen Anlegemanöver, konnte er gischtbesprüht und grüngesichtig an Land gehen. Im Telegrafenbüro am Hafen lag eine dringende Nachricht für ihn. Alfred Harmsworth beorderte ihn auf dem schnellsten Wege in die örtliche Garnison. Dort sollte sich wenige Tage zuvor ein Fall von Meuterei ereignet haben. Nähere Einzelheiten waren noch nicht bekannt.

Edgars Korrespondenten-Legitimation öffnete ihm ohne jegliche Schwierigkeiten das Kasernentor. Der Kommandeur ließ ihn allerdings eine geschlagene Stunde lang in einem überheizten Vorraum ohne Sitzgelegenheiten schmoren. Dann sprang die Tür einen Spalt breit auf. Weiter passierte nichts. Edgar wartete vergeblich auf eine Aufforderung zum Eintreten. Er stupste mit der linken Hand gegen das geschnitzte Eichenholz. Die schlecht geölten Angeln quietschten. Colonel John Finnsburry, ein dünner Mann mit schlohweißen Haaren und tadellos gebügelter Uniform, stand mitten im Zimmer. Er streckte weder die Hand zum Gruße aus, noch bot er seinem Besucher einen Platz an. »Fassen Sie sich kurz, Zivilist, meine Zeit ist begrenzt«, schnarrte er näselnd.

Edgar nahm sich – anscheinend völlig unbekümmert – einen Stuhl, schlug die Beine übereinander und klappte seinen abgegriffenen Notizblock auf.

Der Kommandeur seufzte und zog sich hinter seinen Schreibtisch zurück. Die Strategie, den ungebetenen Gast durch rüdes Verhalten einzuschüchtern, war offensichtlich fehlgeschlagen.

»Sir, ich will Ihre kostbare Zeit nicht länger in Anspruch nehmen als unbedingt notwendig«, sprach der Reporter freundlich, »aber die britische Öffentlichkeit hat ein Recht auf Information. Ich selbst war lange Zeit Soldat und Kriegsberichterstatter. Ich sage das nicht, um Sie zu beeindrucken, sondern damit Sie wissen, mit wem Sie es zu tun haben. Es gibt einen kurzen geraden und einen langen krummen Weg; beide führen ans Ziel. Also ohne Umschweife, was genau ist geschehen?«

Sein Gegenüber seufzte noch einmal, diesmal tiefer und nachhaltiger. Dann erläuterte er: »Passiert ist wenig, eigentlich nichts. Ein junger Heißsporn, Leutnant George Collard, hat am Sonnabend vor dem Dienstfrei den vorgeschriebenen Zählappell abgehalten, um festzustellen, wieviel Männer in den Ausgang wollen. Es regnete etwas, zugegeben. Doch ein paar Tropfen haben noch keinem geschadet; die Matrosen sind schließlich nicht aus Zucker. Doch einige begannen zu murren. Daraufhin ließ der Leutnant alle niederknien.«

»Zu welchem Behufe tat er dies?«

»Bei den Kanonieren ist ›Auf die Knie‹ ein üblicher Befehl. Der Offizier erhält auf diese Weise einen besseren Überblick. Collard war früher Artillerist. Die Männer allerdings kannten das Kommando nicht, weil es in der Marine nicht verwendet wird.«

»Was passierte dann?«

»Nicht viel, wie schon gesagt. Im Anschluß an den Appell betranken sich einige Schiffsheizer in der Messe und begannen zu randalieren. Auf dem Weg zu den Offiziersunterkünften wurden sie von den Wachen arretiert. Ob die Rädelsführer überhaupt bestraft werden, ist noch nicht entschieden.«

»Darf ich Ihre Leute trotzdem befragen?«

Der Colonel seufzte zum dritten Mal. »Tun Sie, was Sie nicht lassen können. Sie wollen aus einer Mücke einen Elefanten machen. Meinen Segen haben Sie. Was stört es den Mond, wenn ihn der Hund anbellt!?«

Edgar nahm sich zuerst die Mannschaftsbaracken vor und anschließend die Quartiere der Unteroffiziere. Er sprach mit einem halben Dutzend Augenzeugen. Die meisten hielten Collard für einen Sadisten und Leuteschinder, denn üblicherweise fanden die Zählappelle bei schlechtem Wetter – an jenem Tag hatte es wie aus Kannen geschüttet – in der Turnhalle statt, um die Ausgehuniformen der Matrosen zu schonen. Als die durchgefrorenen Männer dem Befehl zum Niederknien Folge leisteten, waren sie tief in den aufgeweichten, schlammigen Boden eingesunken. Das anschließende Reinigen der verdreckten Uniformen – sie mußten getrocknet, gebürstet, gewaschen und wieder getrocknet werden – hatte mehrere Stunden der kostbaren Freizeit in Anspruch genommen.

Edgar schrieb den Bericht im Zug nach London. Er erinnerte sich an die eigene Armeezeit, so fiel sein Zeitungsaufsatz sehr zugunsten der Soldaten aus. Der grobschrötigen Schilderung der heftigen Regenfälle fügte er – als feuilletonistisches Einsprengsel – noch taubeneigroße Hagelkörner hinzu. Das wäre an sich nicht weiter schlimm gewesen. Es lag voll und ganz im Rahmen der freien journalistischen Meinungsäußerung. Aber Edgar übernahm ungeprüft die Aussage eines Sergeanten, der behauptete, Leutnant George Collard sei seit langem als unbarmherziger Schleifer bekannt gewesen und deshalb selbst im Offizierskorps äußerst unbeliebt. Er wäre wegen ähnlicher Vorfälle zur Marine strafversetzt worden und hätte sechs Monate auf seine längst fällige Beförderung zum Leutnant warten müssen.

Jene Zeitbombe tickte noch, als Edgar Wallace nach wenigen Wochen die nächste, diesmal viel längere und weitere Reise antreten mußte. Der Chefredakteur schickte ihn, den Afrika-Spezialisten der »Daily Mail«, in die Tiefe des Kontinents, in den Kongo.

Der belgische König Leopold II. hatte 1876 den »Unabhängigen Kongostaat«, riesige Gebiete im Bereich des Kongostroms, für sich als Privatmann gekauft. Das Land war reich an Bodenschätzen, um sie aber erschließen zu können, waren große Investitionen notwendig. Leopold II. ließ deshalb die Naturprodukte der Kolonie – Elfenbein, Palmöl und Gummi – rücksichtslos ausbeuten. Der König hatte eine Söldnerarmee aufgestellt, die Force Publique, in der ihm 360 Offiziere und rund 16 000 Soldaten dienten. Die Force trieb willkürlich festgesetzte Steuern ein, verschleppte die Afrikaner in Gummiplantagen und bewachte sie dort. Es gab blutige Massaker an der Bevölkerung und grausame Strafen für entflohene Arbeitssklaven, denen vornehmlich Hände und Beine abgehackt wurden. Die Berichte darüber gingen unter der Bezeichnung »Kongogreuel« in die Geschichte ein. Als die internationalen Proteste unüberhörbar geworden waren, schickte König Leopold II. eine eigene Untersuchungskommission in den Kongo und übertrug infolge der drastischen Berichte die Kolonie an den belgischen Staat.

Über all dies sollte Edgar eine ausführliche Artikelserie verfassen. Er nahm die nächste Fähre zum Kontinent und bestieg in Antwerpen einen verrosteten belgischen Frachter, der ein halbes Jahr später in Matadi an der Mündung des Kongo anlegte. Von Matadi aus ging es mit dem Dampfboot 110 Meilen den Fluß hinauf. Nach einer vergleichsweise bequemen Zwei-Tages-Tour mit der Eisenbahn nach Leopoldville, dem späteren Kinshasa, folgte eine weitere Flußfahrt bis Mbandaka, die sich schließlich in einer morschen Barkasse über den Lulonga und den Lapori bis zur Missionsstation Bongandanga fortsetzte.

Edgar Wallace war verdreckt, verschwitzt und abgemagert, als er ankam. Gleich beim ersten Schritt an Land stach ihm eine Mücke in den rechten Knöchel. Der Fuß schwoll unförmig an, Milz und Leber vergrößerten sich. Vierzehn Tage später schüttelte ihn der erste Malariaanfall. Die Missionare verabreichten ihm Chinin, doch die Dosis war zu hoch. Das gefährliche Schwarzwasserfieber brach aus. Edgars Urin verfärbte sich dunkelbraun, die Temperatur schoß in die Höhe. Es peinigten ihn heftige Kopfschmerzen, zudem mußte er sich ständig übergeben. Sein Leben hing an einem seidenen Faden.

Und hätte sich nicht einer der Missionare, Pater Ambrosius, aufopferungsvoll um ihn gekümmert, wäre er vermutlich gestorben. Der Mann des Glaubens wachte von morgens bis abends an seinem Lager, rieb ihm die Glieder mit Essigwasser ab, kühlte ihm die Stirn und fütterte ihn mit eingeweichtem Zwieback und ungewürztem Haferschleim. Mehrere Wochen lang kämpfte Edgar Wallace mit dem Tode. Als er nach einigen Monaten wieder halbwegs genesen war, folgte er sofort dem Rat des Paters und bestieg das nächste Boot flußabwärts. Er hatte nicht die geringste Lust, zum Ruhme der »Daily Mail« in Afrika zugrunde zu gehen.

Von den Verbrechen der Gummibarone an ihren schwarzen Arbeitssklaven hatte er weder etwas gehört noch gesehen. Aber die Zeit in der Missionsstation war nicht nutzlos gewesen. In den langen Tagen der allmählichen Genesung hatte er viel über die Sitten und Gebräuche der Eingeborenen erfahren und sich umfangreiche Notizen gemacht, die er in Europa literarisch aufzuarbeiten gedachte.

Als Edgar Wallace nach über anderthalb Jahren zum erstenmal wieder die hektische Tallis Street zum vertrauten Carmelite House entlangschritt, wirkte er äußerlich kaum verändert. Auf der langen Rückreise über den Ozean hatte er dank eines chinesischen Kochs sein Normalgewicht zurückgewonnen; innerlich aber war er nicht mehr derselbe wie vor seiner Abfahrt aus London. Auf dem Krankenlager war ihm schmerzlich bewußt geworden, daß seine Existenz nicht ewig währte. Und diese Erkenntnis irritierte ihn, denn noch hatte er keine konkreten Vorstellungen, wie sein Leben künftig verlaufen sollte. Daraus zog er die für sich einzige vernünftige Schlußfolgerung: Von nun an würde er jeden Tag so verbringen, als wäre es sein letzter.

Glücklicherweise besaß er diese Einsicht bereits, als er das Gebäude der »Daily Mail« betrat. Andernfalls hätte er sich vermutlich auf der Stelle umgebracht. Ihn erwartete nämlich nicht die geringste Spur von einem begeisterten Empfang, den er sich vor seinem geistigen Auge ausgemalt hatte. Die Kollegen verschwanden eilig in ihren Zimmern, wenn sie ihn sahen, und Alfred Harmsworth strahlte die Kälte eines antarktischen Eisblocks aus. Er sprach mit Edgar wie mit einem Fremden: »Während Ihrer Abwesenheit hat sich einiges ereignet. Leutnant George Collard, über den Sie in Ihrer phantasievollen Reportage aus Portsmouth berichteten, hat die ›Daily Mail‹ auf Schmerzensgeld in Höhe von 5 000 Pfund verklagt. Vor Gericht konnte er beweisen, daß Ihre ehrabschneidende Falschaussage, er sei als bekannter Leuteschinder von der Beförderung zurückgestellt worden, völlig aus der Luft gegriffen war. Collard ist Träger mehrerer hoher militärischer Auszeichnungen und überdies weitläufig mit dem Marineminister verwandt. Wir mußten bezahlen, die volle Summe, auf Heller und Pfennig, mit Zins und Zinseszins! 5 000 Pfund Sterling, das sind 20 000 Shilling oder 240 000 Pence! Diese Summe stellt den Gegenwert von 80 000 Stück Seife zu 16 Unzen dar, um Ihnen gedanklich auf die Sprünge zu helfen!«

Edgars Gesicht nahm die Farbe seines Unterhemdes an. Er stammelte: »Sir, ich wollte ..., ich konnte doch nicht ... Mein Informant hat mir versichert ...«

»Gehen Sie mir aus den Augen«, schnitt ihm der Schriftleiter unbarmherzig das Wort ab. »Sie sind fristlos entlassen. Ich möchte Sie niemals wiedersehen und nichts mehr von Ihnen hören – außer hoffentlich recht bald, daß Sie endlich Ihre hohen Schulden bei mir beglichen haben.«

Mit hängenden Schultern schlich Edgar nach Hause in den Elgin Crescent. Dieser brutale Rausschmiß war eine ungleich größere Katastrophe als sein Scheitern in Südafrika. Nun gab es kein Heimatland mehr, in das er flüchten konnte. Alfred Harmsworth hatte ihm das Kainsmal eines unzuverlässigen Schreibers aufgedrückt, der eine Gefahr für jeden Zeitungsverleger darstellte. Seine klatschsüchtigen ehemaligen Kollegen würden die Neuigkeit in alle Welt hinausposaunen und die Mitglieder im Presseclub mit Fingern auf ihn zeigen.

Als er seiner Gattin von der Schande berichtete, brach sie in einen Weinkrampf aus und rammte ihm verzweifelt beide Hände gegen die

Brust. Ivy war im letzten Jahr der Einsamkeit stark gealtert. Links und rechts vom Mund und auf der Stirn hatten sich tiefe Falten eingegraben. Ihr Haar war dünn und glanzlos geworden.

Edgar nahm sie in den Arm und versuchte sie zu trösten. Ihre Schultern bebten. Nach einigen Minuten ebbten die Schluchzer ab. Sie machte sich von ihm los, wischte sich die Tränen mit der Schürze ab und sagte leise: »Richard Horatio Edgar Wallace, du bist ein auf dem Misthaufen geborener Versager. Du kannst nicht einmal für deine eigene Familie sorgen. Du bringst es weder im Bett noch am Schreibtisch. Deine Mutter war eine Hure, dein Vater ein Säufer, und du wirst in der Gosse enden, dort, wo du herkamst und wo du hingehörst.«

Edgar verschlug es fast den Atem, als ihm die drei schlimmsten Demütigungen, die einem Mann widerfahren können, von seiner eigenen Frau angetan wurden. Ihm wurde übel. Das Johannesburg-Syndrom überfiel ihn. Er stürzte ins Badezimmer und erbrach sich. Kalter Schweiß stand auf seiner Stirn. Er atmete tief durch, trank ein Glas Wasser und setzte sich im Wohnzimmer in den geblümten Sessel am Fenster. Als sein Herz wieder ruhiger schlug, zündete er sich eine Zigarette an. Am anderen Morgen war der Aschenbecher voll.

## In der Tinte

*Die Technik des Schreibens von Kurzgeschichten ist eine schwer erlernbare Kunst. Ich muß ungefähr hundert Geschichten geschrieben haben, bevor ich sie beherrschte.*

Edgar Wallace, »People«

Edgar saß tief in der Tinte. Vor seiner Abreise nach Afrika hätte ihn jedes große Londoner Journal lieber früher denn später eingestellt. Nun druckten selbst die unbedeutenden Blättchen weit ab von der Fleet Street nur selten einen Artikel von ihm ab. Kein zurechnungsfähiger Zeitungsverleger mochte das Risiko übernehmen, einen der nachlässigsten Journalisten des Landes fest zu beschäftigen.

Zum beruflichen Ärger kamen die häuslichen Spannungen. Ivy hatte sich zwar nach ihrer schlimmen Entgleisung bei ihm entschuldigt. Die bösen Worte seien unbedacht gewesen. Den tiefen Riß, der zwischen ihnen entstanden war, konnte sie nicht mehr kitten.

Dieses ohnehin schon angespannte Verhältnis verschlechterte sich durch die wachsende materielle Not. Edgar verdiente wochenlang so gut wie nichts. Er versetzte nach und nach im Pfandhaus all ihre gemeinsamen Wertgegenstände: Seine goldene Uhr, Ivys Schmuck, ihren Pelzkragen und zuletzt die Eheringe. Die unbezahlten Rechnungen stapelten sich. Der Lebensmittelhändler und der Milchmann wollten nicht mehr liefern, die Kohlenhandlung hatte ihn verklagt, und Ryday Montgomery, der Gerichtsvollzieher, kam fast täglich auf eine Tasse Tee vorbei.

Der soziale Abstieg begann schleichend, nahm langsam an Tempo zu und wurde immer bedrohlicher, als sie die Wohnung am Elgin Crescent nicht mehr halten konnten. Mit dem Umzug der Familie aus der großen und bequemen Wohnung im Londoner Westen in eine viel kleinere Behausung im Osten nahm der Niedergang dramatische Formen an. Die Unterkunft am Tressillian Crescent 6 in Brockley schien die letzte oder vorletzte Zwischenstation vor dem völligen Absturz zu sein.

Edgar – ganz im Gegenteil zu Ivy, die immer vergrämter wirkte – ließ sich davon nicht irritieren. Sein grenzenloser Optimismus war ungebrochen. Er arbeitete fleißig und schrieb Dutzende Geschichten, Novellen und Kurzromane, die er regelmäßig an alle ihm bekannten Verlage schickte. Ebenso regelmäßig bekam er die (zumeist ungelesenen) Manuskripte mit nichtssagenden Begleitzeilen versehen zurück.

Die häusliche Lage gestaltete sich immer schwieriger. Wie sich ein Segelschiff bei stürmischer See ächzend und knarrend von Wellental zu Wellenkamm kämpft, so herrschte zwischen den Eheleuten ein ständiges Auf und Ab. Als sichtbare Folge eines intensiveren Versöhnungsversuchs war die kleine Patricia Marion Caldecott Wallace geboren worden. Edgar hatte nun zwei schreiende Kinder und eine verhärmte Ehefrau im Haus, die ihn mit ihrem Lärm immer wieder aus seinen geistigen Höhenflügen auf den harten Boden der Realität zurückholten.

Schriftsteller arbeiten bekanntlich recht unterschiedlich. Manche brauchen laute Betriebsamkeit um sich und können nur in Kaffeehäusern dichterisch tätig sein. Andere benötigen absolute Ruhe und Einsamkeit. Wieder andere sind auf ständige Zwiesprachen mit einem wie auch immer gearteten Medium angewiesen. Edgar war im Sternzeichen des Widder geboren – und sein Horoskop behauptet: Der Widder will das Beste, Schönste, Wunderbarste und Größte, er gibt sich nicht mit Halbheiten zufrieden. Er war ein Nachtmensch, der kannenweise Tee trank, wie ein Schlot rauchte und nicht vor dem Morgengrauen zu Bett ging. Als Folge seiner Malaria-Erkrankung liebte er stark überhitzte Räume, in denen er – mit einem seidenen Morgenmantel und bequemen Pantoffeln bekleidet – auf und ab zu spazieren pflegte, dabei laut diktierte und beim Sprechen den erzählerischen Faden weiterspann.

Doch nun waren Holz und Kohlen knapp, am Licht mußte gespart werden –, und niemand konnte sein Diktat aufnehmen. Edgar begann wundergläubig zu werden und versuchte sich im sogenannten Bibelstechen. Dazu legte er die Heilige Schrift vor sich auf den Tisch, blätterte mit geschlossenen Augen eine Seite auf und piekte mit einer Stecknadel hinein. »Diesen Jüngling führe hin zu dem Oberhauptmann, denn er hat ihm etwas zu sagen«, las er in der Apostelgeschichte und deutete den Satz als untrügliches Zeichen, daß er bald berühmt werden würde.

Etwas Verrücktheit hat noch keinem geschadet, denn Genie und Wahnsinn liegen dicht beieinander. Einem ähnlichen Omen entnahm Edgar, daß nunmehr die Zeit gekommen sei, wieder Romane zu schreiben. Auf diese Weise entstanden zwei Krimis *(The Council of Justice,* eine Fortsetzung der *Vier Gerechten;* sowie *Angel Esquire – Der Safe mit dem Rätselschloß),* eine Rennbahnnovelle *(Captain Tatham of Tatham Island)* und eine Gesellschaftssatire *(The Duke in the Suburbs).*

Vielleicht muß man eine Sache nur intensiv genug betreiben, damit irgendwann etwas daraus wird. Plötzlich, wie über Nacht, gab es mehrere Interessenten gleichzeitig. Die lange Durststrecke war zu Ende. Der Verlag Arrowsmith von Simpkin Marshall nahm den Titel *»Angel Esquire«* in sein Programm auf, Gale & Polden interessierten sich für die Novelle, und Ward Lock verlegte die beiden anderen Bücher.

Alle drei Verlage waren sehr klein, die Auflagen unbedeutend und die Honorare kaum der Rede wert. Edgar erhielt pro Band ein Pauschalhonorar zwischen 60 und 75 Pfund für sämtliche Rechte. Er war weder am Umsatz noch an den Nachauflagen beteiligt.

1910 erschien bei Ward Lock der Kriminalroman *»The Nine Bears«.* Edgar hielt nunmehr die Zeit für gekommen, als hoffnungsvoller Hausautor endlich persönlich mit dem Verlagsleiter zu sprechen. Doch er überschätzte sich und seinen neugewonnen Ruf. Der magere Erfolg von einigen dünnleibigen Groschenromanen öffnete ihm noch keine Türen zu Direktorenbüros. Edgar kam bei Ward Lock noch nicht einmal über das Vorzimmer hinaus. Das sollte sich als Glücksfall erweisen.

Hinter einem zerschrammten Schreibtisch aus mindestens dritter, vielleicht sogar vierter Hand, auf dem sich verstaubte Papierberge in die Kreuz und in die Quere türmten, hockte ein dicke pfeiferauchende Frau mit gespachteltem Make up und winzigen Kräusellöckchen. Sie sprach mit tiefer Stimme: »Sie sind Edgar Wallace, ja, der Seifenpapst? Ich bin Isabel Thorne, Lektorin für sogenannte spannende Literatur in diesem Saftladen hier. Sie wollen mehr Geld?«

Edgar versuchte sie zu unterbrechen: »Ich ...«

»Vergessen Sie es, Sie bekommen keins. Wir haben inzwischen drei Bücher von Ihnen verkauft, mehr schlecht als recht. Die Leute stehen nicht gerade Schlange nach Ihren Schmökern, glauben Sie mir. Einen vierten Versuch wird es nicht geben. Drittklassige Schreiberlinge von Ihrem Format gibt es wie Sand am Meer. Meister, Sie sind ausgebrannt, leergeschrieben. Machen Sie Urlaub, fahren Sie ans Meer. Lassen Sie sich frühestens in einem Jahr wieder hier blicken. Bis dahin verschwinden Sie. Also raus hier, ich habe zu tun.«

Edgar lief puterrot an. Ihm, der keinesfalls auf den Kopf gefallen war, verschlug es bei soviel Frechheit die Sprache. Er stammelte: »Das ist doch ... Ich sollte ... Ich werde ...«

Isabel Thorne lachte grollend: »Das war doch nur Spaß, Mann. Setzen Sie sich. Wollen Sie einen Whiskey? Extrem guter Rachenputzer, wird – glaube ich – aus Kartoffeln und Terpentin gebraut.«

Edgar winkte ab. Er war noch immer fassungslos. Die ungeordneten Gedanken in seinem Kopf schlugen Purzelbäume.

»Nein? Auch gut. Ich hasse Alkohol. Alle Schriftsteller saufen. Am Anfang saufen sie, um eine Inspiration zum Schreiben zu bekommen. Dann saufen sie, um das furchtbare Elend aus ihrem Kopf zu verdrängen, das ihnen erst durch ihre Inspiration gewahr wurde. Zum Schluß saufen sie, weil sie das Elend tatsächlich vergessen haben, aber ohne Stoff nicht mehr schreiben können.«

Die Antialkoholikerin nahm einen tiefen Zug aus der grünen Flasche ohne Etikett, verdrehte verzweifelt die Augen und hustete. »Igittigitt, pfui Teufel, wenn das ein vorzüglicher Schnaps sein soll, wie mag dann schlechter schmecken? Nun gut, wo waren wir stehengeblieben? Ach ja, es fällt mir wieder ein. Ihre Bücher sind minderwertiger Mist, Mister. Haben Sie nichts Besseres auf Lager? Etwas Exotisches? Ferne Länder, fremde Sitten? Jules Verne für Arme? Hm?« Sie piekste ihm mit dem ausgestreckten Zeigefinger zwischen die Rippen.

Edgar hatte sich inzwischen gefaßt und beschlossen, auf das Spiel einzugehen. Er kicherte gekünstelt und wand sich wie ein Aal. »Ich nahm ein paar Jahre in Südafrika am Krieg teil, aber das interessiert heutzutage wohl keinen mehr. Im Kongo war ich auch. Dort habe ich viel über das Leben der Eingeborenen erfahren.«

»Ha, wußte ich es doch!« Isabel Thorne schlug mit der flachen Hand klatschend auf den Schreibtisch, daß eine Staubwolke aufstieg. »Gleich beim erstenmal, als ich Ihr geistloses Gestammel lesen mußte, dachte ich mir, der Junge stellt sich nur so blöd an. Der hat in Wirklichkeit mehr auf der Pfanne. Und jetzt stellt sich heraus, die Pflaume besitzt Talent! Eine Serie von Afrika-Büchern, das wird der Kracher. Weißer Massa streichelt krauses Kaffern-Köpfchen und bringt den heidnischen Hottentotten Kultur und Bildung bei. Genial! Die Leser werden es lieben! Die Leser werden Sie lieben! Wann ist das erste Buch fertig?«

Edgar überlegte einen Augenblick. »Wenn ich vierzig Pfund Vorschuß bekomme, in sechs Wochen!«

Isabel Thorne entgegnete stirnrunzelnd: »Die Botschaft hör ich wohl, allein mir fehlt der Glaube. Zehn Pfund und vierzehn Tage.«

»Dreißig Pfund und fünf Wochen«, konterte Edgar.

»Fünfzehn Pfund und drei Wochen«, bekam er den Ball zurück.

*Edgar Wallace beim Pferderennen*

»Zwanzig Pfund und vier Wochen«, pokerte er weiter.

»Okay«, schrie Isabel Thorne begeistert. »Hier haben Sie einen Prolongationswechsel, zwar nicht mehr taufrisch, aber immer noch gültig – also fast so gut wie bares Geld. Und nun keine Sekunde gezögert. Ich habe Sie gekauft, Sie sind mein weißer Sklave. An die Arbeit, hisch, hasch, hurtig. Wir machen es folgendermaßen: Sie liefern mir ein gutes Dutzend Geschichten, die einzeln lesbar sind, aber erst im Zusammenhang einen tieferen Sinn ergeben. Unser Verlag gibt nämlich die berühmte Wochenzeitung *Weekly Tale Teller* heraus. Schon davon gehört? Nein? Macht nichts, Sie werden sie mögen. Dort testen wir die Storys. An den Leserbriefen merken wir sehr schnell, ob Ihr moderner ›Robinson Crusoe trifft Onkel Tom‹ dem Volk gefällt. Wenn ja, kommt bei Ward Lock, sobald die Serie abgeschlossen ist – zack – das Buch auf den Markt, und – zack – beginnt im *Weekly Tale Teller* die nächste Fortsetzungsreihe von dummen Mohren-Geschichten. Und nun lächeln Sie, Mann! Sie werden berühmt! Bald sind Sie der Beste, der Größte, der Schönste! Geben Sie sich Mühe! Sie halten Ihre Zukunft in der Hand.«

Edgar war zu aufgekratzt, um gleich nach Hause zurückzukehren. Der Tag mußte würdig begangen werden. Er machte deshalb vor der Heimfahrt noch einen raschen Abstecher zum Rennplatz. Im ersten Lauf ging er auf Nummer sicher. Er setzte fünf Pfund auf den Favoriten *Sommerwind.* Die Quote stand bei 1:2. *Sommerwind* ging als Dritter durchs Ziel.

Im zweiten Rennen versuchte Edgar den Verlust wettzumachen, indem er weitere fünf Pfund bei einer Quote von 1:5 auf *Diamant* plazierte. *Diamant* wurde Vierter.

Nun war guter Rat teuer. Die Hälfte des kleinen Kapitals war bereits dahingeschmolzen. Edgar kaufte sich eine Rennzeitung und suchte nach einem Orakel. Er überflog die Tabellen und Artikel. Nichts. Als er die siebte Seite aufschlug, bemerkte er das flammende Zeichen auf den ersten Blick. Deutlicher konnte der Wink des Schicksals nicht sein: Im vierten Rennen lief das Pferd *Aladin* unter der Startnummer Eins. Der Jockey hieß mit Vornamen Harry, mit Nachnamen Gabel, und der Züchter war ein gewisser Lord Esmerald. Startnummer Eins im vierten Rennen ergab den ersten April. Die Anfangsbuchstaben von Roß, Reiter und Stallbesitzer bildeten nach ihrer Stellung im Alphabet die Jahreszahl 1875. Der 1.4.1875 war exakt sein Geburtsdatum!

Die Frage war nur: Wie sollte er setzen? Auf Platz oder auf Sieg? Vernunft oder Habgier, wofür sollte er sich entscheiden? Ach was, dachte sich Edgar, alles oder nichts. »Acht Pfund auf Sieg für *Aladin* im vierten Rennen«, orderte er am Turfschalter sein Ticket.

Auf dem Heimweg überrechnete er mit leichtem Druck auf dem Magen, daß die Familie bei geschickter Haushaltsführung durchaus vierzehn Tage lang mit zwei Pfund auskommen konnte. Wenn die beiden Ausrutscher im ersten und zweiten Rennen nicht gewesen wären, hätte er die gesamten 18 Pfund auf Platz setzen können und sicher gewonnen. So ein unverdientes Pech! Fast hätte ihn der schillernde Mantel von Fortuna gestreift. Schließlich war der blöde Gaul erst in der Zielgeraden aus dem Tritt geraten. Zu schade aber auch, die Quote für *Aladin* hatte bei 1:100 gelegen.

## Dr. Crippen an Bord

> *Man schickte mich nach Ascot. Ich sollte einen Bericht über das Rennen um den »Königlichen Jagdbecher« schreiben. Ich hatte eine Freikarte und einen goldenen Sovereign in der Tasche. Ich kam mit elfhundert Pfund Sterling und derart guter Stimmung über meinen Erfolg beim Wetten zurück, daß ich meine Pflicht als Journalist vergaß. Um Mitternacht, bei Champagner und Porter-Bier im Presseklub, wurde ich daran erinnert, daß ich noch eine Spalte zu schreiben hätte.*
>
> Edgar Wallace, »People«

Edgars wöchentlich erscheinende Afrika-Geschichten sprachen sich bald im Mikrokosmos der Londoner Pressewelt herum. Das Eis begann zu brechen. Das erste ernsthafte Angebot kam vom »Standard«. Edgar nahm es sofort an. In der Lokalredaktion verfaßte er wie in alten

»Daily Mail«-Zeiten Gerichtsberichte; er schrieb über alle bedeutsamen (und auch die weniger wichtigen) Ereignisse am Königshof und redigierte zusätzlich eine Seite über Pferderennen.

In seiner Eigenschaft als Sportredakteur saß er nur selten am Schreibtisch, sondern war überall vor Ort zu finden. Er reiste freiwillig nach Ascot oder Newmarket und pflegte sich ausführlich mit Jockeys, Trainern sowie Rennstallbesitzern zu unterhalten. Infolge dessen konnte er die Qualitäten und Tagesformen vieler Pferde recht genau einschätzen und seinen Lesern zwar simple, dafür umso sicherere Tips geben. Bald galt Edgar Wallace als einer der profiliertesten Londoner Experten auf dem Gebiet des Pferderennsports. Sein journalistischer Marktwert stieg wieder.

Nach und nach interessierten sich andere Redaktionen für ihn. Die lukrativste Offerte kam von der neugegründeten »Evening Times«. Charles Watney, der frischgebackene Chefredakteur, ein sprachtalentierter ehemaliger Auslandskorrespondent der »Daily Mail«, versammelte ausschließlich Spezialisten der verschiedensten Genre um sich. Er bot ihm die Position eines Star-Reporters sowie eine eigene »Renn-Seite« an und gab ihm darüber hinaus freie Hand für andere Unternehmungen.

Edgar verließ den »Standard«, bezog sein neues Büro bei der »Evening Times«, gründete im Überschwang der Gefühle zwei eigene Turfzeitungen (die »Bibury's« und die »R. E. Walton's Weekly") und schrieb regelmäßig Rennberichte für »The Weekend Racing Supplement«, ein Tochterunternehmen der »Evening Times«. Nebenbei verfaßte er wöchentlich eine Fortsetzung seiner Afrika-Geschichten, arbeitete an einem Buch über den Burenkrieg, dichtete an mehreren Kriminalromanen gleichzeitig und entwarf frivole Kabarettexte. Außerdem verbrachte er viele Stunden in Kaffeehäusern, im Theater, in der Oper und im Presseclub – am liebsten umgeben von schlanken jungen Damen in figurbetonten Kleidern.

Edgar Wallace war ein Mann mit scharfem Verstand, und er war inzwischen zu einem wirklich guten Journalisten herangereift. Er konnte eine Fünfzehn-Zeilen-Meldung aus dem Stand heraus so paßgerecht diktieren, daß beim Andruck keine einzige Silbe mehr korrigiert werden mußte. Aber er hatte sich viel zu viel aufgebürdet. Jeder andere Mensch wäre unter dieser enormen Last zusammengebrochen. Edgar trat jedoch nicht kürzer, sondern verfiel in alte Fehler und begann zu schludern. Er verpaßte wichtige Abgabetermine und mußte häufig unter Zeitdruck stehende Seitenredakteure, erboste Herausgeber und verzweifelte Lektoren vertrösten. Das schlimmste jedoch war, daß die Qualität seiner journalistischen und literarischen Produkte bedenklich nachließ.

So schwer sich ein Journalist seinen guten Ruf erarbeiten muß, so rasch kann er ihn wieder verspielen. Zuerst bekam Edgar in der eigenen Redaktion unangenehme Worte zu hören. Seine Kollegen bei der »Evening Times« beschwerten sich schließlich beim Chefredakteur, weil sie keine Lust mehr hatten, sämtliche Routinearbeiten alleine erledigen zu müssen, unterdessen er sich als Fürst der Rennplätze feiern ließ.

Als nächstes pfefferte ihm Isabel Thorne eine Afrika-Geschichte wütend vor die Füße: »Flüchtig hingeschmiert, saftlos, dritter Aufguß. Noch so eine Gurke, und du bist draußen, Schätzchen!«

Auf dem Rennplatz waren ihm mehrere hohe Wetten (die er entgegen den eigenen Ratschlägen plaziert hatte) geplatzt; und Albert de Courville, der verschiedene von Edgars Sketchen in den Varietéprogrammen des »Chelsea Palace« und vom »West-End-Theater« untergebracht hatte, ließ sich verleugnen.

Auch zu Hause gab es nicht mehr viel zu lachen. Er war aus dem ehelichen Schlafzimmer verbannt worden und mußte auf dem Sofa schlafen. Ivy hatte ihm mehrere furchtbare Szenen gemacht, weil er etliche Male nach durchzechten Nächten mit offener Hose und Lippenstift am Kragen heimgekehrt war.

Den Rest bekam er, als er versuchte, über Nacht reich zu werden. Sein Wohnungsnachbar, der ehemalige Methodistenprediger Spencer Finch, ein graumelierter, würdevoller Herr, hatte in Übersee das amerikanische Patent für ein – nach seinen Worten – absolut wirkungsvolles Heil- und Rheumapflaster gekauft und suchte einen stillen Teilhaber. Edgar borgte sich so viel Geld, wie er auftreiben konnte, und steuerte dem Unternehmen 500 Pfund bei. Spencer Finch errechnete aus dem voraussichtlichen Umsatz die Gewinnmarge, die Provision, die Zinsgutschrift sowie den Bonus für das kommende Jahr, unterzeichnete den Beteiligungsvertrag, strich das Startkapital ein – und ward nie wieder gesehen.

Edgar kaute sich die Fingerspitzen blutig. Er brauchte dringend einen zündenden Einfall, der ihm aus der Patsche half. Am 23. Oktober 1910 ging er einer sehr seltenen Beschäftigung nach: Er las seine eigene Zeitung von vorne bis hinten. Und plötzlich hatte er eine – wie er meinte – geniale Idee.

Zum besseren Verständnis müssen wir die Zeit erneut etwas zurückdrehen. Vor einem dreiviertel Jahr war Dr. Hawley Harvey Crippen, der Leiter von Mynyons Werbeabteilung für rezeptpflichtige Präparate in London, auf die äußerst unkluge Idee gekommen, seine Frau Cora umzubringen. Am 31. Januar 1910 hatte er ihr eine Überdosis des Beruhigungsmittels Hyoscinhydrobromid in den Schlaftrunk gemischt, von dem sie nicht wieder erwachte. Dann schleppte er die Leiche ins Badezimmer und machte sich an eine Arbeit, die ihm als Mediziner bestens bekannt war. Kunstgerecht entfernte er die Knochen, die Glieder, den Kopf sowie einige der inneren Organe und verbrannte sie nach und nach im Küchenherd. Den Rest vergrub er im Keller. Für das plötzliche Verschwinden seiner Gattin legte er eine plausible Erklärung vor: Sie sei in die USA gereist, um Verwandte zu besuchen und in Los Angeles an den Folgen einer Lungenentzündung gestorben.

Die Polizei wurde dennoch mißtrauisch, und Dr. Crippen ergriff gemeinsam mit einer gewissen Ethel LeNeve die Flucht. Am 20. Juli 1910 bestieg er in Antwerpen mit seiner als Mann verkleideten Freundin den Dampfer »Montrose« nach Quebec. Erstmals nutzte Scotland Yard die drahtlose Telegrafie, um den flüchtenden Mörder zu fassen. Dem Kapitän der »Montrose« kam etliches am Verhalten eines »Mr. Robinson« und dessen Sohn merkwürdig vor. Schließlich sendete er den berühmt gewordenen Funkspruch »Dr. Crippen an Bord!«.

Dr. Crippen wurde verhaftet und nach Großbritannien zurückgebracht. Am 18. Oktober 1910 begann der Prozeß, der weltweit gewaltiges Aufsehen erregte. Dr. Crippen leugnete bis zuletzt. Doch als sich die Geschworenen am 22. Oktober zur Beratung zurückzogen, fällten sie anhand der belastenden Indizien – z. B. hatte der Angeklagte keine vernünftige Erklärung für die in seinem Keller vergrabenen Leichenteile gewußt – nach nur 27 Minuten das Urteil: »Schuldig!«

Am 23. November 1910 sollte Dr. Crippen gehängt werden. Alle Zeitungen stellten in ihren Kommentaren immer wieder die Frage: Hat Dr. Crippen seine Frau Cora tatsächlich umgebracht, oder liegt ein Justizirrtum vor?

Edgar überlegte. Ein Geständnis des Mörders auf der Titelseite der »Evening Times« würde die Zeitung mit einem Schlag zum auflagenstärksten Blatt Londons machen und ihn aller finanziellen und sonstigen Sorgen entledigen. An Dr. Crippen in der Todeszelle war kein Herankommen. Aber es gab noch gewisse andere Möglichkeiten ...

Edgar Wallace besuchte Arthur Newton, den glücklosen Verteidiger, und sagte ihm auf den Kopf zu, was er dachte: »Sir, Sie stehen vor einem riesengroßen Problem. Sie waren auf eine gigantische Goldader gestoßen, aber sie konnten sie nicht ausbeuten. Der Fall des Dr. Crippen hätte sie zum berühmtesten Strafrechtler Großbritanniens machen können – nun zieht er sie hinab in die Gosse. Die Öffentlichkeit mag keine Verlierer. Sie werden sich den Rest Ihrer Tage damit begnügen müssen, kleine Ganoven zu vertreten, denn kein zweiter Mordbube, dem etwas an seinem Leben liegt, wird Ihnen seinen Kopf anvertrauen.«

Arthur Newton, ein noch junger Anwalt mit schütteren blonden Haaren, ungesunder Gesichtsfarbe und ständig feuchten Händen, seufzte: »Wenn ich Sie nicht aus dem Gerichtssaal kennen würde, Wallace, wäre unser Gespräch an diesem Punkt bereits beendet. Aber ich denke, Sie haben sich nicht auf den Weg gemacht, um mich zu beleidigen, sondern um mit mir gewisse Möglichkeiten zu diskutieren.«

»In der Tat, so ist es. Sie sind ein scharfsinniger Mann, Herr Anwalt. Besorgen Sie mir das Geständnis von Dr. Crippen! Es soll Ihr Schade nicht sein.«

Arthur Newton sagte nicht Ja und sagte nicht Nein. »Dr. Crippen ist ein schwieriger Charakter mit wenig Sinn für Humor. Sie wissen ja, ein Mensch ohne Kopf bleibt sein Lebtag ein Krüppel. Deshalb spielt Geld für ihn keine große Rolle mehr. Und wie Sie soeben weise bemerkten, ist sein Vertrauen in die Vernunft meiner Ratschläge erschüttert. Bedenken Sie nur, diese törichte Person hat es abgelehnt, in Berufung zu gehen! Stattdessen sitzt der Doktor heulend auf der Pritsche seiner Zelle und sabbert stumpfsinnig vor sich hin: ›Es hat ja doch keinen Zweck mehr.‹ Wie soll ich ihn da überreden, etwas zum Nutzen und Frommen Ihres geschätzten Blattes zu unternehmen? Das einzige, was ihm wirklich noch am Herzen zu liegen scheint, ist das Wohlergehen seiner süßen Ethel, dem geliebten Schätzchen.«

»Dann setzen Sie dort Ihren Hebel an, verehrter Barrister«, schlug Edgar vor.

Der Anwalt entgegnete spitz: »Ich besitze das Mandat von Fräulein LeNeve nicht, mein Bester.«

In dieser Weise ging es munter fort. Die Verhandlungen zogen sich über zwei Tage hin und wurden in der letzten Phase von Charles Watney, dem Chefredakteur, persönlich geführt. Arthur Newton änderte fast stündlich seine Meinung. Sie schwankte zwischen absoluter Ablehnung des Projekts und völlig überzogenen Wertvorstellungen. Schließlich einigten sie sich auf 500 Pfund für einen von Dr. Crippen unterzeichneten Exklusivbericht.

Am Abend des 22. November überbrachte ein Kurier das schriftliche Geständnis. »Sie dürfen den Text verändern, wie Sie wollen. Es gibt nur eine Bedingung«, sagte der Bote und nahm das Geld in Empfang: »der Name von Anwalt Newton darf nicht genannt werden.«

Edgar Wallace erhielt den Auftrag, das Bekenntnis von Dr. Crippen als Aufmacher für die Seite eins umzuarbeiten. Genüßlich schwelgte er in den blutigen Einzelheiten. Obwohl auf dem Manuskript die Unterschrift des Todeskandidaten fehlte, behauptete er kühn: »Diese Lebensbeichte stammt aus der Feder von Dr. Hawley Harvey Crippen persönlich. Er hat sie gegengezeichnet, die Redaktion der ›Evening Times‹ verbürgt sich für die Authentizität.«

Am 23. November 1910, zwei Stunden nach der Hinrichtung von Dr. Crippen, erschien die Sonderausgabe der »Evening Times«. Die Menschen standen Schlange. Die Druckmaschinen liefen heiß. Bis zum Abend wurde die gigantische Zahl von einer Million Exemplaren verkauft. In der Redaktion herrschte gewaltiger Jubel, der nur vom Ploppen diverser Sektflaschen unterbrochen wurde.

Am übernächsten Morgen setzte der Katzenjammer ein. Die anderen großen Zeitungen hatten inzwischen alle Verbindungen spielen lassen, ihre fähigsten Reporter auf die Spur gesetzt und auf diese Weise schnell herausgefunden, daß Dr. Crippen in der Todeszelle weder einen Journalisten empfangen, noch irgendwelche Schreiben verfaßt hatte. Die »Daily Mail« beispielsweise zitierte den Gefängnisdirektor von Pentonville persönlich als absolut vertrauenswürdigen Gewährsmann: »Dr. Crippen hat geschwiegen bis ins Grab.« Daraus folgte logischerweise, daß sein Geständnis in der »Evening Times« frei erfunden gewesen sein mußte.

Charles Watney hetzte zu Arthur Newton. Doch der Winkeladvokat bestritt energisch, einen Sendboten in die Redaktion geschickt zu haben: »Sicherlich, gewiß, gewiß, wir haben andeutungsweise im Vorbeifliegen über verschwommene Möglichkeiten gesprochen. Doch da der bedauernswerte Dr. Crippen seine Mitarbeit ausdrücklich verweigerte, konnte aus dem vagen Projekt nichts werden. Sollte also mein Name in Verbindung mit Ihrem Ausfluß überschäumender Phantasie, in dem, wie sich leicht überprüfen läßt, nicht einmal die wichtigsten Fakten stimmen, genannt werden, ist Ihnen eine Verleumdungs- und Schmerzensgeldklage gewiß, die sich gesalzen hat! Und nun dürfen Sie sich entfernen, Sir. Dort ist die Tür!«

Das Verhängnis nahm seinen Lauf. Die »Evening Times« wurde von den Konkurrenzblättern als Lügenpresse diffamiert und konnte sich nicht wehren. Die Verkaufszahlen sanken von einem Tag auf den anderen um 50 000 Stück auf die Hälfte der normalen Auflage. Mehrere große Anzeigenkunden zogen sich zurück, und die Kapitaleigner der »Evening Times« versuchten, ihre Beteiligungen loszuschlagen.

Um zu retten, was zu retten war, kauften die Mitarbeiter die meisten Anteile ihrer Zeitung auf und reduzierten ihre Gehälter auf einen Minimalverdienst von zwölf Pfund im Monat. Für Edgar Wallace, den offiziell inoffiziellen Erfinder der getürkten Mörderbeichte, stand trotz des Hungerlohns ein Wechsel zu einer anderen Zeitung nicht zur Debatte. Er mußte froh sein, bei der »Evening Times« weiterarbeiten zu dürfen.

Doch alle Anstrengungen der Journalisten blieben vergebens. Die Zeitung siechte über Wochen und Monate mit zu geringer Auflage und zu wenigen Anzeigenkunden dahin. Alle Versuche von Charles Watney, neues Kapital zu beschaffen, schlugen fehl. Am 25. April 1912 endete der verzweifelte Überlebenskampf. Die Druckmaschinen wurden ein für allemal abgestellt.

Für Edgar brach damit sein mühsam errichtetes Kartenhaus zusammen. »The Weekend Racing Supplement« konnte sich als Tochterunternehmen der »Evening Times« keinen Tag länger halten. Auch seinen eigenen zarten Pflänzchen, den beiden Turfzeitungen, war damit die lebensnotwendige Informationszufuhr abgeschnitten. Da die Rennblätter »Bibury's« und »R. E. Walton's Weekly« zu wenig einspielten, um Nachrichten kaufen oder weitere Mitarbeiter bezahlen zu können, er allein jedoch unmöglich alle Themen bedienen konnte, kollabierten sie ebenfalls.

## Die letzte Fahrt des Thronfolgers

*Chefredakteur Arthur Binstead, genannt Pitcher, lief über den Flur. Ihm begegnete der Botenjunge, welcher auf einem Tablett ein Glas Milch trug. »Wohin kommt das Zeug?« wollte er von ihm wissen.*
*»Es ist für Mister Wallace«, entgegnete der Bursche.*
*»Mein Gott, ist der noch nicht entwöhnt?« fragte Pitcher verwundert.*

Edgar Wallace, »People«

Edgar Wallace befand sich in einem inneren Zwiespalt. So sehr ihn der Zusammenbruch der »Evening Times« bestürzte, umso mehr fühlte er sich erleichtert, daß er nun endlich genügend Zeit für eigene Projekte fand und sich nicht mehr in den zermürbenden Alltag einer Zeitungsredaktion einfügen mußte. Sicherlich, die Einkünfte flossen wieder spärlicher. Aber Zeit seines Lebens hatte er sich in Geldnöten befunden. »Ich denke nicht daran, den Gürtel enger zu schnallen. Wenn ich auf etwas solange warte, bis ich es mir leisten kann, werde ich es nie bekommen«, lautete seine Devise. Dahinter verbarg sich eine bemerkenswerte Theorie über den Umgang mit Finanzmitteln: Einer, der sich ständig Sorgen macht, wird von ihnen erdrückt. Wer hingegen leicht und locker an die Sache herangeht, findet in der größten Not schließlich eine neue Quelle, aus der frisches Geld sprudelt.

Nun wird diese hübsche These in zahllosen Fällen von der Praxis erschlagen, im Falle des Lebenskünstlers Edgar Wallace funktionierte sie mehr oder weniger. Zum einen hatte er tatsächlich genug zu tun: Neben zahlreichen Geschichten und Zeitungsaufsätzen erschienen 1912 von ihm zwei Bücher, 1913 waren es schon drei und 1914 gar sechs. Zum anderen tat sich für ihn immer dann, wenn es nicht mehr weiter gehen wollte (weil die Honorare aufgebraucht und die Vorschüsse verpulvert waren), irgendwo eine neue Verdienstmöglichkeit auf.

So wurde Edgar in kurzen Abständen Chefredakteur bei den »Ideas« und Chef vom Dienst beim »Story Journal«. Den steilen Karrieren folgten rasche Abstürze. Anfänglich waren die Kollegen und Herausgeber von seinem Ideenreichtum, seiner Spontanität und seiner journalistischen Perfektion begeistert. Diese Welle der Euphorie ebbte jedoch sehr schnell ab, sobald es sich herausstellte, daß er für die alltäglichen Routinearbeiten keinerlei Interesse zeigte, sondern sich statt dessen (natürlich während der Arbeitszeit und auf Redaktionskosten) mit eigenen Projekten beschäftigte. Aber Genies widerstreben allen Normen. Würden sie sich wie andere Leute auch verhalten, könnten sie vermutlich keine Geistesriesen sein.

Zu diesem Zeitpunkt ereignete sich in Bosnien-Herzegowina, einem staubigen, zurückgebliebenen Landstrich, den die meisten Menschen noch nicht einmal vom Hörensagen kannten, ein Mordanschlag: Am 28. Juni 1914 fuhr Franz Ferdinand, der Erzherzog von Österreich-Este, nebst seiner Gemahlin, der Gräfin Sophie Chotek, in einem offenen Wagen durch Sarajewo. Der Thronfolger trug einen Uniformrock mit hoher Kappe, während sich seine Gattin mit einem großen weißen Hut, Halbschleier und Blumenbukett schmückte. Für die Fahrt gab es mehrere Gründe. Erstens hatte Franz Ferdinand gerade nichts Besseres zu tun. Bei Hofe konnte ihn niemand leiden und seine Frau noch viel weniger, da sie trotz ihrer adeligen Herkunft aus schwer nachvollziehbaren Gründen als nicht standesgemäß galt. Zweitens sollten die Bosnier in ihrem zurückgebliebenen Provinznest von dem strahlenden Glanz der durchlauchtigen k. und k. Hochwohllöblichkeiten geblendet werden. Drittens handelte es sich schlichtweg um eine Präsentation der Macht gegenüber rebellischen Südslawen.

Trotz massiver Attentatsgerüchte traf man nur äußerst mangelhafte Sicherheitsvorkehrungen. Ein schneidiger Offizier hatte vor separatistischen Hinterwäldlern mit vorsintflutlichen Steinschloßbüchsen keine Angst zu zeigen. Dem bosnischen Gymnasiasten Gavrilo Princip, einer halben Portion mit irrem Blick und wirren Ansichten, gelang es deshalb, sich an den Posten vorbeizuschleichen. Am Straßenrand riß er eine anderthalb Kilo schwere Pistole vom Modell Borchardt mit acht Patronen des Kalibers 7,65 im Ladestreifen aus seinem Wams und drückte ab. Die Rückstoßenergie lud die Waffe automatisch nach und spannte den Hahn. Obwohl der Schüler noch nie zuvor geschossen, geschweige denn auf Menschen gefeuert hatte, gelang es ihm, mehrere Kugeln ins Ziel zu wackeln. Der Erzherzog und seine Frau starben an den Folgen der Schußverletzungen.

Princip gehörte einer Gruppe jugendlicher Separatisten an, die seit der 1908 erfolgten Annektierung Bosniens durch Österreich-Ungarn für die Unabhängigkeit ihrer Heimat kämpften. Der Attentäter konnte sofort nach dem Mordanschlag überwältigt werden, mehrere Helfershelfer wurden kurz darauf dingfest gemacht.

Normalerweise wäre die Sache damit zu Ende gewesen. Franz Joseph I., Kaiser von Österreich und König von Ungarn, hatte den Erzherzog von ganzem Herzen gehaßt, und was sich sonst so im südlichsten Zipfel der k. und k. Monarchie ereignete, spielte im Bewußtsein des 83jährigen Greises ohnehin keine große Rolle mehr. Aber der österreichische Außenminister Graf Leopold Berchthold hielt die Gelegenheit für günstig, um mittels einer geschickten Intrige ein für allemal auf dem Balkan für Ruhe und Ordnung zu sorgen. Im Nachbarstaat Serbien gab es nämlich die starke politische Bewegung der sogenannten Irredentisten, die danach strebten, einstmals nach Bosnien abgetrennte Gebiete mit einer nationalen serbischen Mehrheit wieder dem Mutterland anzuschließen. Diese Rechtsradikalen befanden sich im ständigen Konflikt mit Österreich, wurden von ihrer eigenen Regierung wohlwollend geduldet bis unterstützt und hatten im Ausland diverse Terroranschläge begangen. Das Außenministerium behauptete deshalb, ohne die Spur eines Beweises zu besitzen, die Serben seien Drahtzieher des Attentats gewesen. Am 23. Juli 1914 richtete die Donaumonarchie ein auf 48 Stunden befristetes Ultimatum an Serbien, in dem sofortige Vergeltungsmaßnahmen gegen die Anarchisten unter österreichischer Kontrolle gefordert wurden.

Obwohl Serbien fast vollständig auf die Forderungen einging, brach Österreich am 28. Juli die diplomatischen Beziehungen ab. Die k. und k. Monarchie erklärte Serbien den Krieg, da nach Ansicht der desinformierten Generalität bei einem Einmarsch in das unterentwickelte Balkanland keine ernsthafte Gegenwehr drohte.

Doch Serbien war mit Rußland verbündet. Zar Nikolaus II., ein willensschwacher und wankelmütiger Mensch, der seit 1894 mit der deutschen Prinzessin Alice von Hessen-Darmstadt verheiratet war, wußte nicht so recht, was er tun sollte. Schließlich hörte er auf die Einflüsterungen des russischen Mönchs Grigorij Jefimowitsch Rasputin, der seit 1905 als Günstling am Hofe über großen politischen Einfluß verfügte. Der Wundertäter prophezeite dem Zaren, daß sein lieber Verwandter, der deutsche Kaiser, nichts gegen ihn unternehmen werde. Nikolaus II. ordnete – um den Serben pro forma Bündnistreue zu zeigen – die Mobilmachung an.

Wilhelm II., der tatsächlich an einem guten Verhältnis zu Rußland interessiert war und eigentlich den Frieden erhalten wollte, erklärte dem Zarenreich dennoch am 1. August den Krieg – ebenfalls mehr zum Schein, wohl um in den Augen der Welt nicht als Feigling zu gelten. Als Grund für das laute Säbelrasseln nannte der Kaiser angebliche Grenzverletzungen an der Memel.

Bis zu diesem Zeitpunkt hatte es sich um eine Art riesengroßer Pokerpartie zwischen Österreich, Serbien, Deutschland und Rußland gehandelt. Keiner – außer den Waffenlieferanten und einigen Generälen – wollte tatsächlich Krieg; die Völker nicht, ebensowenig die Regierungen. Die Drohgebärden hatten Mißverständnisse hervorgerufen, denen unangemessene Reaktionen folgten. Niemand mochte sein Gesicht verlieren. Aber plötzlich glitten den Diplomaten die gezinkten Karten aus der Hand.

Wilhelm II., der zwar über prächtige Uniformen und einen gezwirbelten Schnurrbart, aber über wenig Courage verfügte, legte die Geschicke des Landes in die Hände der Obersten Heeresleitung. Damit geriet die Sache endgültig außer Kontrolle. Die hohen Militärs hatten endlich wieder ihre Daseinsberechtigung gefunden. Am 2. August marschierten die Deutschen in das neutrale Belgien ein, um auf Frankreich vorzustoßen. Paul von Hindenburg, Stabschef und späterer Oberbefehlshaber des Heeres, prägte wenig später den berüchtigten Satz: »Der Krieg bekommt mir wie eine Badekur.«

Der Erste Weltkrieg hatte begonnen. Auf der Seite Rußlands kämpften Frankreich, später Japan, Italien, Portugal, Rumänien, die USA, Kuba, Panama, Griechenland, Siam, Liberia, China, Brasilien, Guatemala, Nikaragua, Costa Rica, Honduras und Haiti. Ihnen standen die sogenannten Mittelmächte Deutschland, Österreich-Ungarn, die Türkei und Bulgarien gegenüber.

Am 4. August 1914 trat auch Großbritannien in den Krieg ein. Die Stimmung im Land war radikal umgeschlagen. Selbst glühende Pazifisten, die noch wenige Tage zuvor gegen den drohenden Völkermord demonstriert hatten, meldeten sich plötzlich freiwillig zur Armee und zogen in fast religiöser Begeisterung in den Kampf. Eine Woge nationalistischer Euphorie erfaßte die Massen. Die Lösung des Irlandproblems wurde auf später verschoben, und der Earl of Oxford and Asquith, Premierminister seit 1908, ernannte Lord Kitchener zum Kriegsminister.

Für Edgar Wallace waren die Wirkungen zunächst verhängnisvoll. Sichere Verträge wurden gekündigt oder auf Eis gelegt, die Zeitschriften kürzten ihre Honorare auf die Hälfte, und die Zukunft sah alles andere als rosig aus. Bei seinen Erfahrungen hätte Edgar sicherlich keine Probleme gehabt, für jede beliebige große Zeitung als Kriegsberichterstatter zu arbeiten, aber Lord Kitcheners Bann hing noch immer über ihm. Und solange der Sieger des Burenkrieges den höchsten Posten in der britischen Armee bekleidete, würde sich daran nichts ändern, soviel war gewiß.

Charles Hyde von der »Birmingham Post« stellte Edgar Wallace schließlich als ständigen Kommentator der militärischen Operationen auf den Schlachtfeldern ein. Er mußte alle eingehenden Meldungen studieren, sie überarbeiten, zusammenfassen, Leitartikel schreiben und Prognosen abgeben. Auf diese Weise entstanden täglich ein halbes Dutzend Beiträge. Edgar eignete sich vorzüglich für diese Aufgabe, da er die Fähigkeit besaß, unverständlichen Armeejargon in die Alltagssprache zu übersetzen, den Sinn bestimmter taktischer Manöver zu deuten und die richtigen Schlußfolgerungen daraus zu ziehen.

Als Nebenprodukt verfaßte er militärische Erbauungsbücher. Das waren hastig hingeschmierte, lieblos gedruckte und billig gebundene Heftchen zur patriotischen Erziehung mit Titeln wie »Berühmte schottische Regimenter«, »Feldmarschall Sir John French«, »Helden überall: Tapfere Taten im Krieg« sowie »Allgemeine Geschichte des Krieges«. Edgar hatte kein Problem damit. Er zerbrach sich keine Minute lang den Kopf über den Sinn des Krieges, sondern fühlte und dachte wie ein britischer Patriot.

Albert de Courville meldete sich wieder. Er benötigte vaterländisch gefärbte Kabarettexte. Schließlich übernahm Edgar zusätzlich die Funktion des stellvertretenden Schriftleiters bei der »Town Topics«, einem Klatsch- und Tratsch-Magazin für Männer. Wieder einmal hatte er mehr zu tun, als er beim besten Willen schaffen konnte.

Um besser arbeiten zu können, mietete er eine zweite Wohnung in unmittelbarer Nähe der Baker Street am Clarence Gate, die er als Büro nutzte. Dort konnte er tagsüber ungehindert schlafen und die ganze Nacht umherwandern, rauchen, Tee trinken und diktieren. Er hatte sich dazu ein altes Dictaphon beschafft, das nach dem Prinzip eines Phonographen arbeitete: Ein Stift an einer Metallmembran, gegen die gesprochen wurde, ritzte mikroskopisch feine Linien in einen sich drehenden Wachszylinder ein, der in einem entsprechenden Wiedergabegerät verständliche Töne erzeugte. Die besprochenen Zylinder ließ Edgar in ein Schreibbüro schaffen, wo die Aufnahmetexte innerhalb weniger Stunden – grammatikalisch und orthographisch einwandfrei – zu Papier gebracht wurden.

Da sich gewisse Rückfragen trotzdem nicht vermeiden ließen, bat Edgar eines Tages das Schreibbüro darum, ihm die beste Sekretärin ins Haus zu schicken.

Es meldete sich ein fülliger junger Mann mit rundem Gesicht, starker Brille und über die Glatze gekämmten Haaren: »Mein Name ist Robert Curtis. Ich bin der britische Vorjahressieger im Maschineschreiben.«

Edgar ließ sich einige Proben seines Könnens zeigen. Von diesem Tage an arbeitete Mr. Curtis fast ausschließlich im Clarence Gate – bis er sich freiwillig zum Armeedienst verpflichtete.

Edgar hatte sich inzwischen derartig an einen ständigen Mitarbeiter gewöhnt, daß er nicht mehr wußte, wie er ohne eine solch zuverlässige Hilfe auskommen sollte. Wieder telefonierte er mit dem Schreibbüro. Diesmal erschien ein sehr junges, sehr schüchternes und völlig unscheinbares Mädchen mit Sommersprossen und einem äußerst häßlichen Hut auf dem Kopf: »Ich heiße Violet King.«

Edgar bat sie herein, nahm ihr den Mantel ab und fragte dann barsch: »Haben Sie vor, demnächst in den Krieg zu ziehen?«

Die Sekretärin stammelte: »Oh nein, Sir. Ich bin doch eine Frau.«

»Das sehe ich«, lautete die Antwort, »sind Sie schwanger?«

Miss King errötete bis an die Zehenspitzen: »Ich glaube nicht, daß sich eine solche Frage für einen Gentleman geziemt.«

»Auch gut. Welche Romane haben Sie von mir gelesen?« insistierte Edgar weiter.

»Sie schreiben Bücher? Oh, wie interessant«, erwiderte die Stenotypistin verlegen.

Edgar winkte verzweifelt ab. »Zeigen Sie mir jetzt Ihre Zeugnisse, und dann hüpfen Sie hinter die Schreibmaschine.«

Die fehlenden körperlichen Reize seiner Mitarbeiterin interessierten ihn nicht, denn bei der Arbeit wollte er seine Ruhe haben. Das Zeugnis vom Clark's Secretarial College war ausgezeichnet, und die schreibtechnischen Leistungen genügten den Anforderungen. Violet King wurde eingestellt.

# Auf dem Weg zum Gipfel

## Der Bruch

*Ich muß gestehen, daß ich niemals einen klugen Verbrecher kennengelernt habe. Die große Mehrheit war unwissend und besaß ein schlechtes Schulzeugnis. Nicht wenige standen an der Grenze zur Verblödung.*

Edgar Wallace, »People«

Im Januar 1916 erhielt die Familie Wallace, die inzwischen wieder in eine bequemere Wohnung gezogen war, Besuch von einem belgischen Flüchtling. Er hieß Jean-Pierre Moirer, stammte aus Mons, der Hauptstadt der Provinz Hennegau, war dort Mathematiklehrer gewesen und bereits Anfang August 1914 mit einer Kanalfähre nach Großbritannien gekommen. Es ging ihm nicht gut, weder finanziell noch gesundheitlich. Edgar hatte ihn bei einem Wohltätigkeitsbasar der Frauenliga kennengelernt, wo beide als Gastredner aufgetreten waren, und ihn zu sich nach Hause zum Essen eingeladen.

Monsieur Moirer, ein großer Mann mit kräftigem Bartwuchs und schwarzem Haarschopf, war stark untergewichtig, was nicht nur an seinen derzeitigen miserablen Lebensumständen lag. Er litt unter starken Depressionen, die vor allem aus Selbstvorwürfen resultierten. Ein Teil seiner Familie war bei der deutschen Offensive um Mons vom 23. August 1914 zu Tode gekommen. Seitdem redete er sich ein, seine Anwesenheit zu Hause hätte das Unglück auf irgendeine Weise verhindern können.

Nach dem Abendbrot verabschiedete sich Edgar, um ins Büro zu gehen. »Mein lieber Jean-Pierre, bleiben Sie mein Gast, solange Sie mögen. Ivy wird Sie aufpäppeln, Sie sind ja nur noch Haut und Knochen«, meinte er und griff nach seinem Hut.

Der belgische Kriegsvertriebene zögerte nicht lange. Er befand sich in einer verzweifelten Lage, da er weder über eine feste Bleibe verfügte noch regelmäßige Arbeit hatte. Also nahm er dankend an. Er bezog das Dienstbotenzimmer, ein kleines Kämmerchen unter der Treppe. Jean-Pierre paßte sich gut in den Haushalt ein, und nach einigen Tagen schien er wie zur Familie zu gehören. Auch seine pädagogischen Fähigkeiten mußten nicht länger brach liegen: Er machte sich nützlich, indem er Bryan Nachhilfeunterricht in Mathematik erteilte und Ivy Französisch beibrachte.

Die Großzügigkeit war eine von Edgars Tugenden, aber zugleich seine Schwäche. Er unterstützte bedingungslos jeden, der seine Hilfe nur annehmen wollte. In diesem Fall hatte er zunächst aus reiner Nächstenliebe gehandelt. Doch nach einigen Tagen wußte auch er, seinen Nutzen daraus zu ziehen. Die neue Konstellation gefiel ihm ausgezeichnet. Ivy war nun endlich einmal mit anderen Dingen beschäftigt, als ihm ständig Vorwürfe zu machen.

Doch insgesamt wurden die Probleme damit nicht geringer. Der häusliche Zwist war einstweilen vergessen – nun litt Edgar darunter, daß er nicht als Kriegsberichterstatter zugelassen worden war. In seinem Kopf spukten abenteuerliche Projekte umher. Nach Wochen des Suchens gelang es ihm, einen militärisch wichtigen Posten zu ergattern, der ihn mit großer Genugtuung erfüllte und den großen Vorteil besaß, so gut wie völlig ungefährlich zu sein: Edgar wurde Hilfspolizist bei der Metropolitan Police. Seine ehrenvolle Aufgabe als Special Constable bestand darin, in einer schmucken Polizeiuniform, bewaffnet mit Schlagstock und Trillerpfeife, nachts für vier Stunden durch den Park des Buckingham Palace (der Londoner Residenz der Krone seit 1837) zu schlendern und den Schlaf der königlichen Familie zu bewachen.

Die Sondereinheit war aus Angst vor deutschen Diversanten, Attentätern und Saboteuren geschaffen worden. Sie rekrutierte sich fast ausschließlich aus namhaften Rechtsanwälten, bekannten Richtern und hohen Justizbeamten.

Edgar war auf Grund der Fürsprache von Isabel Thorne, die über gute Verbindungen zum Polizeiapparat verfügte, in diesen erlauchten Kreis aufgenommen worden. Zu seinem größten Vergnügen konnte er die meisten Patrouillengänge gemeinsam mit Henry Hughes-Onslow, dem Präsidenten des Supreme Court und Vetter des australischen Premierministers William Morris Hughes, absolvieren.

Der Präsident war ein guter Geschichtenerzähler und passionierter Raucher. Er verfügte über die bemerkenswerte Gabe, jede bessere Zigarre anhand weniger Merkmale bestimmen zu können. Edgar stellte ihn auf die Probe, indem er eine ausgesucht edle Sorte aus dem besten Tabakgeschäft Londons mitbrachte und die Banderole entfernte. »Aha, heute haben Sie es mir aber leicht gemacht«, sagte der hohe Richter, begutachtete Farbe sowie Corpus und roch konzentriert an der noch unangezündeten Zigarre. Dann nahm er sie zwischen zwei Finger, hielt sie ans Ohr, rollte sie hin und her und lauschte auf das feine Knistern der Tabakblätter. »Das ist ganz eindeutig eine feine Sumatra-Decke mit Java-Umblatt und Brasil-Einlage von – entschuldigen Sie bitte – leider nur mittlerer Qualität. Das luxuriöse Äußere täuscht. Vermutlich stammt sie von Davies & Davies in der Victoria Street. Die wollen auch mehr scheinen, als sie sind. Kaufen Sie dort nicht mehr, lieber Wallace. Gehen sie lieber zu Emerald & Son in der Thirleby Road. Ein unscheinbarer Laden, in dem Kenner phantastische Schätze heben können, die allerdings – zugegeben – auch ihren Preis haben. Wenn Sie erlauben, werde ich Ihnen morgen eine hochfeine *Veguéros* anbieten, dann merken Sie den Unterschied beim ersten Zug.«

Henry Hughes-Onslow verfügte darüber hinaus über ein phänomenales Gedächtnis. Er konnte selbst weit zurückliegende Fälle noch in vielen Einzelheiten repetieren und würzte die Unterhaltung mit zahlreichen Anekdoten aus dem Gerichtsalltag. Edgar saugte diese Informationen auf wie ein Schwamm. Vieles von dem, was er auf diesen einsamen Patrouillengängen durch den nächtlichen Park erfuhr, fand sich später in abgewandelter Form in seinen Kriminalromanen wieder.

Er stimmte völlig mit der Meinung des Gerichtspräsidenten überein, daß eine wirksamere Bekämpfung der Kriminalität nur durch härtere Zuchthausstrafen zu erreichen sei. »Wer einmal wie ich bei Zwangsarbeit und militärischem Drill im ›Glashaus‹ gesessen hat, wird nie wieder mit Steinen werfen«, pflegte Edgar leise vor sich hinzumurmeln.

Nach den Nachtschichten arbeitete er regelmäßig noch einige Stunden im Büro und machte anschließend auf dem Sofa ein Nickerchen. Am späten Vormittag fuhr er nach Hause zum Frühstück, um danach in die Redaktion aufzubrechen. Dieses Spiel wiederholte sich fast täglich. Manchmal sah er seine Familie die ganze Woche über nicht. Doch selbst wenn alle am Tisch saßen, hing er seinen eigenen Gedanken nach und beteiligte sich kaum an den Gesprächen.

Aus diesem Grund war es nicht verwunderlich, daß ihm gewisse Veränderungen im häuslichen Zusammenleben erst recht spät auffielen. Zum einen herrschte eine merkwürdige Vertrautheit zwischen seiner Gattin und Jean-Pierre, die schwerlich nur als reine Sympathie zu deuten gewesen wäre. Zum anderen nahm Ivy Ende des Sommers in erschreckender Geschwindigkeit an Leib und Gewicht zu. Dafür konnte es nur eine einzige vernünftige Erklärung geben, die sich wenig später auch bewahrheitete: Am 29. September 1916 wurde Michael Blair Wallace als drittes lebendes Kind und zweiter Sohn der Familie geboren. Edgar erkannte das Knäblein ohne Zögern als seinen legitimen Nachkommen an, obwohl er aufgrund der seit langem getrennten ehelichen Schlafzimmer begründete Zweifel an seiner Vaterschaft hätte hegen müssen.

Im April 1917 erhielt Edgar Wallace einen Geheimauftrag von der Sektion Aufklärung und Spionageabwehr des Kriegsministeriums. Er sollte invalide britische Offiziere und Soldaten, die im Austausch gegen deutsche Kriegsgefangene vorzeitig aus Internierungslagern in die Heimat entlassen worden waren, über ihre Eindrücke befragen. Nun, ein Dreivierteljahr nach dem Tod von Lord Kitchener, galt der ehemalige Korrespondent aus dem Burenkrieg nicht länger als Unperson. Die alten Sünden waren vergeben und vergessen.

Die Heimkehrer-Interviews erfüllten mehrere Zwecke, sowohl offizielle wie auch inoffizielle. Vordergründig wurden sie als therapeutische Möglichkeit benutzt, um seelische Wunden zu heilen. Zum anderen dienten sie dazu, Erkenntnisse über die Lage hinter den feindlichen Linien zu gewinnen, und nicht zuletzt sollten mit ihrer Hilfe eventuelle Agenten entlarvt werden. Edgar eignete sich für diese heiklen Aufgaben, weil er gut zuhören konnte, nie ungeduldig wurde, auf seine ruhige und sympathische Art schnell das Vertrauen der Befragten gewann und ihnen echtes Mitgefühl für ihr schweres Schicksal entgegenbrachte. Die Gespräche fanden in aufgelockerter Atmosphäre bei Tee und Gebäck in dem Büro in Clarance Gate statt. Edgar stellte die Fragen, Violet King stenografierte und schaffte die späteren Niederschriften ins Ministerium.

Im Juni 1918 kam ein bleicher Sergeant, der sich in äußerst schlechter körperlicher Verfassung befand und dem überdies der rechte Arm fehlte, zum Interview. Er hieß William McPherson, zitterte am ganzen Leibe und war kaum in der Lage, auch nur einen einzigen vollständigen Satz von sich zu geben.

Edgar, der inzwischen über ausreichende Erfahrung verfügte, um auch mit emotional schwierigen Situationen fertig zu werden, erzählte ausführlich über seine eigenen traumatischen Abenteuer im Kongo und den Versuch der Selbstheilung durch Aufarbeitung der Erlebnisse in Form von Geschichten. Nach einer guten Stunde hatte sich der Sergeant so weit beruhigt, daß er eine Tasse Tee zum Mund führen konnte, ohne die Hälfte zu verschütten.

Dann berichtete er davon, was ihm am meisten auf der Seele brannte: »Am Heiligen Abend 1914 lag ich mit meinem Londoner Schützenregiment in Flandern bei St. Yves im Schützengraben. Der Krieg hatte sich im Schlamm festgefressen. Für den Abend erwarteten wir einen deutschen Großangriff und befanden uns in höchster Alarmbereitschaft. Selbst die Ratten, die zu Hunderten in unseren Erdbunkern hausten, waren unruhiger als sonst und schienen Angst zu haben. Plötzlich flammten auf den deutschen Grabenwällen Lichter auf. Es waren Kerzen auf geschmückten Christbäumen. Ihr Schein strahlte in die frostklare Nacht. Dann stimmten die Deutschen ein Lied an. Sie sangen ›Stille Nacht, heilige Nacht‹. Meine Männer erwiderten mit ›Merry Christmas‹. Dann, ich weiß nicht mehr, was mich dazu bewogen hat, bin ich über den Grabenrand geklettert und auf die feindlichen Linien zugegangen, ganz langsam, Schritt für Schritt. Die Kameraden hinter mir hielten den Atem an, ich konnte es spüren, aber kein einziger Schuß fiel. Auf einmal sah ich, daß sich mir eine Gestalt näherte. Ein Deutscher! Wir trafen uns in der Mitte vom Niemandsland. Er hielt mir die Hand entgegen und sagte in perfektem Englisch: ›Mein Name ist Walter Pabst. Ich wünsche dir ein frohes Weihnachtsfest, Tommy.‹ Ich nahm seine ausgestreckte Hand und schüttelte sie. In diesem Moment brach vor, neben und hinter mir unbeschreiblicher Jubel aus. Soweit das Auge reichte, entlang der gesamten Frontlinie in unserem Abschnitt, sprangen die Männer aus den Schützengräben, rannten aufeinander zu und umarmten sich.

Wir feierten zwei Tage lang, tauschten Schnaps, Zigaretten und Schokolade aus. Mit Walter Pabst war ich in dieser Zeit fast ständig zusammen. Wir unterhielten uns über unsere Familien, das Leben vor dem Krieg und unsere Pläne. Er war Student gewesen und wollte einmal Lehrer werden. Dann, am 27. Dezember, trieben uns die Offiziere zurück hinter die Stacheldrahtverhaue. Zum Abschied gab ich Walter mein Koppel, er schenkte mir seine Pickelhaube.

Abends begann es stark zu regnen, im gleichen Moment setzte wieder das Maschinengewehrfeuer ein.

Im Morgengrauen des 28. Dezember unternahmen die Deutschen einen Vorstoß. Eine Stunde lang deckten sie uns mit schwerem Mörserfeuer ein. Dann folgte der Sturmangriff. Eine graue Gestalt tauchte am Grabenrand auf und feuerte auf mich. Die Kugel zerschmetterte mir meinen rechten Arm. In der linken Hand hielt ich noch mein Gewehr, aber ich konnte nicht mehr schießen. Ich rammte dem Feind mit letzter Kraft mein aufgepflanztes Bajonett in den Leib und drehte es herum, bis die Knochen knackten. Der Schrei erstarb in seiner Kehle, und er stürzte auf mich herab. Ich wurde ohnmächtig. Als ich wieder erwachte, lag der tote Soldat auf mir. Aus seinem Mund tropfte Blut auf meine Stirn. Ich versuchte mich von seiner Last zu befreien. Der Deutsche rutschte zur Seite, dabei fiel ihm der Helm vom Kopf. Nun erkannte ich das Gesicht: Es war Walter Pabst.«

Als William McPherson seinen Bericht beendet hatte, brach er in hilfloses, fast unhörbares Schluchzen aus, und Tränen rannen über sein

Gesicht. Edgar Wallace wußte nicht, was er sagen sollte. Ihm fielen keine Worte des Trostes ein. Statt dessen streichelte er dem Sergeanten stumm den Kopf.

Nach langer, langer Zeit erhob sich McPherson und ging stumm, mit gebeugtem Rücken, zur Tür. Auf der Schwelle drehte er sich noch einmal um und sagte: »Vielen Dank, daß Sie mir zugehört haben, Sir. Ich weiß nicht, was aus mir werden wird. Meine Schuld ist zu groß. Ich habe einen Freund getötet. Gott wird mir das nie vergeben.«

Zu Hause, beim Abendbrot, konnte Edgar noch immer keinen klaren Gedanken fassen. Der Bericht des Sergeanten hatte ihn zu sehr aufgewühlt. Plötzlich bemerkte er, daß ihn alle ansahen. »Was ist los?« fragte er verdutzt und blickte in die Runde.

»Es scheint dich nicht sonderlich zu interessieren, was ich sage«, entgegnete Ivy mit kalter Freundlichkeit. »Ich versuchte dir soeben vergeblich mitzuteilen, mein bester Ehegemahl, daß Jean-Pierre und ich uns lieben. Wir möchten heiraten. Und deshalb will ich die Scheidung!«

## Ende und Anfang

*Wallace wurde einmal von einem Intellektuellen mit spitzer Nase und spitzem Kinn gefragt, welchen Sinn er für sein Leben entdeckt habe.*

*»Mein Junge«, antwortete Edgar mit einem Grinsen, »ich habe mehr Frauen nachts wach gehalten als jeder andere Mann.«*

Robert Curtis, »Edgar Wallace – Each Way«

Im Sommer 1918 reichte Edgar Wallace die Scheidung ein. Ivy wollte es so.

Im Herbst ging endlich der Krieg zu Ende: Am 11.11.1918 wurde im Wald von Compiègne der Waffenstillstand zwischen Deutschland und der Entente unterzeichnet. Ein gutes halbes Jahr später, am 28.06. 1919, schlossen Deutschland und die Alliierten den Versailler Vertrag, der Deutschland die Alleinschuld am Ausbruch des Ersten Weltkrieges und an den zehn Millionen Toten sowie zwanzig Millionen Verwundeten gab, es 70 000 Quadratkilometer seines Territoriums nebst sämtlichen Kolonien kostete.

Im Sommer 1919 wurde die Lebensgemeinschaft der Eheleute Wallace aufgelöst. Edgar bekam die Kinder Bryan und Patricia zugesprochen. Auf den Nachzügler Michael legte er aus verständlichen Gründen keinen Wert. Ivy erhielt deshalb, wie von ihr gewünscht, das alleinige Erziehungsrecht für ihren jüngsten Sohn.

Monsieur Moirer war unmittelbar mit Kriegsende nach Mons zurückgekehrt. Seine Geliebte sollte nachkommen, sobald alle Papiere vorlagen. Ivy zog vorübergehend in das Seebad Bournemouth an der Kanalküste, um Edgar nicht sehen zu müssen und näher an Belgien zu sein. Doch die Abstände zwischen den Briefen von Jean-Pierre vergrößerten sich, der Ton wurde merklich kühler. »Mein Häschen«, hatte er ihr noch im Mai 1919 geschrieben, »ich kann Deine Ankunft kaum erwarten. Ich habe eine herrliche Wohnung für uns gefunden, sie wird Dir sehr gefallen. Hoffentlich kann ich sie zu günstigen Konditionen mieten.« Im August hieß es dann: »Die Quartiersuche zieht sich länger hin, als zu befürchten war. Der Krieg hat hier seine tiefen Spuren hinterlassen. Wir sollten deshalb besser nichts überstürzen, um unsere große Liebe nicht zu gefährden.«

Im Spätherbst mußte Ivy schließlich akzeptieren, daß sie nie nach Belgien ziehen würde. Die Liaison mit dem dunkelhaarigen Mathematiklehrer hatte ein unrühmliches Ende gefunden. Statt aufregender Zeiten voller Sinnenlust in sonnendurchfluteten Zimmerfluchten lagen nun lange Jahre der Einsamkeit in billigen Pensionen vor ihr. Ivy war kein junges Mädchen mehr. Über die Wirkung ihrer äußerlichen Reize machte sie sich wenig Illusionen, und durch den Krieg waren Männer in ihrem Alter Mangelware.

Für Edgar änderte sich wenig bis nichts. Er steckte Bryan in ein nahegelegenes Internat und beauftragte Violet King mit der Erziehung von Patricia. Er konnte problemlos auf seine Sekretärin verzichten, weil Robert Curtis aus dem Krieg heimgekehrt war und ihm nun wieder uneingeschränkt zur Verfügung stand.

*Am Schreibtisch mit Tee, Zigaretten und Diktiergerät*

An seinen Kriminalromanen arbeitete Edgar nach einem strengen Ritual. Die schöpferischste Zeit begann für ihn morgens um vier Uhr. Bis dahin beschäftigte er sich mit anderen Dingen oder schlief ein, zwei Stunden. Er kam mit sehr wenig Schlaf aus, konnte auf Befehl die Augen schließen und wurde ohne Wecker wach. Dann streifte er sich bequeme Hausschuhe über, schlüpfte in einen rotgeblümten Morgenrock, legte sich eine bis zum Rand gefüllte Zigarettendose und eine Zigarettenspitze zurecht (sie sollte verhindern, daß ihm der Rauch in den Augen brannte) und goß sich eine gute Tasse Tee ein. Anschließend lief er brummelnd im Zimmer auf und ab. Er zermarterte sein Hirn, suchte nach einem Einfall, nach einer Inspiration. Diese zermürbende Prozedur konnte stundenlang dauern.

Dann irgendwann, manchmal früher, manchmal später, stöhnte Edgar Wallace befriedigt auf. Die Idee war da. Er setzte sich an den Schreibtisch und brachte in großer Geschwindigkeit handschriftlich 2 000 bis 3 000 Worte zu Papier – das letzte Kapitel. Sobald er damit fertig war, rief er seinen Sekretär zu sich und erzählte ihm den ungefähren Inhalt des Buches. Robert Curtis mußte erraten, wer der Mörder war. Wenn es ihm gelang, fluchte sein Chef: »Hoffentlich sind nicht alle Leser so brillant.« Doch ob so oder so, er setzte sich an das Dictaphon und begann das erste Kapitel anzusagen. Er konnte ununterbrochen, ohne eine Pause zu machen oder den Faden zu verlieren, Seite für Seite diktieren, so als ob er ein Manuskript vor sich zu liegen hätte und nur abzulesen brauchte, exakt 2 400 Worte pro Stunde, 16 Stunden hintereinander, bis zum Ende. Und wenn er dann zum Schluß kam, hatte er entsprechend den Einwänden seines Sekretärs die gesamte Handlung so geschickt verändert und eine völlig andere Person zum Schurken gemacht, daß nur noch die Namen ausgetauscht werden mußten.

Häufig unterbrach Edgar Wallace auch die Arbeit an einem Buch und sagte: »Hey, Curtis, spannen Sie ein neues Blatt Papier ein. Nun folgt ein wichtiger Rennbericht, der nicht länger warten kann, weil er noch heute in die Redaktion gebracht werden muß.« Sobald der Artikel zu Ende war, diktierte er den Roman weiter, und zwar auf den Punkt genau von jener Stelle an, an der er vor einer Stunde aufgehört hatte.

Die Vorteile des Diktierens lagen auf der Hand. Zum einen war es die schnellste Variante, ein Buch zu verfassen. Zum anderen mußte sich Edgar nicht mit Rechtschreibung und Zeichensetzung belasten (mit denen er Zeit seines Lebens auf Kriegsfuß stand). Der Nachteil bestand darin, daß er manchmal einige wichtige, zu Beginn des Romans eingeführte Personen im weiteren Verlauf der Handlung völlig vergaß. Sein Sekretär bügelte einfache Patzer wie Namensverwechslungen (aus einem Mr. Smith wurde zwanzig Seiten später ein Mr. Blacksmith) selbständig aus, doch er konnte keine zusätzlichen Handlungsstränge einflechten. Edgar aber weigerte sich schlichtweg, einen von ihm als beendet bezeichneten Kriminalroman noch einmal zu überarbeiten. »Wir dürfen dem Leser nicht seine Phantasie nehmen«, pflegte er seine Faulheit fadenscheinig zu bemänteln.

Es gab nur zwei Menschen, die eine von Edgar besprochene Diktatwalze fehlerfrei abschreiben konnten: Violet King und Robert Curtis. Das lag vor allem daran, daß der Meister mit seiner heiseren Raucherstimme gleichförmig, ohne jede Artikulation sprach und außerdem viele Worte falsch betonte.

Eines Tages saß Robert Curtis völlig entnervt am Wiedergabegerät und hörte sich einen Satz zum zehnten Mal an, ohne hinter den Sinn eines einzelnen Wortes zu kommen. Es war ihm völlig unbekannt. Edgar hatte »Neiwieted« gesagt, wobei die Betonung auf der letzten Silbe lag. Was sollte »Neiwieted« bedeuten?

Robert Curtis stand von der Schreibmaschine auf und ging ins Nebenzimmer. »Ich komme mit dem Wort ›Neiwieted‹ nicht klar, könnten Sie es mir bitte einmal aufschreiben?«

Edgar notierte in schwungvollen Buchstaben: Naivität.

In dem Maße, wie der Erfolg von Edgar Wallace als Kriminalautor zunahm, nahm auch der Umfang seiner Taille sowie seine Lustlosigkeit zur Arbeit zu. Schließlich war er nur noch durch Zwang oder eine Wette (oder am besten beides) dazu zu bewegen, seiner überschäumenden Phantasie freien Lauf zu lassen.

Der Zwang bestand keineswegs im drohenden Abgabetermin. Fristen und feste Zusagen spielten für ihn eine untergeordnete Rolle, Stichtage hatten mehr einen orientierenden Charakter. Der einzige Druck, dem er sich beugte, war der Mangel an Geld. Ganz gewiß hätte er nur die Hälfte seiner Bücher und Geschichten verfaßt, wenn er weniger sorglos mit seinen Finanzen gewesen wäre. Zum Glück für seine Leser herrschten häufige Flauten im Portemonnaie, weil er die mühsam verdienten Pfunde mit vollen Händen aus dem Fenster warf oder sie auf dem Rennplatz verpulverte. Wenn seine Brieftasche leer war, nahm er seinen Morgenrock vom Bügel und verschwand im Arbeitszimmer.

Sobald Edgar das Dictaphon in der Hand hielt, fiel die schlechte Laune von ihm ab wie ein Mantel. Er verwandelte sich in einen durch und durch zufriedenen Menschen. Es war so, als ob er in seinem Kopf die Schublade mit den Alltagssorgen schließen und die der übersprudelnden Einfälle öffnen konnte. Die harten Stunden des Diktierens, die langen Tage und Nächte, gehörten zu den glücklichsten seines Lebens. Er erlebte die aufregendsten Abenteuer, ohne selbst jemals in Gefahr zu kommen, lernte die schönsten Mädchen kennen, ging in den vornehmsten Häusern ein und aus, und jedesmal fand die Sache ein gutes Ende. In einer Nacht verbrauchte er dabei gut und gerne dreißig bis vierzig Tassen Tee sowie achtzig Zigaretten. Aber er war nicht süchtig. Außerhalb seines Arbeitszimmers konnte er problemlos mehrere Tage ohne die Reiz- und Genußmittel Tein und Nicotin auskommen.

Edgar Wallace haßte Störungen jeglicher Art, aber manchmal liessen sie sich nicht vermeiden. Eines Tages, als er sich gerade vom Frühstück erhob, rief ihn der Verleger William Blackwood an. »Wie kommen Sie mit der Geschichte voran?« erkundigte er sich.

»Ausgezeichnet, es läuft wie am Schnürchen«, antwortete sein Autor.

»Ist sie gut? Gefällt sie Ihnen?« bohrte der Verleger weiter.

»Ziemlich. Es ist eine meiner besten«, behauptete Edgar im Brustton der Überzeugung. Tatsächlich hatte er noch keine einzige Zeile zu Papier gebracht.

Die Wetten liefen nach einem anderen Schema ab. Robert Curtis mußte beispielsweise sagen: »Ich setze fünf Pfund darauf, daß Sie die Kurzgeschichte bis morgen früh nicht beendet haben!« Dann packte er fünf Sovereign auf den Tisch, Edgar legte eine Banknote daneben, und los ging es.

Der Sekretär gewann keine einzige Wette. Nachdem sich dies auch in Verlegerkreisen herumgesprochen hatte, kam es manchmal vor, daß ein nervöser Herausgeber aus Angst vor Terminschwierigkeiten Robert Curtis den nötigen Einsatz aus eigenen Mitteln zur Verfügung stellte.

Edgar Wallace fand alle seine Werke gut. Er hielt sie durchweg für gelungen, aber über den Wert seiner Arbeit gab er sich keiner angenehmen Täuschung hin. Er schrieb seine Bücher, um Geld zu verdienen und um die Leser zu unterhalten. Er glaubte keine einzige Minute daran, daß ihn sein Werk überdauern könnte, und zählte bereits Anfang der zwanziger Jahre seine Titel nicht mehr. Er schrieb Kriminalromane, weil ihn Rätsel interessierten und weil er sich gern in irrealen Märchenwelten bewegte. Edgar haßte Sexgeschichten, weil sie seiner Meinung nach nur für Menschen mit schmutziger Phantasie eine Bedeutung haben konnten. In seinen Romanen durfte das junge Mädchen dem furchtlosen Retter bestenfalls einen zarten Kuß auf die Wange hauchen, mehr war nicht erlaubt.

Bücher anderer Autoren interessierten ihn kaum, aber gegen den Roman »Lady Chatterley und ihr Liebhaber« von David Herbert Lawrence agitierte er gern: »Es ist das obszönste Werk, das ich je in den Händen gehalten habe. Lesen Sie es auch, wenn Sie die Bedeutung des Wortes ›Ekel‹ kennenlernen wollen.«

Doch die Abneigung gegen die Unmoral in der Literatur hielt ihn nicht davon ab, zu der Erkenntnis zu gelangen, daß sein eigenes Liebesleben seit dem Zerwürfnis mit Ivy äußerst zu wünschen übrig gelassen hatte. Einsicht ist der erste Schritt auf dem Weg zur Besserung. Edgar beschloß, diesen unbefriedigenden Zustand kurzfristig zu ändern, wußte aber nicht wie. Sicherlich war es kein Problem, eine junge Dame im Theater oder im Kabarett kennenzulernen, sie mit Bonbonnieren und Rosenbuketts gefügig zu machen und in einem Chambre Séparée zu verführen. Doch dann begannen die eigentlichen Probleme. Die Eroberungen für eine Nacht fingen in der Regel an, schnell lästig zu werden. Die dekolletierten Ladies tendierten dazu, ihn mit Telefonanrufen und hysterischen Szenen auf offener Straße zu terrorisieren, sobald er ihnen nicht mehr die gebührende Aufmerksamkeit schenkte.

Edgar Wallace haßte es aber, Zeit zu verschwenden. Keine Zeitverschwendung für ihn waren Männergespräche mit Zigarren und Whiskey am Kamin sowie ausgedehnte Rennachmittage. Seufzer unter Brückenbögen, Unterhaltungen über die Vorzüge flandrischer Spitze, langsame Spaziergänge durch den Hyde Park oder gar Einkaufsbummel bei Harrod's zählten nicht dazu. Und genau das war es, was die durchschnittliche Damenwelt nach einem Schäferstündchen von ihm verlangte.

Edgar dachte weiter nach. Und mitten in diesem Prozeß des Überlegens fiel sein Blick zufällig auf seine Sekretärin Violet King. Schlagartig wurde ihm klar, daß sie über viele Vorzüge verfügte, die er bei anderen Frauen schmerzlich vermißte: Sie war charmant, klug, unaufdringlich, kompetent und immer zur Stelle, wenn er sie brauchte. Auch ihr Äußeres hatte sich in den vergangenen Jahren verändert.

*Tochter Pat, Edgar, Ehefrau Violet, genannt »Jim«, und Sohn Bryan*

Aus dem häßlichen jungen Entlein war ein ansehnlicher Schwan geworden.

Edgar ordnete an: »Miss King, ich will mit meinen Kindern vom ersten Mai an für drei Wochen in die Schweiz reisen, um dort Urlaub zu machen. Bitte organisieren Sie eine hübsche Rundreise, besorgen Sie die Fahrkarten, bestellen Sie Wagen an die Bahnhöfe und reservieren Sie Appartements in den besten Hotels. Sie als meine Sekretärin werden uns selbstverständlich begleiten.« Vor der Abfahrt rasierte er seinen Schnurrbart ab, um jugendlicher zu erscheinen.

Nach der Rückkehr duzten sich die beiden. Er nannte sie Jim, sie ihn Dick. Die Hochzeit fand im Sommer 1921 statt.

Sarah Johnson, eine Trauzeugin, fragte ihre Freundin, die sie seit der Schule kannte: »Wie konntest du nur diesen dicken Mann nehmen, der dein Vater sein könnte und in Geldsachen als glatter Versager gilt?«

Violet antwortete nicht sofort. Sie dachte eine Weile nach. Dann sagte sie: »Die jungen Männer von heute sind Egoisten. Sie gehen vor dem Frühstück. Edgar ist geistvoll, witzig, höflich, großzügig und rücksichtsvoll. Er bringt mich jeden Tag zum Lachen. In zwanzig Jahren wird er noch genauso sein wie heute. Ich werde ihn immer lieben. Er ist ein Genie.«

## Menschen kommen, Menschen gehen

> *Ich fühle keine Sympathie mit Verbrechern, nicht einmal eine versteckte Solidarität. Sie sind weniger interessant als Wahnsinnige und in etwa so romantisch wie Straßenfeger.*
>
> Edgar Wallace, »People«

Edgars langanhaltende Pechsträhne schien endlich gerissen zu sein. Er bekam etwas mehr Luft zum Atmen, wenngleich ihm weitere Mißgeschicke kaum erspart blieben. Gleich sein erstes Theaterstück »M' Lady«, dessen Premiere er begierig entgegenfieberte und deshalb die geplante Hochzeitsreise nach Amerika abgesagt hatte, fiel mit gewaltigem Getöse durch.

Der Inhalt war mehr als verworren: »M' Lady« ist ein junges Mädchen, das von seiner leiblichen Mutter in dem irrigen Glauben aufgezogen wird, es sei die Tochter einer verstorbenen Gräfin. Das Kind hält sich für etwas Besseres, zieht sich dadurch quasi am eigenen Schopf aus dem Sumpf der niederen Herkunft und macht im letzten Akt – nach an den Haaren herbeigezogenen Verwicklungen mit Mord und Totschlag – eine gute Partie.

Happy-End, der Vorhang fiel, das ratlose Publikum saß irritiert auf seinen Plätzen. Der Beifall tröpfelte spärlich, und der Autor schmollte in seiner Loge.

Das Drama wurde von der Presse genüßlich ausgeschlachtet und verrissen. »Das Bühnenwerk ist so wirklichkeitsnah wie Cinderella, aber bei weitem nicht so unterhaltsam. Dieses Trauerspiel gießt nur Wasser auf die Mühlen der Suffragetten, weil es uns weismachen will, das höchste Gut im Leben einer Frau sei die Heirat mit einem vermögenden Dummkopf«, urteilte die »Daily Mail« vernichtend. Das Stück lief nur einen Tag, dann wurde es vom Spielplan genommen.

Dafür gewann Edgar die Wahl zum Vorsitz im Presseklub, was seinem Ego ungeheuer schmeichelte und zahlreiche Journalisten sehr freute, denn nun fand er wieder häufiger Gelegenheit zu einer Pokerpartie im Kaminzimmer. Er liebte dieses Spiel, obwohl er es nicht verstand. Er verlor mit konsequenter Regelmäßigkeit, weil er auf sein Glück hoffte, nicht bluffen konnte und von Psychologie keine blasse Ahnung hatte.

Die Verluste beim Kartenspiel hielten sich jedoch in Grenzen. Außerdem erkaufte er sich mit ihnen Stunden der Entspannung. Alle Vergnügungen mußten bezahlt werden. Hobbys, die nichts kosteten, waren selten. Die Sache hatte also durchaus einen Sinn.

Hingegen fand Edgar eine andere Möglichkeit, sein Geld nicht nur zu verpulvern, sondern sich auch noch ständig darüber zu ärgern: Er kaufte sich ein Pferd. Auf Grund seiner langjährigen Beschäftigung mit dem Rennsport hielt er es für unerläßlich, endlich einen eigenen Galopper zu besitzen. Er, der gefeierte Experte, ließ sich einen mittelmäßigen Gaul zu einem überhöhten Preis aufschwatzen. Edgar war zu stolz gewesen, vorher bei einem wirklichen Fachmann Rat einzuholen. Die einzige Freude, die ihm »Sanders vom Strom« machte, bestand darin, daß er in den Turfzeitungen den Namen »Wallace« unter der Rubrik »Rennstallbesitzer« lesen konnte. Damit endete der Spaß. Mit permanenter Regelmäßigkeit ging »Sanders« als letzter oder vorletzter Starter ins Ziel. Er gewann kein einziges Rennen.

Zum Ausgleich vermittelte ihm der Literaturagent Alick Watt einen Vertrag mit dem renommierten Verlag Hodder & Stoughton. Zum ersten Mal in seinem Leben wurde Edgar Wallace am Umsatz eines Buches beteiligt. Darüber hinaus erhielt er einen Vorschuß, der sich auf das Dreifache seiner sonstigen Tantiemen belief. 1921 erschien »Das Gesetz der Vier« *(The Law of the Four Just Men),* ihm folgte 1922 »Der Engel des Schreckens« *(The Angel of Terror)* und schließlich ebenfalls 1922 »Der rote Kreis« *(The Crimson Circle),* ein handliches Büchlein mit zum Titel passendem tiefdruckgeprägtem, glänzend rotem Einband.

In »Der rote Kreis« schilderte Edgar Wallace einen bemerkenswerten Detektiv namens Derrick Yale, der hellseherische Gaben besitzt. Diese befähigen ihn, auf verblüffende Weise von Verbrechen Kenntnis zu erlangen und sie aufzuklären. Am Ende stellt sich heraus, daß Derrick Yale als Bandenchef selbst der Urheber der Untaten war. Bei seiner ersten Verurteilung vor vielen Jahren hatte die Guillotine versagt und ihm nur einen roten Kreis in den Hals geritzt – deshalb war er mit dem Leben davongekommen. Nun, beim zweiten Versuch, stellt sich der Henker wesentlich geschickter an.

Sir Ernest Hodder-Williams, der Verlagsleiter von Hodder & Stoughton, hatte selbstverständlich einige Bücher seines neuen Autors gelesen, bevor er mit ihm handelseinig wurde. Die literarische Qualität erschien ihm trotz aller Patzer ausreichend genug zu sein, um den Versuch zu wagen. Im Gegensatz zu den anderen kleinen Verlagen, in denen Edgar Wallace bisher veröffentlicht hatte, verfügte Hodder & Stoughton über einen beachtlichen Werbeetat. In allen größeren Zeitungen erschienen Anzeigen, vor den Buchhandlungen hingen Plakate aus, und in den Einkaufsstraßen verteilten Reklamemänner Handzettel: eine Kampagne wie bei den »Vier Gerechten«, nur einige Nummern kleiner.

Und dann trat etwas ein, womit selbst ein so erfahrener Büchermacher wie Sir Ernest Hodder-Williams nicht gerechnet hatte: »Der rote Kreis« wurde ein Hit, ein absoluter Renner. Die Leute rissen sich das Buch förmlich aus den Händen. Eine Nachauflage jagte die andere. So ging es jahrelang. Vom »Roten Kreis« wurden über eine Million Exemplare verkauft.

Niemand konnte sich den sensationellen Erfolg erklären. Auf irgendeine geheimnisvolle Weise hatte Edgar Wallace den Nerv der Zeit genau getroffen. Für Hodder & Stoughton bedeutete dies, ihren neuen Publikumsmagneten nicht mehr aus den Fingern zu lassen. »Schreiben Sie, soviel und so schnell Sie können«, befahl Sir Ernest Hodder-Williams. »Das Edgar-Wallace-Fieber ist ausgebrochen. Nun dürfen wir nicht lockerlassen. Wir müssen das Feuer schüren, solange es brennt.«

Diese Meinung teilten auch die Verlage Hutchinson, Odhams, Newness, John Long, Webster, G. Gill und, nicht zu vergessen, Ward Lock, die alles druckten, was er schrieb. Zusätzlich hatte sich Edgar Wallace eine weitere hochinteressante Geldquelle aufgetan: Er schrieb in rascher Folge Fortsetzungsgeschichten für Zeitschriften wie das »Strand Magazine«, den »Thriller«, das »Windsor Magazine«, das »Saint Magazine« und das »Royal Magazine«. Diese Arbeitsweise brachte mehrere Vorteile mit sich. Er mußte sich weder eine komplette Geschichte ausdenken noch das gesamte Werk auf einmal abliefern, sondern nur einmal pro Woche einen neuen Teil abgeben, den er innerhalb weniger Stunden vor dem Termin diktieren konnte. Wenn sich ein Literaturredakteur besorgt erkundigte: »Wie wird es weitergehen? Wer ist der Täter?« antwortete Edgar wahrheitsgemäß: »Keine Ahnung.«

Nebenbei war ihm eine Erfindung geglückt, die ihm eine doppelte bis dreifache Bezahlung sicherte. Da die meisten seiner Geschichten in London spielten, sprach er vorher mit einigen Geschäftsleuten. Er fragte sie, was sie bereit wären auszugeben, wenn er zu Werbezwecken ihren Namen an neutraler, aber gut sichtbarer Stelle in den Handlungsrahmen einfügen würde. Diese frühe Form der Schleichwerbung, das sogenannte Product Placement, brachte ihm letztlich mehr ein, als die Herausgeber an Honoraren zahlten.

Die wachsende Zahl der Kriminalromane und die vielen Fortsetzungsgeschichten in den Zeitschriften beschäftigten natürlich die Neugier der Literaturkritiker. Sie fragten sich, wer dieser Mann sei, der über derartig intime Kenntnisse der Verbrecherwelt verfügte.

In einem Interview mit dem »Topic of the Day« behauptete Edgar Wallace kühn und wie von allen guten Geistern verlassen, daß er a) seit frühester Jugend engen Kontakt mit der Polizei pflegen würde, b) selbst jahrelang Polizist gewesen sei, sich c) seit längerem finanziell um die Resozialisierung Strafentlassener kümmere und d) häufig um Rat bei der Lösung schwieriger Kriminalfälle gebeten würde. Diese dreisten Phantastereien waren deshalb so schwer zu durchschauen, weil in jeder von ihnen (wie in allen guten Lügen) ein Körnchen Wahrheit steckte: Er hatte a) als Kind einen Polizisten auf die Spur des Mannes gehetzt, der falsche Florin-Stücke in Umlauf brachte. Er war b) während des Krieges Special Constable gewesen. Er hatte c) die Familie Freeman – und damit auch Tom und Harry – mit Geld unterstützt. Und

d) fragten ihn ständig die unterschiedlichsten Leute im Presseklub, in den Verlagshäusern und auf den Rennplätzen nach seinen Ansichten zu allen aktuellen spektakulären Verbrechen.

Die »Topic of the Day« druckte das Interview in voller Länge, andere Zeitungen übernahmen den Inhalt ungeprüft, Hodder & Stoughton machten es sich zu Reklamezwecken zunutze, und bald entstand der Mythos vom Kriminalexperten Edgar Wallace, der vor allem seine eigenen Erfahrungen als Detektiv literarisch verarbeitete.

Die Wirkung war verblüffend. Plötzlich erschienen alle möglichen zwielichtigen Gestalten, zumeist gescheiterte Kleinkriminelle, in seinem Büro und versuchten Geld zu schnorren. Keiner verließ das Haus ohne einige Münzen in der Tasche, aber die Almosen gab es nicht umsonst. Edgar pflegte – zum Entsetzen des Personals – lange Unterredungen mit seinen zerlumpten, ungewaschenen und übelriechenden Besuchern zu führen. Auf diese Weise öffnete sich für ihn eine Tür zu einer Welt, die ihm vorher verschlossen geblieben war. Die Erfahrungen, die er auf diese Weise machte, bestätigten allerdings sein seit langem gehegtes Vorurteil, daß es kein geeigneteres Mittel gegen diesen menschlichen Abschaum gebe, als ihn für immer bei Wasser, Brot und Zwangsarbeit wegzusperren. Für sein eigenes Schaffen waren diese Unterhaltungen von großem Vorteil, weil er dadurch viele Szenen in seinen Büchern plastischer und drastischer beschreiben konnte.

Am liebsten unterhielt er sich mit Wettbetrügern. In diesen Gesprächen blühte er so richtig auf, weil ihn dieses Thema gleich doppelt interessierte. Mit einem der Ganoven, einem Dopingkünstler namens James Wilson, freundete er sich fast an. Der Roßtäuscher schien den Schriftsteller gleichfalls zu mögen, und er kam eine Zeitlang recht häufig vorbei. Edgar steckte ihm jedenfalls mehr Geld zu als seinen anderen Besuchern aus der Szene.

James Wilson war darauf spezialisiert, Pferde auszutauschen. Er machte aus durchschnittlichen Dreijährigen dynamische Zweijährige, verwandelte abgeschlagene Außenseiter in todsichere Favoriten. Obwohl er seinem Gastgeber mehrere gute Tips für hochdotierte Rennen gab, traute sich Edgar nicht, sie zu verwenden. Er hatte Angst, in kriminelle Machenschaften verwickelt zu werden. Er wurde es auf andere

Weise: Eine Einbrecherbande hatte das Wasserschloß Petitpoint bei Brüssel ausgeraubt und einen Teil der Beute – kostbare mittelalterliche Gobelins – nach England geschmuggelt. James Wilson fungierte als Mittelsmann. Über einen Informanten erfuhr er, daß ihm die Polizei auf den Fersen war. In seiner Not brachte er das Paket zu seinem Gönner Wallace und sagte: »Sie waren so freundlich zu mir, nun will ich mich revanchieren. Ich habe auf dem Flohmarkt einige preiswerte Vorhänge erstanden, die noch sehr hübsch sind und meiner Meinung nach ausgezeichnet in Ihr Arbeitszimmer passen würden.«

Edgar Wallace nahm das Geschenk gerührt an und hängte die Gobelins tatsächlich auf, auch wenn er die Farben schon etwas verwaschen fand. James Wilson wurde festgenommen und wegen anderer Vergehen inhaftiert. Als er nach zwei Jahren wieder auf freien Fuß kam, traute er sich nicht mehr, die »Vorhänge« zurückzufordern. Doch er machte sich den Spaß, den neuen Besitzer über ihre belgische Herkunft aufzuklären.

Edgar Wallace verzog keine Miene: »Zerstören Sie nicht die hohe Meinung, die ich noch immer von Ihnen habe, trotz Ihrer Kerkerhaft. Halten Sie mich tatsächlich für so ungebildet, daß ich alte Portieren nicht von wertvollen Gobelins unterscheiden könnte? Ich wollte den fadenscheinigen Plunder schon längst wegwerfen. Doch damit hätte ich nicht recht getan. Ich werde die Vorhänge zukünftig in Ehren halten, weil sie Ihnen so wertvoll sind.«

Eine weitere Wirkung des Zeitungsartikels in »Topic of the Day« war, daß Edgar mit der Zeit den Kolportagen glaubte und sich für einen fähigen Kriminalexperten hielt, obwohl es nicht die geringste Veranlassung dafür gab. Mit der Theorie und Praxis der Verbrechensaufklärung hatte er sich nur sporadisch und oberflächlich beschäftigt. In seinen Büchern spielte das keine Rolle, da sie mit der Realität nichts zu tun hatten. Aber Edgar begann nun, sich in spektakuläre Kriminalfälle einzumischen, wie beispielsweise in den Justizmord an Oscar Slater.

Am 21. Dezember 1908 war eine alte Frau namens Marion Gilchrist in ihrer Glasgower Wohnung erschlagen worden. Die Polizei hatte Beweismittel manipuliert, und am 7. Mai 1909 war Oscar Slater aufgrund einer fadenscheinigen Indizienkette zum Tode verurteilt worden. Lord

Pentland, der Minister für Schottland, wandelte die Todesstrafe drei Tage vor dem Hinrichtungstermin in lebenslange Haft um. Es gründete sich eine Free-Slater-Organisation, die Mitte der zwanziger Jahre erreichte, daß der Fall neu verhandelt wurde. Edgar Wallace behauptete öffentlich, die Polizei habe bewußt in der falschen Richtung gesucht. In der Berufungsverhandlung spielte das jedoch keine Rolle. Oscar Slater wurde wegen angeblicher Verfahrensfehler im ersten Prozeß freigesprochen und verließ als freier Mann das Peterhead-Gefängnis.

Auch im Hause Wallace herrschte großer Jubel, aber aus einem ganz anderen Grund: Im Frühjahr war Violet niedergekommen und hatte eine Tochter geboren, die auf den Namen Penelope getauft wurde.

Im Herbst erhielt Edgar einen Brief von Ivy, in dem sie ihn um Geld bat. Sie verspürte starke Schmerzen in der Brust und mußte operiert werden. Der chirurgische Eingriff schien zunächst erfolgreich verlaufen zu sein, aber im Winter 1925 machte sich eine zweite Operation erforderlich. Ivy war schon zu stark geschwächt, sie erholte sich nicht mehr. Edgar traute sich nicht ins Krankenhaus, weil er ihr Leiden nicht ertragen konnte, aber Violet fuhr hin. Sie wachte zwei Tage lang am Bett der Sterbenden, bis Ivy friedlich einschlief.

## In den Tod geschickt

> *Ein Bekannter meldete sich am Telefon: »Ich möchte bitte Mr. Wallace sprechen.«*
> *Der Diener antwortete: »Das ist momentan leider nicht möglich, Sir. Mr. Wallace arbeitet gerade an einem neuen Buch.«*
> *Der Anrufer erwiderte: »In Ordnung, ich warte solange am Apparat.«*
>
> Robert Curtis, »Edgar Wallace – Each Way«

Edgar Wallace produzierte wie ein Besessener. Von Monat zu Monat schrieb er mehr Artikel, Wettberichte, Fortsetzungsgeschichten und Romane. Er übernahm jeden Auftrag, wenn er nur gut bezahlt wurde. Noch einen Kommentar für die kommende Ausgabe vom »Standard«.

Kein Problem – das bedeutete höchstens eine zusätzliche halbe Stunde Arbeit, und die Nacht war lang. Einen Kriminalroman begann er in der Regel am späten Freitagabend. Er diktierte ohne Pause durch. Am Sonntagmorgen war er fertig. Dann legte er sich bleich und übernächtigt ins Bett und schlief zwei Tage lang.

Unter diesem großen Ausstoß mußte zwangsläufig die Qualität leiden. Halbgares mischte sich mit Unausgegorenem, unfertige Skizzen folgten auf flüchtige Entwürfe. Doch Edgar sah sich außerstande, ein gutes Produkt von einem schlechten zu unterscheiden. Er war unfähig zur Selbstkritik. Die Schuld für Mißerfolge suchte er deshalb immer nur bei anderen. Der unschätzbare Vorteil dieser fragwürdigen Lebensphilosophie bestand darin, daß er sich durch Rückschläge niemals entmutigen ließ, sondern sie abschüttelte wie ein nasser Hund die Regentropfen vom Fell.

1926 hatte Edgar den Mißerfolg seines Theaterstücks »M' Lady« so weit verdaut, daß er sich mit einem neuen Projekt beschäftigte. Es basierte auf seinem 1925 erschienenen Krimi »Der finstere Fremde« *(The Gaunt Stranger),* in dem es um einen Gentleman-Verbrecher geht, der blutige Rache an ehemaligen Komplizen nimmt und an zwei Fronten gegen Büttel und Bösewichte kämpft.

Edgar hielt sich – dank unzähliger Theaterbesuche – für einen herausragenden Kenner der dramatischen Kunst. Er war nichts weniger als das. Er hatte keine Ahnung davon, daß das gesprochene Wort völlig anders wirkt als das geschriebene. Ihm war unbekannt, daß für Bühnenstücke und die schöngeistige Literatur grundverschiedene Regeln gelten. Er wußte nicht, wie Figuren in die Handlung einzuführen sind. Er berücksichtigte nicht, daß ein neuer Akt mit anderen Kulissen zwangsläufig Umbauten auf der Bühne – und damit immer eine Pause – erforderte.

Nun lag das Bühnenspiel »Der finstere Fremde« auf seinem Tisch, und er suchte einen Theaterdirektor, der unvernünftig genug sein würde, es aufzuführen. Vielleicht wäre er ihm nie begegnet, wenn er nicht für die »London Mail« einen Artikel über Homosexualität geschrieben hätte. Der Inhalt dieses Elaborats entsprach seinen verklemmten Ansichten über die Sexualität im allgemeinen: Er bezeichnete die gleichgeschlechtliche Liebe als den schlimmsten Krebsschaden der modernen Zivilisation.

Gerald de Maurier, ein berühmter Schauspieler und Inhaber des Wyndham Theaters, las den Beitrag, knüllte verstimmt die Zeitung zusammen und rief den Verfasser der Schmähschrift an, um seinem Ärger Luft zu machen. »Was bilden Sie sich ein, Sie, Sie ... Schreiberling!« schrie er empört in den Telefonhörer. »Geht Ihnen jegliches Ehrgefühl ab? Glauben Sie, Sie seien der Nabel der Welt?«

»Oh, Mister de Maurier«, erwiderte Edgar freundlich. »Sie wollte ich schon lange einmal persönlich kennenlernen. Bislang durfte ich Ihre hohe Kunst nur vom Zuschauersitz aus bewundern. Ich habe Ihnen ein interessantes Angebot zu machen, das Sie nicht abschlagen werden. Wann darf ich zu Ihnen kommen?«

Der Theatermann war über die Antwort so verblüfft, daß er spontan erwiderte: »Morgen nachmittag um drei, vor der Probe.«

Bei dem Treffen vermieden beide Herren – der eine taktvoll, der andere tunlichst –, den bewußten Artikel in der »London Mail« auch nur mit einer Silbe zu erwähnen. Edgar packte sein Manuskript aus, und Gerald de Maurier begann darin zu blättern. Nach einer Weile stellte er fest: »Der Entwurf ist nicht uninteressant, aber er muß radikal umgeschrieben werden. Die Dramaturgie stimmt vorne und hinten nicht. Auch der Titel ist langweilig. Denken Sie sich einen besseren aus.«

Zwei Dinge trafen aufeinander: Edgar bewunderte den Schauspieler, und er hatte ein schlechtes Gewissen wegen des Schwulen-Pamphlets. Zum ersten Mal seit langer Zeit nahm er deshalb einen gutgemeinten Ratschlag an. Er vertraute den Hinweisen des erfahrenen Spezialisten und stülpte das Stück völlig um. Er nannte es nun »Der Hexer« *(The Ringer).*

Am 1. Mai 1926 sollte die Premiere im Wyndham Theater sein. Das Datum war mit Bedacht gewählt und stand dann doch unter einem schlechten Stern. Die konservative Regierung hatte wenige Tage zuvor das Pfund aufgewertet. Die Unternehmer im Kohlebergbau reagierten ungeschickt und kündigten Lohnsenkungen an. Die Kumpel leisteten Widerstand, und als die Vermittlungsversuche einer staatlichen Untersuchungskommission scheiterten, traten die Bergleute am 26. April in den Ausstand. Der Gewerkschaftsverband wollte die Grubenarbeiter unterstützen und rief zu einem Generalstreik auf, der über den 1. Mai hinaus das Land neun Tage lang lähmte. Was aber sollte aus einer Galaaufführung werden, wenn sie von keiner Zeitung angekündigt wurde und zum Theater keine öffentlichen Nahverkehrsmittel fuhren?

Doch die Mundpropaganda hatte gewirkt. Das Wyndham Theater war ausverkauft, das Publikum erhob sich am Ende zu stehenden Ovationen, und als wieder die ersten Zeitungen erschienen, gab es keinen einzigen Verriß. »Der Hexer« lief ein ganzes Jahr lang und wurde ein äußerst erfolgreiches Bühnenwerk.

Von diesem Triumph angespornt, begann Edgar mit der Massenproduktion von Theaterstücken. Er mietete das Wyndham Theater und brachte innerhalb von sechs Jahren 17 Dramen und Komödien auf die Bühne, bei denen er meist selbst Regie führte. Rund die Hälfte der Aufführungen machte Furore. Ein Viertel schleppte sich mäßig dahin, und das restliche Viertel fiel erbarmungslos durch.

Edgar konnte sich das nicht erklären. Er fand alle seine Werke gleich gut: spannend, witzig, vom Hauch der Genialität umströmt. Aber er besaß wenigstens genügend Verstand, alle Verrisse sofort vom Spielplan zu nehmen und sie binnen kürzester Frist durch ein neues Stück zu ersetzen. Das bereitete ihm keine Schwierigkeiten. Er konnte innerhalb von zwei, drei Tagen ein komplettes Theaterstück verfassen, unterdessen die Schauspieler aussuchen und nach einer Woche Probentätigkeit das Publikum zur nächsten Premiere einladen.

Mit seinen Bühnenproduktionen hatte sich Edgar Wallace eine neue Geldquelle erschlossen, die munter sprudelte. Gleich nach dem Erfolg von »Der Hexer« war er in eine luxuriöse Wohnung am Portland Place gezogen, hatte für sich einen größeren und für Violet einen kleineren Rolls Royce gekauft und auch Robert Curtis mit einem neuen Automobil bedacht. »Mein Junge, wenn Sie mit einem Schrotthaufen durch die Gegend gondeln, glauben die Leute entweder, ich hätte nichts auf der Tasche, oder ich sei geizig. Und beides wollen wir doch nicht«, begründete er diese Großzügigkeit gegenüber seinem Sekretär.

1929 unternahm er mit seiner gesamten Familie eine Reise in die USA. Auch in den Staaten war er längst zu einem äußerst populären

Autor geworden, und bei seiner Ankunft in New York drängten sich die Reporter am Kai. Der berühmte Autor gab Hunderte von Interviews und wurde als Ehrengast von einem Festbankett zum nächsten gereicht. Schließlich äußerte er gegenüber seinem amerikanischen Manager Carl Brandt den Wunsch, nach Chicago zu fahren.

In den USA hatten die »Goldenen Zwanziger Jahre« – unter anderem als Folge der Prohibition, des gesetzlichen Alkoholverbots vom 16. Januar 1920 – ein rasches Anwachsen von Gangsterbanden mit sich gebracht. Sie bildeten riesige Syndikate, die sich unter dem Deckmantel legaler Geschäfte dem Alkoholschmuggel, dem Rauschgifthandel, der Prostitution, dem Glücksspiel und dem organisierten Einbruchsdiebstahl widmeten. Das System funktionierte relativ einfach. Da an bestimmten Waren und Dienstleistungen Bedarf bestand, deren Verkauf vom Gesetz her verboten war, agierten die Banden gewissermaßen als Versorgungsbetriebe. Sie lieferten ihren Kunden, was sie haben wollten: Schnaps, Spielhöllen und Frauen. Um ihre Ruhe vor den Gesetzeshütern zu haben, griffen die Syndikate gegenüber Mitgliedern von Bundeskommissionen, Abgeordneten, Staatsanwälten und hohen Polizeibeamten zu Bestechung, Erpressung und finanzieller Beteiligung an krummen Sachen.

Chicago galt als die Hochburg des Verbrechens. Dort waren Meinungsverschiedenheiten zwischen verfeindeten Gangsterbanden zu regelrechten Straßenschlachten ausgeartet. »Al« Alfonso Capone, ein aus Neapel stammender italienischer Einwanderer, kontrollierte seit 1925 weite Teile der Stadt. Als er die Streitigkeiten zwischen rivalisierenden Banden auf dem Verhandlungswege nicht beilegen konnte, schaltete das »Narbengesicht« (so wurde Al Capone wegen einer Gesichtsverletzung nach einem Messerkampf genannt) am 14. Februar 1929 im berühmt-berüchtigten Garagen-Massaker vom St. Valentinstag die Bosse der konkurrierenden Gangs aus und beherrschte seitdem die Chicagoer Unterwelt.

Edgar Wallace ließ sich zum Hauptquartier von Al Capone, dem Hotel Lexington, fahren, einem zehnstöckigen Gebäude mit runden Erkern und einem stattlichen Säulenportal. Carl Brandt, ein von Natur aus vorsichtiger Mann, meinte: »Ich werde im Wagen auf Sie warten.

Wenn Sie tatsächlich hineinwollen, können Sie gehen. Das Risiko ist gering. Im Lexington verkehren nicht nur Gangster, sondern auch völlig normale Hotelgäste.«

Edgar Wallace wanderte nervös in der Halle umher und rauchte drei Zigaretten. Dann nahm er seinen ganzen Mut zusammen, ging zur Rezeption und sagte: »Edgar Wallace, Kriminalschriftsteller aus Europa, für Mr. Capone. Bitte melden Sie mich an.«

Das Narbengesicht empfing ihn tatsächlich. Al Capone, ein verblüffend junger Mann mit rundem, dunklem Gesicht und pomadisiertem schwarzem Haar, trug einen eleganten, perfekt sitzenden Anzug. Er bewegte sich geschmeidig wie ein schwarzer Panther, bat seinen Gast in einen geräumigen Salon und deutete auf eine Couch mit gestreiftem Stoffüberzug. Er sprach mit heiserer Stimme: »Nehmen Sie Platz, Mr. Wallace. Ich habe von Ihrer Ankunft in der Zeitung gelesen. Was führt Sie zu mir?«

Edgar Wallace starrte auf die blasse Narbe an der linken Gesichtshälfte des Verbrechers und hüstelte verlegen: »Ähm, ja, also ... Wie soll ich sagen ...«

»Lassen Sie sich durch den kleinen Schönheitsfehler nicht irritieren. Ich habe ihn mir zugezogen, als ich als Rausschmeißer in einem New Yorker Tanzlokal arbeitete. Frank Gallucio, ein größenwahnsinniger Italiener, griff mich mit einem Messer an. Die Wunde mußte mit dreißig Stichen genäht werden. Doch das ist schon lange her, über zehn Jahre. Heutzutage befasse ich mich mit anderen Sachen, müssen Sie wissen.«

»Genau darüber wollte ich mit Ihnen sprechen«, faßte sich Edgar endlich ein Herz. »Ich schreibe Bücher, verstehen Sie, hauptsächlich Kriminalromane, die in England spielen. Sie kennen das bestimmt: wabernder Nebel, glucksendes Moor, alte Schlösser, wimmernde Käuzchen, vermummte Gestalten. Keine großen Sachen also. Und nun, da ich in Amerika bin, möchte ich einen authentischen Reißer über dieses Land verfassen.«

Al Capone lehnte sich zurück, seine Füße ruhten auf einem flachen Couchtisch. Er fragte freundlich: »Schön, schön, aber wie kann ich Ihnen dabei helfen?«

Edgars Redefluß stockte wieder, seine Zunge war belegt. »Ich dachte, nun ja, ich halte Sie für einen großen Fachmann auf diesem Gebiet.«

Al Capone schmunzelte und stieß ein heiseres Bellen aus. »Sie irren sich. Wie ich Ihnen schon sagte: New York liegt lange hinter mir. Jetzt arbeite ich als Geschäftsmann, sehr erfolgreich, aber nichts Aufregendes. Ich gehe regelmäßig in die Kirche und spende für die Armen. Meine größte Sünde besteht freitags in einer Pokerpartie mit dem Polizeichef und dem Bürgermeister.«

»Nun, wenn das so ist«, murmelte Edgar verlegen und erhob sich. »Dann will ich Ihre kostbare Zeit nicht länger in Anspruch nehmen.«

Al Capone stand gleichfalls auf. Er legte seinem Gast eine Hand auf die Schulter und geleitete ihn zur Tür. »Es hat mich sehr gefreut, Sie kennenzulernen, Mr. Wallace. Sie sind ein interessanter Mann. Genießen Sie Ihre Zeit in meiner schönen Stadt. Ach so, fast hätte ich es vergessen: Haben Sie eine Autogrammkarte bei sich? Meine Nichte Gina ist dreizehn Jahre alt, ein süßes Ding, und sie liest gern spannende Bücher.«

Auf der Rückreise nach Europa dachte Edgar Wallace intensiv nach. Zu Hause begab er sich sofort in sein Arbeitszimmer und diktierte innerhalb weniger Stunden das Theaterstück »In den Tod geschickt« *(On the Spot).* Es spielt in Chicago und handelt von Bandenkriegen. Der negative Held heißt Tony Perelli. Er ist – laut Regieanweisung – ein schlanker, geschmeidiger Mann mit ungewöhnlich dunkler Gesichtsfarbe, der teure Anzüge trägt, die wie angegossen sitzen.

»In den Tod geschickt« wurde ein ungewöhnlich großer Erfolg. Mehrere Kritiker bezeichneten es als das beste Theaterstück seiner Zeit. Von dem positiven Ergebnis angespornt, machte sich Edgar an die Romanfassung. Heute ist der Krimi »In den Tod geschickt« fast völlig in Vergessenheit geraten. Das mag daran liegen, daß das Buch ausschließlich aus kurzen Handlungsfetzen und Dialogen besteht. Es wirkt wie ein Rohbau, dem noch Putz, Farben, Tapeten, Lampen, Möbel, Gardinen, Bilder und Teppiche fehlen, um ihn zu einem bewohnbaren Haus zu machen. Hätte Edgar nicht nur drei Tage an »In den Tod geschickt« gearbeitet, sondern wesentlich mehr Zeit und Mühe investiert, wäre vielleicht ein Werk der Weltliteratur wie »Der Pate« von Mario Puzo daraus geworden. Der Keim dazu war gelegt, leider konnte die Saat nicht aufgehen.

Doch »In den Tod geschickt« forderte seinen Tribut. In der Nacht, als Edgar Wallace die letzten Zeilen des Krimis diktierte, erlitt er seinen ersten schweren Bronchitisanfall.

# Sterben in Hollywood

## Der Kandidat

*Es war sein größter Stolz, daß er im Jahr keine vier Meilen zu Fuß ging. Einmal, als er nach Tilshead fuhr, um nach seinen Pferden zu sehen, mußte er eine Meile weit über die Hügel laufen. Wallace traf seinen Trainer später niemals, ohne sich über dieses Attentat bitter zu beklagen.*

Robert Curtis, »Edgar Wallace – Each way«

Edgar war ein reicher Mann geworden. Er besaß inzwischen ein wunderschönes Landhaus mit Tennisplatz in Bourne End, genannt Chalklands, eine weitläufige Wohnung am Portland Place, ein hübsches Appartement in Haymarket, einen großen Rennstall mit über 20 Pferden und mehrere elegante Autos. Er beschäftigte ein Heer von Hauspersonal und Bediensteten, darunter einen Kammerdiener, einen Butler, zwei Chauffeure sowie etliche Gärtner.

Gleichzeitig war Edgar Wallace ein armer Mann. Er lebte nur wie ein Millionär, ohne tatsächlich einer zu sein. Die Ausgaben stiegen stets schneller als die Einnahmen. Das Geld, das er verdiente, reichte nie aus, obwohl er wie ein Besessener schuftete. Er zermarterte ständig sein Hirn, wie er die Einkünfte erhöhen könnte. Auf die einfachste Lösung aller Probleme, nämlich sparsamer zu wirtschaften, kam er nicht.

Edgar wurde launisch und gereizt. Seine Stimmungen schlugen ständig um. Er pendelte unmotiviert zwischen seinen verschiedenen Domizilen hin und her. Immer wollte er woanders sein als dort, wo er sich gerade aufhielt. Dazu kam, daß er seine Gesundheit über Jahre hinweg sträflichst vernachlässigt hatte und seine robuste Konstitution ihn nun allmählich im Stich ließ. Er war so dick und kurzatmig geworden, daß er kaum noch allein seine Schuhe zuschnüren konnte. Er haßte jede Form körperlicher Bewegung und verabscheute frische Luft. In Chalklands ließ er sich einen eigenen Wanderweg anlegen. Er benutzte ihn nicht. Er kaufte sich eine mechanische Apparatur zur Leibesertüchtigung. Sie verstaubte im Keller. In seinem überheizten Arbeitszimmer loderte ständig ein helles Feuer, während er in doppelter Unterwäsche und Morgenmantel hinter einem gläsernen Wandschirm hockte, der ihn von drei Seiten umgab. Selbst kürzeste Entfernungen legte er mit dem Auto zurück, und zu seiner Wohnung benutzte er stets den Lift, obwohl sie im ersten Stock lag. Die Bronchitis hatte sich zu einem chronischen Leiden entwickelt, und er war zuckerkrank geworden. Beides veranlaßte ihn weder dazu, ärztliche Hilfe zu bemühen (seiner Meinung nach konnte er sich als ehemaliger Sanitäter selbst am besten kurieren), noch seinen Zigarettenkonsum einzuschränken.

Kurzzeitig erhielt er neuen Auftrieb, als ihn die frischgegründete British Lion Filmgesellschaft zum Aufsichtsratsvorsitzenden bestellte. Es handelte sich dabei um einen rein repräsentativen Posten, der außer seiner körperlichen Anwesenheit bei einigen Sitzungen keine weiteren Aktivitäten erforderte, ihm aber Aktien im Wert von 10 000 Pfund, ein Jahresgehalt von 500 Pfund und die Möglichkeit einbrachte, seine Werke in den Studios von Beaconsfield verfilmen zu lassen.

Die Weltwirtschaftskrise, die mit dem Wall-Street-Crash im Oktober 1929 begonnen hatte und zu heftigen Preisstürzen, Bankrotten und einem anhaltenden Schrumpfen der wirtschaftlichen Beziehungen zwischen den Ländern führte, ließ die Arbeitslosenzahlen nach oben schnellen. Auf dem Höhepunkt der Rezession wurden in Großbritannien knapp vier Millionen Beschäftigungslose gezählt. Das Kino bedeutete für die Menschen eine willkommene Ablenkung vom düsteren Alltag. Bis 1930 entstanden im Vereinigten Königreich mehr als 3 000 Kinos, viele davon als prächtige Art-Deco-Paläste.

In den Studios von Beaconsfield wurden zunächst ausschließlich Stummfilme gedreht, darunter ein knappes Dutzend nach Edgar-Wallace-Büchern. 1930 begann die Tonfilmproduktion, und Edgar

*Edgar und seine Tochter Penelope, um 1929*

übernahm in maßloser Selbstüberschätzung seiner Fähigkeiten die Regie beim »Zinker« (The Squeaker). Die Erfahrungen, die er an den stressigen Drehtagen machte, waren jedoch so nachhaltig, daß er sich bei den folgenden drei Produktionen auf eine beratende Tätigkeit beschränkte. Ihm machte es Spaß, als graue Eminenz im Klappstuhl mit dem Manuskript in der Hand am Set zu sitzen, anstatt sich mit untalentierten Schauspielern, betrunkenen Beleuchtern, defekten Kameras und irritierenden Tonnebengeräuschen herumplagen zu müssen.

1931 sah sich Edgar Wallace einer neuen Herausforderung gegenüber, der er sich nicht entziehen konnte. Die Wurzeln dafür reichten bis in das Jahr 1929 zurück, als er während einer Deutschlandreise in der Presse die frei erfundene Nachricht gelesen hatte, er würde bei den kommenden Parlamentswahlen für die Liberalen kandidieren. Selbstverständlich war die Falschmeldung sofort von ihm dementiert worden, aber irgendwo in einem entfernten Hinterstübchen seines Gehirns hatte sich der Gedanke eingenistet, daß ihm ein Unterhausposten gut zu Gesicht stehen würde. Er war berühmt und beliebt, verfügte über Humor und ein beachtliches Redetalent, strahlte Ruhe und Seriosität aus – weshalb sollte er nicht einen guten Abgeordneten abgeben? Er vergaß dabei leider, daß ihm drei entscheidende Dinge fehlten: Ein fester politischer Standpunkt, eine Lobby und die Gunst der Wähler.

1931 gab es in England eine politische Krise, als Premierminister Ramsay MacDonald drastische Sparmaßnahmen einführen wollte, um die Landeswährung stabil zu halten. Die Regierung konnte die angeblich notwendigen Ausgabenkürzungen – u. a. bei der Arbeitslosenhilfe – aber nur mit einer sicheren Parlamentsmehrheit durchsetzen. Die meisten Labour-Abgeordneten weigerten sich, die Einkünfte der Ärmsten der Armen noch weiter zu beschneiden. Deshalb mußten Neuwahlen anberaumt werden.

Lloyd George, ein bekannter liberaler Politiker, fragte Edgar, ob er nicht im Wahlkreis von Blackpool, einer mittelgroßen Küstenstadt an der Irischen See im Westen Großbritanniens, für die Liberalen antreten wolle. Nach dem britischen Wahlsystem war das Land in rund 600 Wahlkreise eingeteilt. Aus jedem Wahlkreis zog nur ein Kandidat ins Unterhaus ein, und zwar derjenige, der die meisten Stimmen erhielt. Landesweit stellten sich die Labour Partei, die Liberale Partei, die Konservative Partei sowie einige kleinere Parteien (die völlig bedeutungslos waren und blieben) zur Wahl. Die Labour und die Liberalen hatten sich in jeweils zwei Flügel gespalten.

Edgar in seiner Eitelkeit sagte zu, sich als Kandidat aufstellen zu lassen, obwohl er weder wußte, wodurch sich die beiden Fraktionen der Liberalen Partei unterschieden, noch worin überhaupt liberale Politik bestand. Er hatte nicht den leisesten Schimmer, wie der Wahlkampf ablaufen würde, und kannte keine einzige Menschenseele in Blackpool. Er ging die Sache ganz pragmatisch an. Bislang waren alle seine großen Vorhaben geglückt, und zwar sämtlichen Widerständen zum Trotz – weshalb sollte ausgerechnet dieses eine kleine Unternehmen scheitern?

Seine Ideen, die er für den Wahlkampf entwickelte, waren äußerst originell: Zunächst ließ er entlang der Strandpromenade von Blackpool mehrere Kioske aufstellen, in denen ausschließlich Edgar-Wallace-Bücher verkauft wurden. Dann gründete er eine eigene Zeitung, den »Wallace's Blackpool Banner«, die zweimal wöchentlich erschien und die er mit Wahlpropaganda für seine Person vollstopfte.

Parallel dazu ließ er sich in einem Crashkurs von dem lokalen Wahlkampfmanager Harry Boydell in die Anfangsgründe liberaler Politik einführen. Die von ihm mit Spannung erwartete erste Wahlkampfveranstaltung fand schließlich in der Stadthalle von Blackpool statt. Edgar Wallace kam in seinem gelben Rolls Royce vorgefahren. Robert Curtis erwartete ihn. Er sagte zur Begrüßung: »Oh, Sie tragen eine blaue Krawatte. Ist Blau die Farbe der Liberalen?«

»Ich weiß nicht«, antwortete Edgar achselzuckend. »Mein Kammerdiener hat sie mir zurechtgelegt.«

Harry Boydell trat zu ihnen und wurde bleich. »Oh, Sir, um Gottes willen«, flüsterte er. »Was haben Sie sich da um den Hals geschlungen? Blau ist das Banner der Konservativen, unserer schärfsten Gegner! Ich lasse schnell einen Boten zum nächsten Kurzwarenhändler schicken, damit er Ihnen einen roten Binder besorgt.«

Mit kurzer Verzögerung schritt Edgar in den Vorraum, trug sich in die Kandidatenliste ein und legte 150 Pfund Sterling auf den Tisch – die sogenannte Hinterlegungsgebühr. Er trennte sich äußerst ungern von den Scheinen, weil sie sein Bankdirektor erst nach harten Kämpfen herausgerückt hatte. »Es ist das erste Mal, daß ich einem Unbekannten so viel Geld anvertraue – noch dazu, wo die Gewinnchancen völlig unklar sind und ich keins der anderen Pferde kenne, die an den Start gehen«, erklärte Edgar dem verblüfften Wahlleiter.

Dann trat er beschwingt in den großen Saal und traf zum ersten Mal seine politischen Gegner. Alles lief sehr harmonisch ab, keiner tat dem anderen etwas zuleide. Es wurden kurze, unverbindliche Reden gehalten, das honorige Publikum applaudierte pflichtgemäß, und im Anschluß trafen sich die Herren zu einem netten Plauderstündchen bei Whiskey und Zigarren.

Abends im Strandhotel meinte Edgar zu Harry Boydell: »Das war ja heute ganz passabel. Ich hatte mir den Wahlkampf ganz anders vorgestellt, so richtig schmutzig und gemein. Aber glücklicherweise sind wir in England und nicht irgendwo auf dem barbarischen Kontinent.«

Der Wahlmanager runzelte die Stirn, sagte aber nichts dazu. Blackpool war eine Hochburg der Konservativen. Ein liberaler Kandidat hätte, wenn überhaupt, nur eine Chance, wenn ihn alle anderen Parteien unterstützen würden. Dafür gab es nicht das geringste Anzeichen. Mehr noch: Edgar Wallace war ausschließlich wegen seines Namens ausgewählt worden. Er hatte damit ungewollt die lokalen liberalen Funktionäre ausgebootet und so die ohnehin schon zerstrittene Partei noch weiter zersplittert. Viele seiner sogenannten Parteifreunde waren in Wirklichkeit seine erbitterten Feinde.

Edgar erhob sich gähnend. »Es ist schon spät, und ich bin müde. Die Nacht ist bald zu Ende. Ich will früh zurück nach London.«

Harry Boydell erschrak erneut, diesmal noch heftiger. »Nein, Sir, nein, das ist völlig unmöglich!« protestierte er energisch. »Morgen beginnt Ihre vierzehntägige Wahlkampftour. Für jeden Tag sind mindestens vier Veranstaltungen geplant.«

»Ausgeschlossen!« entgegnete Edgar irritiert. »Ich habe drei Kurzgeschichten zu schreiben, muß täglich mehrere Zeitungsartikel verfassen und soll eine Radiosendung vorbereiten. Eine neue Serie ist in Vorbereitung – und außerdem habe ich Geld zu verdienen. Ich bin nicht so vermögend, daß ich mir auf den Plauz eine zweiwöchige Rundreise mit hohen Ausgaben leisten kann.«

Die beiden feilschten eine Weile, dann einigten sie sich auf einen Zwei-Tage-Rhythmus: 24 Stunden schwere Arbeit, anschließend ein noch härteres 24stündiges Buhlen um des Wählers Gunst.

Der erste Wahlkampfmorgen begann damit, daß vor dem Frühstücksraum des Strandhotels mehrere tuschelnde Abordnungen standen und den großen Meister zu sprechen wünschten.

Edgar haßte derartige Störungen, aber ihm blieb keine andere Wahl, als sich die grandiose Aussicht auf die Küste und die tosende See nehmen zu lassen. »Ich bin für eine strikte Herabsetzung der Biersteuer«, teilte er zwei schmerbäuchigen Gastwirten mit, die stark transpirierten und kaum in die gelben Korbsessel paßten.

»Ich werde mich dafür einsetzen, daß die Profite großer Handels-

*Edgar Wallace und Paul Graetz auf der Ankündigung für »Der Zinker« im Deutschen Künstlertheater Berlin*

ketten stärker besteuert werden«, versicherte er einer Delegation schmallippiger Einzelhändler, die sämtlichst an Magengeschwüren zu leiden schienen.

»Die grundlegende Verbesserung der wirklich unerträglichen Zustände in den Schlachthäusern zählt zu meinen wichtigsten Anliegen«, ließ er drei rotgesichtige Metzger wissen, die nach altem Alkohol und frischen Zwiebeln rochen.

Robert Curtis saß daneben und rang verzweifelt die Hände. In einer freien Minute drang er auf Edgar ein: »Sie können nicht jedem alles versprechen. Das gibt eine Katastrophe.«

»Pah, das merkt doch keiner«, schmunzelte sein Chef.

Das erste Debakel gab es bei der Nachmittagsveranstaltung in High End, einer ärmlichen Blackpooler Vorstadtgegend, in der der gelbe Rolls Royce völlig deplaziert wirkte. Das Auto hielt im Rinnstein vor dem »Seaside Lantern«. Es gab kein Empfangskomitee. Lediglich ein alter Mann in einem löchrigen grünen Mantel schlurfte vorbei. »Guten Tag, Sir«, grüßte Edgar ihn freundlich. »Mein Name ist Wallace. Ich bin heute hier der Redner.«

»Wallace, Wallace ...«, murmelte der Greis. »Sin' Se etwa der Olle von Nellie Wallace aus der Cattle Road?«

Durch den Kneipensaal, einen düsteren Raum mit Bohnerwachsspänen auf dem Dielenfußboden, zogen dicke Rauchschwaden, obwohl er nur zu einem Drittel gefüllt war. Als der Wahlredner mit der Sonne im Rücken eintrat, herrschte feindseliges Schweigen. Niemand stand auf, keine einzige Hand rührte sich. Die Liberalen hatten weder eine Unterstützungsgruppe entsandt, noch gab es Blumen oder sonstige Dekorationen. Edgar kletterte auf die kahle, kalte Bühne, setzte sich hinter einen braunen Fichtenholztisch mit abgestoßenen Ecken und begann zu reden, planlos, einfach so aufs Geratewohl: »Guten Tag, meine Damen und Herren. Ich freue mich, daß Sie Zeit gefunden haben, einem Mann zuzuhören, der Sie demnächst im Unterhaus vertreten wird. Mein Name ist Edgar Wallace. Für diejenigen unter Ihnen, die mich noch nicht kennen sollten, will ich mich vorstellen. Ich bin Reporter und Schriftsteller von Beruf. Alle wichtigen Zeitungen drucken ständig Artikel von mir, meine Bücher gibt es auch in Blackpool zu kaufen. Ich habe eine große Familie, die leider im Moment nicht hier sein kann. In meiner Freizeit besuche ich gern Pferderennen. Ich wurde in christlichem Glauben erzogen, bin aber kein bekennender Christ. Damit will ich sagen, daß ich nicht regelmäßig zur Kirche gehe.« Edgar kam ins Stocken. »Das soll heißen, ähm, daß ...«

Vereinzelte Buhrufe und Pfiffe ertönten. Der Geräuschpegel stieg merklich an. Es wurde gemurrt und gewispert, Stühle schurrten. Ein Schankmädel ließ die Saaltür knallen und rief laut: »Wer will noch'n Glas? Pfoten hoch!«

Edgar blickte verdutzt in die Runde. Von einer ähnlich freundlichen Atmosphäre wie zum Auftakt in der Stadthalle war hier nichts zu spüren. »Ruhe jetzt«, befahl er empört. »Wenn Sie mich verstehen wollen, müssen Sie leise sein.«

»Hören Sie auf, dummes Zeuge zu quasseln«, tönte eine verhärmte Frau in schäbigen Sachen zurück. »Uns alle hier interessiert nur eine einzige Frage. Wie wollen Sie die hohe Arbeitslosigkeit bekämpfen?«

Edgar versuchte es mit Humor: »Der Regierungschef weiß es nicht, sein Minister weiß es nicht – wieso soll ausgerechnet ich es wissen?«

An den Tischen begann sich eine gewisse Unruhe auszubreiten.

»Sind Sie für den freien Handel oder für eine Tarifreform?« wollte ein gutgekleideter Herr mit dichtem Backenbart wissen.

»Ich gebe ehrlich zu, daß ich mich auf diesem Gebiet nicht gut auskenne. Wenn Sie freundlicherweise Ihre Frage zu Papier bringen und mir ins Hotel senden wollen, werde ich zusehen, daß Sie kurzfristig eine befriedigende Antwort erhalten.«

Das Rumoren nahm bedrohlich zu.

»Für welche liberale Fraktion stehen Sie? Für die nationale oder für die Kabinettgegner?« versuchte es ein ihm offensichtlich gutgesonnener älterer Gentleman mit einem nikotingefärbten borstigen Schnauzer.

»Wenn Sie mich wählen, und das sollten Sie tun, müssen Sie folgendes wissen: Ich ziehe entweder als freier Mann ins Unterhaus ein oder gar nicht. Ich glaube, daß sich die Konservativen und die Labour dazu verschworen haben, die Lebensmittel zu besteuern. Das trifft vor allem die armen Leute. Dagegen werde ich kämpfen, ganz egal, welcher Flügel meiner Partei dafür oder dawider streitet.«

Nun gab es vereinzelten Beifall im Saal, aber er tröpfelte zu spärlich. Dann, wie auf ein geheimes Kommando, standen die meisten Leute einfach auf und gingen.

Edgar war deprimiert und zutiefst erschüttert. So hatte er sich den Wahlkampf nicht vorgestellt. Robert Curtis versuchte ihn für die nächsten Termine fit zu machen. Er las ihm während der Autofahrten aus Agitationsbroschüren vor, stellte Zahlenmaterial zusammen und kritzelte Spickzettel voll, auf denen Antworten zu den wichtigsten Fragen standen. Es war alles vergeblich. Edgar kannte weder die Gegend noch die Leute noch ihre Probleme. Er erlitt eine Niederlage nach der anderen.

Glücklicherweise waren die Tage mit so viel Terminen vollgepfropft, daß niemand Zeit zum Nachdenken fand. Der Wahltag kam, ihm folgte die Nacht der Stimmenauszählung. Das Ergebnis überraschte kaum jemanden: Der Kandidat der Konservativen, Captain C. C. Erskine-Bolst, ging als strahlender Sieger hervor. Er hatte mit großem Abstand die meisten Stimmen gewonnen.

Edgar atmete tief durch. Es war so, als ob eine schwere Last von seinen Schultern gefallen wäre. Er ging zum Wahlleiter, ließ sich die hinterlegten 150 Pfund zurückgeben und hastete zum Wagen. »Schnell, schnell, zum Pferderennen nach Newmarket«, wies er den Chauffeur an. Und zu Robert Curtis sagte er, völlig im Ernst und ohne jeden Hauch von Bitterkeit in der Stimme: »Heute habe ich eine Glückssträhne, ich spüre es. Wir wollen die 150 Pfund ausgiebig vermehren.«

*Jim und Penelope, um 1929*

## Lungenentzündung

*Seine Seele verließ seinen Körper und verschwand in der Dunkelheit. Oder im Licht. Wer weiß das schon?*
*Wie Edgar selbst sagte: »Was kommt als nächstes? Was immer es sein mag, ich bin daran interessiert.«*

Robert Curtis, »Edgar Wallace – Each Way«

Die Niederlage in Blackpool hatte Edgar viel stärker getroffen, als er es sich selbst eingestehen wollte. Seine Eitelkeit war verletzt, er fühlte sich ausgelaugt und war am Ende seiner Kräfte. Die Konzentrationsfähigkeit ließ rapide nach, und die gesundheitlichen Probleme wurden immer größer. Wie sollte er die gigantische Geldbeschaffungsmaschine am Laufen halten? Was konnte ihm die notwendige Energie verschaffen, weiterhin rund um die Uhr zu arbeiten, tagtäglich, ohne Pause?

Vor dem Wahlkampf hatte ihm eine amerikanische Filmgesellschaft, das »Radio-Keith-Orpheum-Studio« in Hollywood, einen Vertrag angeboten. Er sollte über zwei Monate gehen, eine Option auf Verlängerung enthalten und ein Honorar in Höhe von 4 800 Pfund umfassen. Edgar war nicht darauf eingegangen. Inzwischen hatte er es sich anders überlegt. Er ließ nachfragen, ob noch immer Interesse bestünde.

R.K.O. antwortete postwendend: »Ja, Sie können sofort kommen.«

Edgar Wallace sagte zu. Zwei Tage später nahm er sein Wort zurück. Er war wankelmütig und unentschlossen. Er haßte es, seine gewohnte Umgebung zu verlassen. Aber er brauchte dringend Geld und litt deshalb Seelenqualen.

Wie in alten Zeiten befragte er das Orakel, so lange, bis es günstig ausfiel. Dann schickte er ein Telegramm an R.K.O.: »Ich komme am 26. November in New York an. Bitte lassen Sie alles vorbereiten.«

Am 21. November 1931 bestieg er gemeinsam mit seinem Sekretär Robert Curtis und dem Kammerdiener Robert Downs die »Empress of Britain«. Seine Frau Violet konnte ihn nicht begleiten. Sie mußte sich um ihr krankes Kind kümmern – bei Penelope bestand Verdacht auf Tuberkulose – und wollte so bald als möglich nachkommen.

Während der fünftägigen Überfahrt saß Edgar stundenlang allein in seiner Kabine. Er wollte niemanden sehen oder hören. Er fühlte sich entwurzelt und unsicher. Was würde ihn in den USA erwarten?

Die Ankunft in der Neuen Welt brachte ihm den verlorengegangenen Mut zurück. Die Reporter feierten ihn wie einen Weltstar. Nun war er sich endlich sicher, daß alles gut werden würde. Von New York aus reiste er nach Chicago. Al Capone konnte er nicht noch einmal besuchen. Die großen Zeiten des Gangsterchefs gehörten inzwischen der Vergangenheit an.

Am 4. Dezember erreichten die drei Reisenden Hollywood. Einige Tage wohnten sie im »Beverly-Wilshire-Hotel«. Edgar behagte es dort wenig. Der Luxus gefiel ihm zwar, aber ihm fehlte die gewohnte Ordnung wie zu Hause. Er fand rasch eine günstigere Lösung, indem er sich im North Maple Drive 716 in Beverly Hills ein möbliertes Haus für 350 Dollar im Monat sowie eine bequeme Ford-Limousine nebst livriertem Chauffeur für 125 Dollar pro Woche mietete.

Die Arbeit in den Hollywood-Studios war ganz anders als in London. Es gab viel mehr Leute, die geschäftig umherquirlten, und alle standen ständig unter Hochdruck. Das entsprach völlig seinem Naturell. Die Devise »Zeit ist Geld« hätte von ihm stammen können. Während der wöchentlichen Ideenkonferenzen konnte er aus dem Stehgreif ganze Szenarien entwickeln und ein oder zwei Tage später den ersten Entwurf für ein Skript vorlegen. Die Studiobosse waren von ihm und seinem unerhörten Arbeitstempo begeistert. Sie schenkten ihm Zigarren, luden ihn zu Cocktails am Swimmingpool ein und ließen sich mit ihm fotografieren.

Sein erster Auftrag bestand darin, gemeinsam mit einem Co-Autor namens Merion Cooper das Drehbuch für einen Gruselfilm zu schreiben. David Oliver Selznick, der Produzent und spätere Gründer der Selznick International Pictures, ein junger Mann Ende Zwanzig, hatte äußerst vage Vorstellungen von dem Inhalt. Weil von einer früheren Produktion noch geeignete Kulissen und ein Team ausgezeichneter Trickfilmspezialisten zur Verfügung standen, sollte es am besten ein Schocker über eine Riesenechse aus dem Urwald werden. Edgar haßte kreuchende Schlängelmonster. Er schlug statt dessen einen Riesen-

*Die Gedenktafel am Ludgate Circus, wo Edgar als elfjähriger Junge Zeitungen verkaufte*

affen vor. Da außer Selznick noch ein halbes Dutzend anderer wichtiger Leute etwas zu sagen hatte, änderte sich das Skript mehrmals. Am Ende wurde das Drehbuch zu »King Kong« daraus.

Edgar hatte Erfolg, er wurde anerkannt und begann sich einzuleben. Das warme Klima sagte ihm wesentlich mehr zu als das kalte Winterwetter in Großbritannien. Die Tätigkeit in den Studios machte ihm großen Spaß, in seinem geräumigen zweistöckigen Haus mit großem Garten fehlte es an keinem Komfort, und abends fanden häufig Partys statt, auf denen er berühmten Hollywood-Größen begegnete. Aber er litt unter der Abwesenheit seiner Frau – er schrieb ihr täglich mindestens einen Brief –, und sein Gesundheitszustand begann ihn ernsthaft zu beunruhigen. Er litt unter ständigen Kopfschmerzen, einem verstauchten Knöchel, und zu den quälenden Hustenanfällen hatte sich ein unangenehmer Kehlkopfkatarrh gesellt.

Am Sonntag, dem 7. Februar 1932, fühlte sich Edgar wie zerschlagen und konnte nicht arbeiten. Nach dem Lunch bekam er einen heftigen Migräneanfall – jedenfalls hielt er die rasenden Kopfschmerzen dafür. Er nahm eine große Dosis Aspirin und legte sich ins Bett. Die halbe Nacht lang wälzte er sich unruhig und schweißüberströmt im Bett hin und her. Um fünf Uhr morgens klingelte er nach seinem Diener.

Robert Downs war daran gewöhnt, zu allen Tages- und Nachtzeiten eine Tasse Tee zu servieren. Er betrat das Schlafzimmer seines Herrn. Edgar murmelte etwas Unverständliches. Er war unfähig, mit eigener Kraft die Tasse zum Mund zu führen. Der Diener weckte sofort den Sekretär. Robert Curtis bekam einen Schock, als er den berühmten Schriftsteller in völlig hilfloser Lage vorfand, und rief telefonisch einen bekannten Arzt zu Hilfe. Dr. Fishbaugh versprach, in den frühen Morgenstunden vorbeizukommen.

Als er am Krankenlager eintraf, war Edgar bereits bewußtlos. Dr. Fishbaugh untersuchte ihn und zog im Laufe des Tages noch zwei weitere Ärzte hinzu. Sie diagnostizierten eine doppelseitige Lungenentzündung und schwere Diabetes. Sie verabreichten dem Kranken Sauerstoff. Edgar kam kurzzeitig wieder zu sich, doch die Medikamente schlugen nicht an. Die Intervalle der tiefen Bewußtlosigkeit wurden immer größer.

Am 9. Februar hatte Edgar noch einen letzten hellen Moment. Er fragte: »Muß ich sterben?«

Robert Curtis nahm seine Hand, drückte sie leicht und antwortete tröstend: »Oh, nein Sir, Sie befinden sich auf dem Weg der Besserung.«

»Wenn das so ist, ... dann zieht mir ... meine Pantoffeln ... und den Schlafrock an ... und gebt mir ... eine gute Tasse Tee«, murmelte der Leidende gequält.

Dr. Fishbaugh nickte stumm. Edgar wurde in seinen Hausmantel gehüllt, und als er an der Tasse Tee nippte, huschte ein flüchtiges Lächeln über sein Gesicht. Er fühlte sich geborgen.

Wenige Minuten später fiel er ins Koma. Ihn schüttelten schwere Krämpfe, und am Nachmittag des 10. Februar 1932 starb er, ohne noch einmal das Bewußtsein erlangt zu haben.

# Epilog

*Und die Höhe seiner Schulden, als er starb, bezeichnet deutlich genug die Ausmaße seiner Flucht, denn der Filialleiter der Bank in Tanner's Hill hätte es Wallaces Arbeitgeber mit dem Milchkarren noch nicht einmal erlaubt, sein Konto um mehr als zehn Pfund zu überziehen.*

Graham Greene – Edgar Wallace

Der Sarg mit dem Leichnam von Edgar Wallace wurde von Robert Curtis in New York an Bord der »Berengaria« gebracht und nach Großbritannien übergeführt. Als der Dampfer in Southhampton einlief, standen Tausende Menschen am Kai, um dem großen Schriftsteller die letzte Ehre zu erweisen. Die Flaggen aller Schiffe im Hafen standen auf halbmast, die Sirenen heulten, und auf einem Kreuzer der königlichen Marine feuerten Matrosen eine Ehrensalve ab.

Edgar Wallace wurde auf einem kleinen Dorffriedhof neben seinem Landhaus in Chalklands begraben. Seinem Gedenken widmeten Londoner Journalistenkollegen eine Tafel im Zeitungsviertel am Ludgate Circus: »Edgar Wallace, Reporter, geboren in London 1875, gestorben in Hollywood 1932, Gründungsmitglied der Company of Newspaper Makers. Er lernte Armut und Reichtum kennen, er verkehrte mit Königen und blieb doch sich selbst treu. Seine Talente widmete er der Literatur – doch der Fleet Street gehörte sein Herz.« Bei seinem Tod hinterließ Edgar Wallace Verbindlichkeiten in Höhe von 140 000 Pfund Sterling – nach heutigem Geld weit über eine halbe Million Mark. Violet Wallace beauftragte den Rechtsanwalt Theodore Goddard mit der Nachlaßverwaltung und Schuldenregulierung. Die Aufgabe war bei weitem nicht so unmöglich, wie es auf den ersten Blick schien: Die Tantiemen flossen regelmäßig, und es gab niemanden mehr, der das Geld mit vollen Händen zum Fenster hinauswarf. Bereits im März 1934 war die Hinterlassenschaft lastenfrei. In den folgenden Jahren begann sich ein Vermögen anzusammeln, das aus den sprudelnden Geldquellen der Verwertungsrechte gespeist wurde. Die Gesamtauflage aller Edgar-Wallace-Bücher beträgt weltweit über 100 000 000 Exemplare.

*Joachim Fuchsberger und Rudolf Fernau im Film »Die seltsame Gräfin«, 1963*

## Die Bücher

Das britische Gesamtverzeichnis der Edgar-Wallace-Bücher umfaßt 173 Titel. Eine genaue Zahl aller seiner Bücher läßt sich trotzdem kaum bestimmen. Das liegt daran, daß teilweise die englischen von den amerikanischen Titeln abweichen, daß nicht alle Titel in Großbritannien veröffentlicht wurden und daß es bei den Kriminalerzählungen die unterschiedlichsten Zusammenstellungen gibt. Ab und an werden immer noch in alten Magazinen bislang unbekannte Edgar-Wallace-Krimis entdeckt und dann herausgebracht (z. B. 1990 »Der Mann mit den zwei Gesichtern«). Etliche Manuskripte aus dem Nachlaß blieben bis heute unveröffentlicht.

Etwas über hundert Bände – die meisten davon sind Kriminalromane – wurden in die deutsche Sprache übersetzt. Nur ein Teil der nachfolgend genannten Werke kann derzeit über den Handel bezogen werden. Viele Bücher sind vergriffen und nur noch in Antiquariaten erhältlich.

In Deutschland haben mehrere Verlage Edgar Wallace ediert. Aus den verschiedenen Übersetzungen resultieren unterschiedliche Titel für dieselben Bücher. Identisch sind z. B. »Gucumatz« und »Die gefiederte Schlange«, »Der Zinker« und »Der Pfeifer«, »Die Todeskarte« und »Treffbube ist Trumpf«.

*Titelliste der deutschsprachigen Bücher:*

Die Abenteurerin (Four Square Jane)
Am großen Strom (Again Sanders)
A. S. der Unsichtbare (The Valley of Ghosts)
Die Bande des Schreckens (The Terrible People)
Der Banknotenfälscher (The Forger)
Bei den drei Eichen (The Three Oaks Mystery)
Die blaue Hand (The Blue Hand)
Bones in Afrika (Bones)
Bones vom Strom (Bones of the River)
Bosambo (Bosambo of the River)

Der Brigant (The Brigant)
Das Buch der Allmacht (The Book of All-Power)
Der Derbysieger (Down under Donovan)
Der Diamantenfluß (The River of Stars)
Der Dieb in der Nacht (The Thief in the Night)
Der Doppelgänger (Double Dain)
Die drei Gerechten (The Three Just Men)
Die drei von Cordova (That Just Men of Cordova)
Die Eingeborenen vom Strom (The People of the River)
Der Engel des Schreckens (The Angel of Terror)
Feuer im Schloß (The Coat of Arms)
Der Frosch mit der Maske (The Fellowship of the Frog)
Gangster in London (When the Gangs Came to London)
Ganz Europa zum Trotz (Eve's Island)
Das Gasthaus an der Themse (The India-Rubber)
Die gebogene Kerze (The Clue of the Twisted Candle)
Geheimagent Nummer sechs (Number Six - We Shall See)
Geheime Mächte (Captain of Soul)
Das Geheimnis der gelben Narzissen (The Daffodil Mystery)
Das Geheimnis der Stecknadel (The Clue of the New Pin)
Das geheimnisvolle Haus (The Secret House)
Die gelbe Schlange (The Yellow Snake)
Ein gerissener Kerl (The Twister)
Das Gesetz der Vier (The Law of the Four Just Men)
Das Gesicht im Dunkel (The Face in the Night)
Der goldene Hades (The Golden Hades)
Die Gräfin von Ascot (The Lady of Ascot)
Großfuß (Big Foot)
Der grüne Bogenschütze (The Green Archer)
Der grüne Brand (The Green Rust)
Gucumatz (The Feathered Serpent)
Hands up! (Hands Up!)
Der Hexer (The Ringer)
Hüter des Friedens (The Keeper of the King's Peace)
Im Banne des Unheimlichen (The Hand of Power)

In den Tod geschickt (On the Spot)
Das indische Tuch (The Frightened Lady)
John Flack (Terror Keep)
Der Joker (The Joker)
Der jüngste Tag (The Day of Uniting)
Das Juwel aus Paris (The Jewel)
Käthe und ihre Zehn (Kate and Ten)
Kerry kauft London (The Man Who Bought London)
Der leuchtende Schlüssel (The Clue of the Silver Key)
Leutnant Bones (Lieutenant Bones)
Lord wider Willen (Chick)
Lotterie des Todes (The Green Pack)
Louba, der Spieler (Flat Two)
Der Mann aus dem Carlton (The Man at the Carlton)
Der Mann, der alles wußte (The Men Who Knew)
Der Mann, der seinen Namen änderte
(The Man Whow Was a Nobody)
Der Mann im Hintergrund (The Shadow Man)
Der Mann mit den zwei Gesichtern
(The Strange Lapses of Larry Loman)
Der Mann von Marokko (The Man from Marocco)
Die Melodie des Todes (The Melody of Death)
Menschen (People)
Die Millionengeschichte (The Million Dollar Story)
Mr. Sorgenfrei (The Admirable Carfew)
Mr. Reeder weiß Bescheid (Red Aces)
Nach Norden, Strolch (The Northing Tramp)
Neues vom Hexer (Again the Ringer)
Penelope von der »Polyantha« (Penelope from the »Polyantha«)
Platz und Sieg (The Calendar)
Der Preller (The Mixer)
Der Rächer (The Avenger)
Der Redner (The Orator)
Richter Maxells Verbrechen (Mr. Justice Maxell)
Der rote Kreis (The Crimson Circle)

*Werner Peters und Klaus Kinski im Film »Der schwarze Abt«, 1963*

Der Safe mit dem Rätselschloß (Angel Esquire)
Sanders (Sanders)
Sanders, der Königsmacher (The Kingsmaker)
Sanders vom Strom (Sanders of the River)
Die Schuld des anderen (A Debt Discharged)
Der schwarze Abt (The Black Abbot)
Der sechste Sinn des Mr. Reeder (The Mind of Mr. J. G. Reeder)
Die seltsame Gräfin (The Stange Countness)
Der sentimentale Mr. Simpson (Sentimental Simpson)
Das silberne Dreieck (Again the Three)
Das Steckenpferd des alten Derrick (The Double)
Der Teufelsmensch (The Devil Man)
Der Teufel vom Tidal Bain (White Face)
Die Todeskarte (Jack O'Judgement)
Töchter der Nacht
(The Daughters of the Night - The Treasure House)
Die toten Augen von London (The Dark Eyes of London)

Die Tür mit den sieben Schlössern (The Door with the Seven Locks)
Turfschwindel (The Green Ribbon)
Überfallkommando (The Flying Squad)
Der Unheimliche (The Sinister Man)
Der unheimliche Mönch (The Terror)
Die unheimlichen Briefe (The Missing Million)
Der Unhold (A King by Night)
Verdammte Konkurrenz (Barbara on Her Own)
Das Verrätertor (The Traitors Gate)
Der viereckige Smaragd (The Square Emerald)
Die vier Gerechten (The Four Just Men)
Die vierte Plage (The Fourth Plague)
Zimmer 13 (Room Thirteen)
Der Zinker (The Squeaker)

## Die Filme

Es ist fast unmöglich, alle Edgar-Wallace-Filme aufzuzählen. Neben Dutzenden Stummfilmen und frühen Tonproduktionen entstanden beispielsweise zwischen 1959 und 1964 einundvierzig englischsprachige Streifen. Allein nach den Motiven von »Die vier Gerechten« wurden weltweit rund vierzig verschiedene Filme gedreht. Bis 1975 kamen 168 Filme in die Kinos, die Zahl der Fernsehspiele läßt sich kaum noch ermitteln.

Die Auswahl beschränkt sich deshalb auf die deutsche Edgar-Wallace-Serie, die 1959 bei der Constantin Film begann und 1999, mit den Fernsehproduktionen (Rialto Film/Horst Wendlandt) im Auftrag von RTL, ihr vorläufiges Ende fand.

1. Der Frosch mit der Maske
2. Der rote Kreis
3. Die Bande des Schreckens
4. Der grüne Bogenschütze
5. Die toten Augen von London

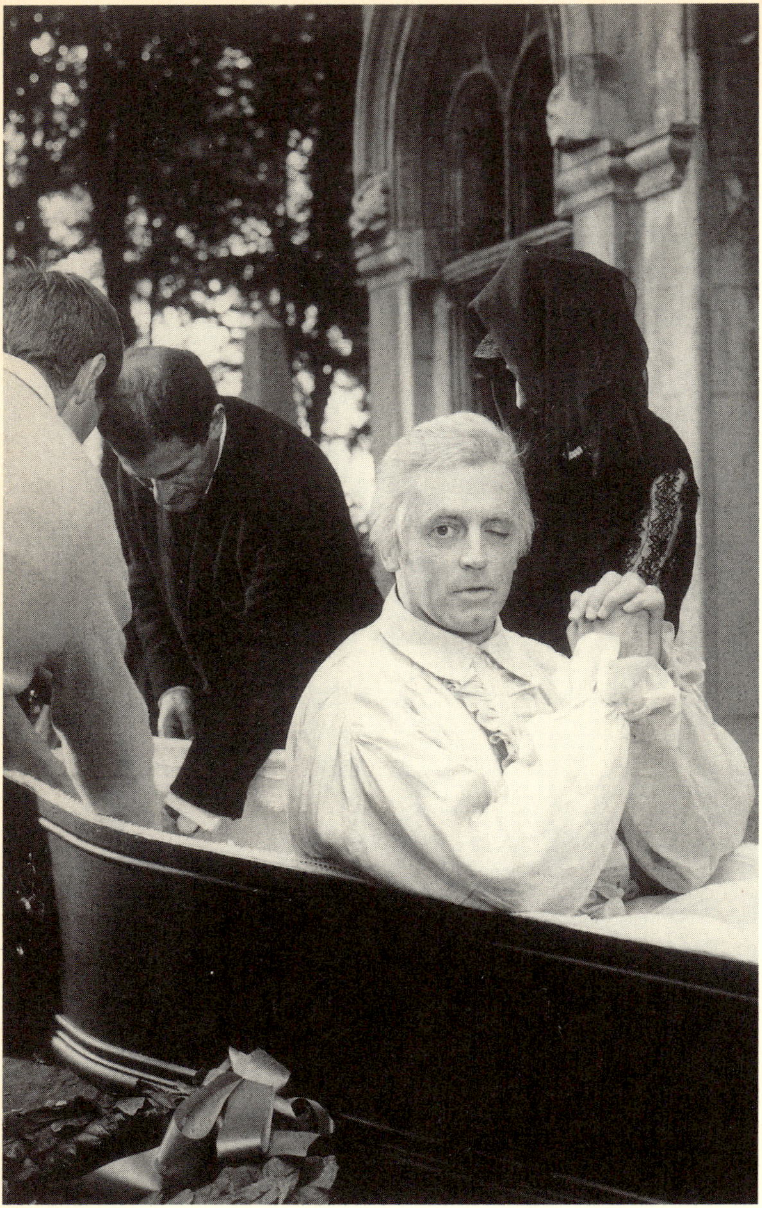

*Eddi Arent in »Das Geheimnis der weißen Nonne«, 1966*

6. Das Geheimnis der gelben Narzissen
7. Der Fälscher von London
8. Die seltsame Gräfin
9. Das Rätsel der roten Orchidee
10. Die Tür mit den 7 Schlössern
11. Das Gasthaus an der Themse
12. Der Zinker
13. Der schwarze Abt
14. Das indische Tuch
15. Zimmer 13
16. Die Gruft mit dem Rätselschloß
17. Der Hexer
18. Das Verrätertor
19. Whiteface Der Teufel von tidal Basin
20. Die unheimlichen Briefe
21. Das Haus der toten Augen
22. Die vier Gerechten
23. Das Schloß des Grauens

## Die Edgar Wallace Society

Die Edgar Wallace Society wurde 1969 durch Edgar Wallaces jüngste Tochter, Penelope Wallace, ins Leben gerufen. Sie verbindet alle Menschen, die ein Interesse an seinem Leben und Werk haben, und verfolgt das Ziel, EW's Namen bei älteren Lesern lebendig zu halten sowie insbesondere neue Generationen an seine Bücher heranzuführen. Penelope Wallace organisierte die EW Society bis 1984 selbst und blieb bis zu ihrem Tode im Januar 1997 deren Präsidentin.

Nach nunmehr dreißig Jahren umfaßt die EW Society Mitglieder in über 20 Ländern. Unter ihnen gibt es ernsthafte Sammler von Erstausgaben, original signierten Büchern, illustrierten Schutzumschlägen oder Memorabilia, die von EW's Tätigkeit als Reporter, am Theater oder beim Film zeugen. Die meisten Mitglieder sind jedoch »nur« begeisterte Leser seiner Geschichten, die der äußere Zustand eines Buches nicht interessiert, solange es lesbar ist.

Zweimal im Jahr trifft sich die Society in England, so z. B. im *London Press Club,* im *Edgar Wallace Pub* in London oder in den ehemaligen *British Lion Film Studios* in Beaconsfield. Dann finden sich im Veranstaltungsprogramm neben dem inzwischen traditionellen EW-Lunch auch spezielle EW-Theaterproduktionen oder Vorführungen besonders seltener EW-Filme.

Neue Mitglieder erhalten eine vierseitige Biographie über Edgar Wallace, die von seiner Tochter Penelope verfaßt wurde. Des weiteren gibt es eine komplette Liste aller seiner Bücher und einen EW Society-Schlüsselanhänger.

Vierteljährlich erscheint das englischsprachige Magazin *»The Crimson Circle«.* Es informiert die Mitglieder über alles, was auch nur im entferntesten mit Edgar Wallace zu tun hat, so z. B. über Details zu seinen Büchern oder Neuigkeiten in Film und Fernsehen.

Interessenten sollten sich wenden an:
Edgar Wallace Society
Kai Jörg Hinz, Kohlbergsgracht 40,
NL-6462 CD Kerkrade, Niederlande,
Tel.: + 31 - 45 - 5 67 00 70   Fax: + 31 - 45 - 5 67 00 60

Allen, die mehr über die erfolgreiche Kinoserie erfahren möchten, sei das fundierte Standardwerk von Joachim Kramp empfohlen:

**Hallo! Hier spricht Edgar Wallace**
Die Geschichte der deutschen Kriminalfilmserie von 1959 bis 1972

Mit einem Vorwort von Gerhard F. Hummel und einem Essay von Hans-Dieter Schütt. Berlin 1998. (ISBN 3-89602-140-0)

## Bildnachweis

Umschlag, S. 204 – Archiv für Kunst und Geschichte, Berlin
S. 8, 10, 211, 214, 218, 220 – mit freundlicher Genehmigung aus dem Privatbesitz von Joachim Kramp

Alle weiteren Abbildungen mit freundlicher Genehmigung aus dem Archiv der Edgar Wallace Society, NL-Kerkrade